TSUKASA MINATOS
港瀬つかさ
ILLUSTRATION まろ
JN228509
ヒトを勝手に参謀にするんじゃない、この覇王。
ゲーム世界に放り込まれたオタクの苦労……

アーダルベルト・ガエリオス
ガエリア帝国を治める
獅子獣人の覇王
『ちょうど退屈していた。一緒に来い』

『何で!?』
榎島末結
ゲーム世界に召喚された
オタク女子大生

アーダルベルトは優美な仕草で一礼した。
（ありがとう。ご褒美ですね、わかります）

ヒトを勝手に参謀にするんじゃない、この覇王。
TSUKASA MINATOSE
港瀬つかさ
ILLUSTRATION
まろ

contents

Hito wo Katte ni
Sanbou ni Surunjyanai
Kono Haou.

一章　異世界転移＝予言の参謀化

Hito wo Katte ni Sanbou ni Surunjyanai Kono Haou.

現実とは斯《か》くも無情である。

というか、コレは現実と見なして良いのだろうか？　いや、全然良くないな。良くないどころか、とりあえず、全部丸めてぽいっと投げ捨てたい。何でこんなことになってるんだ。

「お前が、我が国の滅びを予言したという旅の者か」

にぃっと楽しげに笑ったのは、人間に獣を混ぜたような外見をした男だった。獣人《ベスティ》と呼ばれる種族だ。獣の耳や尻尾を持ち、手も少しばかり獣っぽい。けれど全体的な印象は人間と大差ない。強《し》いて言うならば、人の身に獣の身体能力を付加したような種族という感じだろうか。

　そして、今ワタシの前にいるのは獣人の中でも特に強靱《きょうじん》な肉体を持つ、獅子《しし》の男。この国、ガエリア帝国の覇者。大陸制覇を成し遂げるとさえ言われる勇猛なる獅子の王・アーダルベルト・ガエリオス。赤毛の獅子の鬣《たてがみ》持ちのワイルドイケメンだと考えていただければ幸いだ。

「……イエ、別に貴国の滅びを予言したのではなくて、ついうっかり妄想が口を衝《つ》いただけですので、平にご容赦を。捨て置いてください」

「捨て置くというならば、切り捨てようか？」

「御免被《こうむ》りますが!?」

しれっと空恐ろしいことを言うでない、この獣人！　あぁあああ！　これだから、脳みそが闘争本能とか戦闘意欲とかで埋まっていそうな脳筋は嫌いだよ！　いや、別に脳筋じゃないんだろうけどさぁ、アーダルベルト陛下？　アンタ、すっげぇ楽しそうに笑ってますが、舌なめずりして、どうやってワタシを処理しようか考えてる顔でしょうが、それ。

つーか、アーダルベルトの背後の面々が、すっげー怖い顔でこっちを見てるんですが。それの方がワタシは怖いのです。怖すぎて心臓が痛い。止《や》めて。アンタ等《ら》のような戦闘上等民族じゃねぇんです。こちとらひ弱な人間です。獣人と一緒にしないで。殴られたら一発で死ねる。死にたくない。

というか、自分の故郷に帰りたいんですが。

冷や汗をだらだら流しつつ、多分顔には何も出てないんだろうなぁと思った。悲しいオタクの性《さが》で、一定量の感情の振れ幅を超えると、無表情になってしまうのだ。それは、一般人の中で生きていくために身につけた技能でしたが、今の状態では非常にマズイとしか言えぬ。

だってこれ、どう考えてもふてぶてしく陛下を睨《にら》んでるくせ者の構図！　違う！　ワタシはむしろ、今すぐ逃げたい気分だ！

「だが、お前は確かに我が国の滅びを予言したそうだな。それも、明確に時期まで指定して」

「……くだらぬ下賤《げせん》の輩《やから》の戯言《たわごと》と妄想です」

キリッとして言ってみたが、全然信じてくれなかった。止めて。そういう怖い顔止めて。逃げたい。何でこんなことになってるんだ。別にワタシは、貴方《あなた》にもガエリア帝国にも他意はありません。あと、どこかの国の間者でもないし、何かすごい才能秘めてる隠者とかでもねーんです！

こちとら、気づいたらゲームの世界に放り込まれてた、ただのオタク女子大生ですから！

っていう風に叫んだって、絶対意味理解してもらえないんだろ。知ってる。もうそれ、何度もやったモン。街で、「アンタ頭大丈夫か？」っていう顔されまくったからね！　ちくしょうめ！

そう、この世界は、ワタシがやり込んでいたＲＰＧゲーム『ブレイブ・ファンタジア』の世界だ。シリーズが五作品ほど出ていて、世界は全て同一。Ⅰから始まり、順番に時間軸が進む。そして、最新作であるⅤにおいて、無敵の繁栄を誇った獣人の国、ガエリア帝国が滅亡することになるのだ。

んで、街の状態とか統治者とかの状態を噂話で集めて、ここがどこかを理解して、ついでに時間軸も理解して、思わずうっかり、呟《つぶや》いちゃったんですわ。本音を。

――え？　ここ、アーダルベルト陛下統治十年のガエリア帝国？　……五年後に滅ぶくね？

と。

本当にうっかりだった。反省している。まさか、街角でぼそっと呟いた、どこの誰ともわからない（だって服装が、この世界のそれじゃなくて、普通に自宅で着てたジャージでしたからね。ははん。何でジャージのままなんだよ。ちくしょう）人間の戯言を、ご丁寧に皇帝陛下にまで報告する奴がいると、思いますか？　思わねーよ！

んでもって、今の状態である。

下賤の民の戯言と聞き流してくれたら良いのに、何故か妙にフットワークの軽いアーダルベルト陛下は、近衛兵引き連れてワタシの尋問にお越しになりました。親切に、下働きするならって宿屋に置いてくれてたおっちゃん、ごめん。とりあえず、貴方に危害を加えないでもらえるように、頑張って頼んでみるからね？　あと、ワタシ自身も見逃してもらえるように！

「ただの愚者にも見えん。こぞ……小娘か？　貴様何者だ」

「……一応生まれたときから性別は女なんで、そこは疑問符付けずに小娘にしていただきたい。あと、何で最初に小僧って言いかけた、くらぁ」

確かに服は相変わらずジャージのままだが（だってまだ路銀がないのに、服とか買えるわけないじゃないですか。こちとら、この世界に吹っ飛ばされて、まだ、三日ですぞ？）、髪は首の後ろで括《くく》る長さだし、一応、辛うじてだけど凹凸《おうとつ》はあるし。そりゃ、顔は童顔乙って言われる系の顔ですけど!?　あと、アンタ等獣人なんだから、鼻利《き》くだろうが。匂いで性別判断しやがれやぁ。

「「…………」」

……はっ、思わず暴言吐いちゃった。どうしよう。怖い。沈黙がむっちゃ怖い。殺される？　嫌だ。死にたくない。とりあえず帰りたい。いったい誰がワタシを召喚したんだ。それとも勝手に墜《お》ちてきたとでも言うのか。それはそれで嫌だな。勘弁してほしい。帰りたい。新作ゲームしたい。

「……くっ」

あぁ、さよなら、儚《はかな》いハタチの人生。ちくしょう。もっとゲームしたかった。オタクの祭典行きたかった。腐った友人たちと、萌《も》えを吐き出してアレコレやりたかった。そういう楽しいことをしたいだけの人生でした。さよなら、皆さん。

そうやって覚悟したのですが。覚悟したのですよ。いくら何でも、機嫌最悪っぽい覇王に喧嘩《けんか》売った感じになるわけですしね？　えぇ、いくらワタシでも、こらもうアカンと思ったんです。思ったんです、が。

何でおたく、そんな腹抱えて大爆笑してますん、アーダルベルト陛下？

いやもう、近衛兵の皆さんがドン引くレベルで大爆笑っすよ。それこそ、机がそこにあったら、バシバシ叩《たた》いてる感じで。何がツボに入ったんだ。アレか？　やはり覇王様ともなると、一般人とは感性が違うっつーわけですか？　少なくとも、今までの会話で、大爆笑になる理由がわかりませぬ！

「小娘、お前面白いな」

「……それはどうも、アリガトウゴザイマス」

ヒトのこと小娘言うてますが、多分ワタシ、貴方が思っているよりは年かさですよ。この口ぶり、絶対《ぜってぇ》ヒトのこと、十代半ば以下のお嬢さんだと思ってるだろ。ワタシ、これでもハタチです。多分、貴方と五つくらいしか年齢変わらんですよ。言わないけどな。

どうも、日本人って余所《よそ》に行くと童顔に見られるよね！　という感じで。ここ異世界だけど。ゲームの世界っぽいけど！　そもそも元々童顔なんで、実年齢よりは幼く見られてましたけど。それでも高校生レベルだったんで、どう考えても中学生以下に思われてそうな現状よりはマシです。多分。

「俺が怖くないのか？」

「心底怖いですけど？　非力な人間なんて、一撃であの世行きじゃないですか。怖すぎるですよ」

暴君じゃないってことは知ってるので、落ち着いて話してくれるなら、多少は恐怖薄れますけどね！　ぶっちゃけ、偉大なるガエリアの覇王様っつーのは知ってますんで。でも、不機嫌顔で尋問されてたら、怖いに決まってんだろ！　アンタ獣人で、しかも獅子なんだから！

「とりあえず、名前を聞いておこうか。何という？」

「…………とりあえず、アノニマスとでも呼んでくだせぇ」

「名無《アノニマス》し？　ふざけたことを言ってないで、ちゃんと名乗れ」

「…………榎島未結《えのしまみゆ》です」

「…………エニョーシャ・ミユー？　変わった名前だな」

「ちゃいます。エノシマ・ミユ。名前はミユです」

似合わないとか言わないで！　それはワタシも親に言いたい。というか、絶対発音しにくいだろうなと思ったから、わざわざ厨二病《ちゅうにびょう》持ち出して、名無しっていう意味のアノニマスで恰好良く決めてみたのに！　何でそこに乗ってくれないんだろう。ひでぇ王様だ。

首を捻《ひね》りまくっているアーダルベルト陛下。そりゃそうだ。この世界に、日本人っぽい名前はないのだ。種族は獣人以外にも、ワタシのような普通の人間から、エルフやドワーフ、精霊や妖精もいるレッツファンタジーだけどね。和風はお呼びでないのだ、『ブレイブ・ファンタジア』

の世界には。

　そんなわけで、発音しにくいんだろう。そもそも、ちゃんと聞き取ることすらできないだろう。

仕方ない。ここは譲歩案を出そう。というか、ワタシが譲歩しないと、話が進まない気がする。

ちっ。

「呼びにくいなら、ミューで結構です」

　もうそうなると、お前どこの誰？　って気分ですが。ハンドルネームとかだと思うことにします。

　何度か口の中でワタシの名前（と勝手に思ってるらしい何かよくわからないカタカナ）を呟いた後に、アーダルベルト陛下は小さく頷《うなず》いた。呼びにくいから、とりあえずミューと呼ぶ、ときっぱり言われました。そうなると思ってたよ。わかってる。

「それで、お前はどこから来たんだ？」

「…………」

　この野郎、一番聞かれて困ること言いやがった。

　この王様、脳ミソちゃんと詰まってるんだろうけど、おかげで、こっちが聞かれたくない部分をバシバシ突っ込んでくるのマジで勘弁してくれないだろうか。どうやって説明しろと。

　あ、あった。説明できるわ。

「召喚されたようです」

　真顔で告げてみた。大丈夫。概《おおむ》ね間違ってない。だって、現実世界からゲーム世界（だと思われる）に放り込まれてるんだから、これも立派な召喚でしょう。誰が喚《よ》んだか知らないけど。誰のせいか知らないけど。むしろそんなことやった人間がいるなら、さっさと送り返せと訴えに行くけど。

「ほぉ？　異界の人間か。その割に、落ち着いているな。召喚について説明を受けたのか？」

「街のヒトに軽く聞きました。ついでに、喚んだ誰かは見当たりませんでした。つーわけで、その宿屋のおっちゃんが、善意で下働きするなら住まわせてやるって言ってくれたんで、頑張って働いてる最中です。なので、解放していただけると非常にありがたいのですが」

「良く回る口だな。お前が召喚された異界の人間というのは、その服装を見ても納得がいく。だが、それと、我が国の滅びを口にした理由は繋《つな》がらんな？」

　にこやかな笑顔の獅子男。止めて。その、今にも獲物に食いつこうとする笑顔止めて。マジ怖い。のど笛食い千切られそうでマジで嫌。

　ゲーム画面の向こうで見てる分には結構ですが、生身で対面するとマジで怖いよ、獣人。犬猫ウサギくらいならまだ平気だけど、虎とか熊とか怖いよね？　それなのに、目の前にいるのは獅子で、しかも最強と名高い覇王様とか、どんだけ虐《いじ》めですか？　……泣きたい。

「……もう、下民の戯《ざ》れ言《ごと》で流してください。ワタシ、難しいことわからない、流浪の召喚者です」

「…………お前、面白いな」

「……は？」

「「ハイ？」」

間抜けな顔をしてしまった。でも、近衛兵の皆さんも同じような顔してるんで、この反応は普通ですね。わかった。普通じゃないのは、この困った王様の方だった！

何を言い出すのか、と近衛兵たちと一緒になって、アーダルベルト陛下を見る。ヲイ、獅子の王様。アンタ何を言おうとしてるの？

次の瞬間、ぬっと太い、それこそ丸太みたいに太い腕が伸ばされた。そして、ワタシの襟首を引っつかんで、持ち上げた。

「……え？」

「ちょうど退屈していた。一緒に来い」

「何で⁉」

「「陛下⁉」」

ワタシは呆然《ぼうぜん》としながら、宿屋のおっちゃんを見た。おっちゃんはびっくりした顔で、固まってた。ワタシ、気づいたら王様の肩の上に、丸太のように担がれてました。……うん、獅子の貴方にしてみたら、軽いのでしょうけど。ちょっと待て。荷物みたいに扱うな。ワタシは米俵か！

「詳しい話は城で聞く。……よもや、拒否権があると思うなよ？」

ニタリと笑った笑顔はどう猛な獣に相応《ふさわ》しい、何かもう肉食獣って感じでした。……そりゃ、不審人物のワタシに拒否権など存在しないでしょうけど。だからって、これ、誘拐って言うんじゃないでしょうかねぇぇぇぇぇぇ⁉

◇◇◇

「これはミュー殿。どうなされました？　また道にお迷いですか？」

「いえ、迷ってません。とりあえず、慣れるために城の中の散策です」

「そうですか。……あ、本日の昼食は中庭で食べると陛下が仰《おつしや》ってましたよ」

「了解です」

　にこにこ笑って去って行く衛兵さん。巻物状態の地図を片手に、ガエリア城の中をうろうろするワタシ。何でこんなことになっているのか、本当に理解不能だ。あのクソバカ皇帝、ふざけやがって。

「ミュー様、お召し物が乾きましたので、お部屋に置いておきますね」

「どうもありがとうございますー」

　笑顔の女官さんに、笑顔を返す。彼女の手には、ワタシのジャージ。ちなみに、今着ているのは城の侍従が着ているのと同じ服。前開きのシャツにベストにズボン。人間用なので、尻尾用の穴とかはございませんよ。

　何でそこで男物を渡してきたのか、あのアホ陛下にはきっちりお伺いしたいところだ。ワタシの性別は女だと、ちゃんと伝えたはずなのだが。

　ここはガエリア帝国。ＲＰＧゲーム『ブレイブ・ファンタジア』の世界。或《ある》いは、それに良く似たナニカな世界。とりあえず、獣人の国と知られるガエリア帝国のお城。働いているのは基本が獣人で、それ以外の種族もわらわらいる。歴代の皇帝陛下は懐《ふところ》が広く、種族の違いや出自には一切こだわらない強者《つわもの》ばかりらしい。

でも、異世界から召喚されてきた人間を「面白い」の一言で参謀に据えるって、ドウイウコト？

◇◇◇

まるで米俵のようにアーダルベルトに担がれてたどり着いたのは、ガエリア城。近衛兵はおろおろしてるし、城門を護《まも》っている衛兵は目を点にしてるし。そりゃそうでしょう。自分たちの王様が、得体の知れないナニカを担いでるんだから。常識で考えて！　お願いだから！

道中、担がれた状態で延々と文句を言ってみたけれど、綺麗《きれい》さっぱり無視されました。スルースキルが素晴らしいね、皇帝陛下！　何でこのヒトここまでゴーイングマイウェイなのかな？　あぁ、そうだよね！　帝国の領土を拡大したり、そのまま大陸統一やらかしそうな勢いと言われてる以下略な貴方が、普通の感性してるわけないよね！

「さて、詳しい話を聞かせてもらおうか」

………………。

一応、執務室らしい部屋に着いたら、ちゃんとソファに座らせてくださいました。だがしかし、何一つありがたくない。あと、監視するみたいに両脇に近衛兵がいるのマジ怖い。正面でにっこにこなアーダルベルトも普通に怖いけど、ご機嫌ならまだマシですね。不審者マジ殺すって顔してる近衛兵さんたちに比べたら、全っ然！

つーか、ワタシ、好きでここにいるわけじゃないです！　貴方たちの王様が、皇帝陛下が、ワタシを勝手に、まるで米俵のように担いで、無理矢理拉致《らち》ったんですよ？　そこんとこわかって。むしろわかれ。お前等の頭は飾りか⁉

「詳しくも何も、ワタシはただ、何者かに召喚されてこの地に墜ちてきた、一般人です」

「ミュー」

「……偉大なるアーダルベルト陛下に申し上げます。ワタシごときに構われず、御身の務めをお果たしください」

つーわけで、さっさと宿屋に帰してくりゃれ。確か、今夜大口のお客さんが来るとか言ってたんだよ。おっちゃんが忙しいって言ってたんで、まだできること少ないけど、ワタシもお手伝いしないといけないんですよ。だって、そうして日々の食い扶持《ぶち》稼がないと、ワタシ、餓死する。口調はとりあえず丁寧にして、目でものすごく訴えてみた。一般人をこれ以上巻き込まないでくれと、心の底から訴えてみた。が、無理でした。そうね。訴えたぐらいでどうにかなるような男なら、ヒトを米俵のように担いで運ばないよね！　知ってた！

「そんな口先だけの言い訳で、俺が納得すると思ったか？」

思ってねぇよ。

思わず真顔になった。思ってるわけないだろうが。貴方との付き合いは、『ブレイブ・ファンタジア』屈指の名作と言われていたⅢからですよ。Ⅲで即位前。Ⅳでちょうど今ぐらい。そんでもって、最新作のⅤでは、件《くだん》の五年後の滅亡って辺りまでいく。ⅢとⅣでは主人公。Ⅴでは前半の主人公を務めたアーダルベルト・ガエリオスのことを、ワタシはちゃんと理解している。

アンタが、戦闘本能で支配されてると見せかけて、その実、恐ろしいまでに冷静に全てを判断する理性型だということも。

雰囲気と行動から、アーダルベルトという男は、本能型の直情型と見られやすい。ワイルドイケメンな獅子の獣人、しかも赤毛というのも、そのイメージに拍車をかけているのだろう。そう思って相手が油断してくれる方が都合が良いとか言って、わざとそういう風に振る舞っているのだ、この男。

今だって、獲物を狙う肉食獣のどう猛さを前面に押し出しながら、瞳だけは冷静に、真っ直ぐとワタシを見ている。あぁ、怖い男だ。画面の向こう側なら、恰好良いって褒め称えてあげられるのに。

「……ワタシが何を申し上げても、信じてくださいますか？」

「信頼に値する内容ならな」

「どうせ、真実を告げても誰も信じてはくれないので。とりあえず、この近衛兵さんたちは信頼がおけますか？　貴方が、重大な機密を共有するに値しますか？」

「……貴様！」

「止めろ」

真っ直ぐとアーダルベルトを見据えたままで問いかける。両脇の近衛兵さんたちの殺気がすっげー怖いです。怖すぎて顔が強張《こわば》る。なのに表情に出てくれない。止めて。こういうときは仕事して、ワタシの表情筋。今は、「ヒャッハー！　こんな萌え展開が公式でだって⁉　神か！　あぁ、やはり作者様は我らの神だ！」っていうときの上がりまくったテンションを、必死に素面の無表情に隠すのとは違うんだ。頼むから、強張るぐらいしてくれ、ワタシの表情筋！

めっちゃ怒ってる近衛兵さんたちを、アーダルベルトは淡々と止めた。その一言で、ちゃんと待てができる近衛兵さんたちは偉いですね。忠臣ですね。あ、この人たち犬の獣人だった。そら忠義に厚いわ。犬はやはり、忠実に仕える種族だよね。

「この二人なら問題はない。……俺がまだ皇太子だった頃からの付き合いだ」

「承知しました。では、ワタシの素性をお話ししましょう。滅びの予言と言われた言葉の真意も」

勿体振《もったいぶ》ってみたけど、別に深い意味はないです。何となく、シリアスな場面っぽいし、失敗したら容赦なく処刑される気配がしたので、それに相応しいノリにしてみただけです。あ、半分以上現実逃避な気がする。ちくしょう。今の状況が全部夢だったら良かったのに。

「アーダルベルト陛下、ワタシは異世界からの召喚者です」

「それは聞いた」

「大人しく話聞いといてください。話の腰を折らないでください。手間が増えます」

「うむ、わかった。続けろ」

両隣の近衛兵の殺気が増えたけど、ここで釘を刺しておかないと、この王様はきっと、次々口を挟む。だって、めっちゃ面白そうな顔してる。興味引いちゃった。引いてる。引きたくないのに。

あぁ、ご機嫌だと多少可愛く見えるよね。赤毛の獅子ってだけで怖いイメージだけど、ニコニコと楽しそうに目を細めてる姿は、動物園でひなたぼっこしてるライオンに似てる。……まぁ、実際にライオンに接するときは、ちゃんと檻《おり》があるから安心だったけどな！

「ワタシは自分の世界にいたときに、この世界に似た異世界の内実を知ることがありました。『ブレイブ・ファンタジア』と呼ばれるその世界は、この世界に実に良く似ているのです。世界の成り立ちも、国も、そこに生きる主要人物も。ですからワタシは、ガエリア帝国という国に聞き覚えがあり、アーダルベルトという名の王の治世についての知識があります」

正確には、ゲームでむっちゃ普通に、アーダルベルトの即位前から死ぬまでの半生を追っかけるんだけどな！　ソフト三本、いや、Ｖでは前半の主人公だったから、二本半で！　おかげで、結構細々としたイベントも知ってるよ！　でも、今過去の話まで持ち出したらヤバイと思うから、うっかり口走った未来のことだけ告げておこう。

「結論から申し上げます。ワタシの知るその世界では、今から五年後にガエリア帝国は滅亡します」

「滅亡理由を述べよ。異国の侵略か。天変地異か。それとも内乱か。いずれに該当する」

淡々と、けれど一切の偽りと妥協を許さない目をしたアーダルベルト。己が護る国を、手にした国を、民を、いかなる災厄からも守ってみせると豪語した、即位式。それに相応しく、外敵を打ち払い、天災に対処し続けたこの十年。彼は確かに、立派な王なのだ。

覚悟を決めて、息を吸い、言葉を紡いだ。この国の滅亡は覚えている。Vの前半の終了部分。ゲームディスクを一から二へと切り替えることを要求される、シーン。とてもとても残酷な、事実。

「指導者を喪《うしな》った瞬間を狙った異国の侵略により、滅亡します」

言葉は、誰の口からも零《こぼ》れなかった。近衛兵たちが息を飲む。アーダルベルトは無言のまま、ワタシを見ている。静かな瞳だ。怖い。止めてくれ。そういう真剣な顔で見ないでください。マジで怖いです。ワタシただのオタク（腐女子）な女子大生なんで。まだハタチの小娘なんで！

「俺が死ぬのか」

「ワタシの知っている世界では」

「五年後に？」

「五年後に」

「後継者は定めていなかったのか？」

「定めていません。貴方はまだ若かった。獣人の平均寿命がおよそ百二十年と言われるこの世界で、まだ三十代の貴方が後継を決めていなくても誰も何も言わなかった。それで、《普通》《当たり前》なのでは？」

ワタシの言葉は事実だった。だってゲームでそういう内容の会話が飛び交っていたのだ。アーダルベルトはまだまだ若かった。彼が死ぬなんて、誰も思っていなかった。だから、彼が後継者を定めていなくても、誰も、何も、不安になど思わなかったのだ。歴代最強と謳《うた》われる、誇り高きガエリアの覇王。獅子の中の獅子。彼がたった三十数年で死んでしまうなんて、誰も思っちゃいなかった。

そう、ゲームをプレイしていたワタシたちですらも。

Ⅴをプレイしていたときに、前半でアーダルベルトが死んだ瞬間、目が点になった。何を言っているんだ、と思った。後半は主人公が変わると知っていた。けれどそれは、視点が変わるだけだと思っていた。或いは、王として政務に専念するアーダルベルトでは、身動きができないからだと思っていたのだ。まさか彼が死ぬなんて、誰が予想したか。

往年のファンほど嘆き悲しんで、お葬式まで開かれるぐらいの嘆きようだった。とりあえず、ワタシも彼の命日には（この世界も太陽暦でカレンダーがあるので、一年は三六五日なのです）しんみりとお弔いをしていた。

あ、アーダルベルト、普通に好きなキャラでした。Ⅲの即位前の自由奔放な若獅子モードも、Ⅳでちょっと真面目に王様頑張ってるところも、Ⅴで貫禄《かんろく》を出してきたカリスマっぷりも、全部好きですよ。彼の存在はワタシの萌えメーターを適度に満たしてくれました。マル。

だが、今目の前で不敵に笑っている獅子王は、ちっとも必要ない！

何で？　何で自分が死ぬって予言されて、すっげー楽しそうに笑ってるの？　アンタの思考回路が全く理解できないよ！　近衛兵たちも意味がわかってない顔してるじゃないですか！　やっぱり、この王様が普通じゃないんですね、わかった！

「おい、小娘」

「はいはい、何でごぜーましょーか」

真面目に相手するの疲れたので、砕けた口調にしてみた。近衛兵の殺気は怖いけど、そもそもワタシ、最初から口悪かったので、もう今更くね？　アーダルベルト気にしてないみたいだし、良くね？

「お前、参謀として俺に仕えろ」

「…………は、い？」

「陛下⁉」

耳を疑った。

何を言われたのか理解できない。けれど、アーダルベルトはとても楽しそうに笑っていた。お気に入りの玩具《おもちゃ》を見つけたように？　違う。

好物の食事が出てきたときのように？　違う。

彼の顔は物語っていた。それはもう、完璧に。これは、アレです。えぇ、決定です。

難攻不落の強敵に出会ったときの、戦闘本能むき出しの顔です。

……あぁ、そういうことですか。滅びの運命《さだめ》に抗《あらが》う以下略みたいな気分なんですね。わかります。でもだからって、ワタシを参謀に据えるとか、頭沸いてんのか、アンタ。近衛兵さんたちがすごい顔してますよ。普通するでしょ。ワタシの言ったこと、そもそも丸ごと信じたの？

「信じたんですか？」

「お前は嘘を言っていない」

「ワタシが知っている《歴史》が、この世界の《未来》とは限らないですけど」

「それが真実かどうかを確かめるのだ。行く当てはないのだろう？　ならば大人しく俺の隣にいろ」

「………………ちっ」

思わず舌打ちが零れた。だって、ワタシに拒否権はないのだ。不審人物のワタシに、拒否権が存在するわけがない。何でまた、こんなことになったんだ。アーダルベルトって、こういう性格だったっけ？　……あぁ、こういう性格だったわ。不可能とか言われたら、それに挑む感じで。思い出した。

「安心しろ。お前の身の安全は保証してやる」

「……お手柔らかにお願いします」

どうせ逃げられないなら、せめて素敵な衣食住を保証しやがれよ、このバカ皇帝！

◇◇◇

「アンタの頭が理解できないよ、アディ」

「そうか。俺もお前の頭が理解できん。そしてその呼び名は何だ」

「アーダルベルトって長いから、親しみを込めてアディと呼んであげよう」

「……まぁ、俺もお前の名前を愛称で呼んでいるようなものだしな。赦《ゆる》す」

「ありがとうございます」

もっしゃもっしゃと鳥の丸焼きをかっこんでいるのは、ガエリア帝国の皇帝、アーダルベルト・ガエリオス様その人。赤毛の獅子が鶏肉に齧《かぶ》り付いてるのは、絵になると言うべきなのか、別の意味で絵になりすぎてて怖いと言うべきか。とりあえず、隣で見てるだけでお腹がいっぱいになって、ワタシほとんど食欲湧かないんですけど。


数日に一回、アーダルベルトはこういう風に中庭でバーベキューをやらかす。

ただし、これ、元凶はワタシだ。

適当な話のついでにバーベキューの話題を出してしまったら、えらくお気に召したらしい。何でも、料理長が丹精込めた料理は運ばれてくるまでに時間がかかって、冷めてるのが面倒くさいとか。お前贅沢だな。王様の食事なんて、毒見が何人も控えているせいで、冷めてるのが普通だろうが。


あ、でもこの国、毒見役いなかった。

何でって聞いたら、「毒なんぞ鼻と本能で察知できるだろう?」って不思議そうな顔で言われた。そんな、獣人の基準で話をされても困る。普通は王族のご飯は毒見する。なので、毒見が必要なワタシは、半強制的にアーダルベルトとご飯を一緒しています。ヤツがおk出した物体だけ食べます。

鳥の丸焼きは流石《さすが》に食べられないので、捌《さば》いてもらったお肉と野菜を食べている。あと、パン。どっちかというと肉食メインなんだろうけど、ちゃんと野菜も穀物も食べてた。ただ、ガエリアの主食はパンらしくて、ワタシの恋しいお米は存在が半分忘れられてた。ヒドイ。米美味《うま》いのに。

なお、たった十日ほどでワタシは「予言の力を持つ参謀」というものにクラスチェンジしていた。

そもそもが、アーダルベルトがワタシを「世界の未来を知る賢者」とかいうご大層な煽《あお》り文句を付けて説明したのが発端。ほとんどの者が疑心暗鬼。そんな不審人物、という扱いだった。それで普通だ。それを不機嫌そうに睨んでいたお前がおかしいんだよ、アディ。

それならそれで、煩《うるさ》い奴らを納得させるネタを出せ、という無茶ぶりをしたのが、アーダルベルトのアーダルベルトたる所以《ゆえん》でしょうか。んでもって、うっかりそれに応えちゃったワタシも悪かった。うん、あのときはちょっとテンションがおかしかったんだ。何でアーダルベルトの作戦に乗っちゃったんだろう……。

だって、「この不審者の小僧が！　どうやって陛下に取り入った！」って言われすぎてて腹立ったんだよ！　ワタシは女なんだから、小僧じゃなくてせめて小娘にしとけやぁあああああああ！

っていう苛立《いらだ》ちのもと、やらかした。

記憶を探り、今の暦を探り、適当なイベントを思い出して、アーダルベルトに進言してみたのだ。「大雨が降った後に、傭兵崩れが辺境の村を襲ってくるよ☆」と教えてやったら、彼は何でかそれをちゃんと信じて、ワタシが指定した辺境の村に防御態勢整えちゃった。ついでに、煩かったお偉方引き連れて、自分で傭兵崩れ討伐してた。嬉々《きき》としてやっていたらしい。

ワタシ？

ワタシもついて行きましたけど。流石に戦闘は無理なので、野営地のテントの中で、例の話をしたときに一緒にいた近衛兵さんを護衛に、お茶飲んでました。異世界に飛ばされましたが、身体能力とかは全然変わりませんでした。魔法とか使ってみたかった……。

「そうだ、明日、領地の見回りに行くぞ」

「行ってらっ」

「お前も来るんだ」

「……まだ乗馬の技術が満足に上達していないので、この間みたいに馬車用意してくれるなら……」

お見送りの言葉すら言わせてもらえなかった。ひでぇ。

ワタシの存在がちゃんと参謀として認知され始めてから、アーダルベルトは当たり前みたいにワタシを連れ回す。顔を売るためなのか、それとも少しでも役立てようとしているのか。申し訳ないけど、ゲーム知識しか存在しないので、基本的にはアホなワタシは役に立てないんだよ、アディ。

んでもって、とりあえず馬に乗れないと話にならないということで、乗馬の訓練は受けてます。お尻めっちゃ痛い。用意されてる馬が良い子ばっかりだから、ワタシのようなへっぽこ相手でもちゃんと動いてくれるけどね。教えてくれてるウサギ獣人のお姉さんの目が、いつも生温《なまぬる》い。この子ないわー、と思われているに違いない。ごめんなさい、運動神経は鈍いんです。

というか、何でこんなことになってんだろ。早く元の世界に戻りたい。一応今は夏休みですけど、それを突破したら、ワタシどうしたら良いの？　現実世界で行方不明扱いされてるんじゃ……⁇

「召喚者を戻す方法は召喚したヤツにしかわからんぞ」

知ってる。それぐらい知ってるから！　人の傷口に塩塗り込むみたいなことすんなし！　そんなに考えてることが顔に出るタイプじゃないのに、何故かアーダルベルトには読まれる。何でや。理解不能。そう言ったら、お互い様だと言い返された。お互い様じゃないやい。ワタシはアンタの性格をある程度知ってるけど、アンタはワタシを知ってからたった数日でしょうが。そっちがおかしいんだよ。

食え、と差し出されたのはホクホクに蒸されたジャガイモ。ジャガイモは結構主食扱いらしくて、ごろごろ転がってる。まぁ、育てやすいもんね。バーベキューの火種の中に、水に浸した布にくるんで蒸し焼きにしたらしい。焼き芋の原理っぽい。サツマイモあったら焼き芋にしてほしい。あるのか知らんけど。

アーダルベルトはそのままがつがつジャガイモを食べてる。熱くないのか？　獅子ってネコ科じゃなかったっけ？　猫舌大丈夫？　あ、うん。大丈夫そう。

あまりにも大きなジャガイモだったので、お皿の上でフォークぶっ刺して崩してみた。いや、持てないよ。こんな熱いの素手で持てるとか、お前の毛皮に覆われた手がくそ羨ましいわ、アディ。不思議そうな顔すんな。ワタシただの人間！

一口食べてみる。美味《おい》しい。確かにジャガイモの風味は抜群に美味い。でも、物足りない。

ごめん、こちとら味覚的に非常に色々面倒くさい民族、日本人なんです。素材の味を堪能するのも良いけど、それをより引き立てる調味料を所望する！

「バターください」

早《は》よ、早よ、というニュアンスで手招きしたら、女官のお姉ちゃんがパン用のバターを持ってきてくれた。ありがとう。一欠片《かけら》をバターナイフですくって、ジャガイモに乗っける。バターはすぐに溶けた。ジャガイモがホクホクだからね！　いっただきまーす。

うん、美ん味い。やっぱり、じゃがバターは美味しいよねぇ。北海道の人たち、こんな美味しいの食べてるんだろうなぁ。ジャガイモ美味いし、牛もいるからバターも美味いだろうなぁ。マヨネーズ付ける人もいるんだっけか？　でもワタシの好みは、バターかなぁ。あ、醤油一滴垂らしても美味しいかも。今度醤油も所望しよう。

「…………ミュー。何をしている」

「うん？　何って、じゃがバター。ジャガイモオンリーだと味がちょっと寂しかった」

「芋にバターを付けるのか？」

「蒸したジャガイモにバター乗っけたら美味いよ。やってみたら？」

アーダルベルトは自分の持っているジャガイモとワタシのじゃがバターを見比べて沈黙。あ、嫌な予感してきた。ちょっと待て。こら待て。今お前が何をしようとしているか、すごく予想がつくぞ！

アーダルベルトの腕が、フォークを握るワタシの手を掴む。ちっ、やっぱり予想通りか！　こういうときの男の反応って、本当にどこでも同じだな！　兄弟を思い出すわ！

ワタシの手を掴んでじゃがバターを自分の口の方に引っ張ったアーダルベルトは、当たり前みたいにガブッとじゃがバターに齧り付いた。……ワタシのじゃがバターなのに。

「……うむ。イケるな。俺にもバターを寄越せ」

「承知しました」

「その前にお前は、無断でワタシのじゃがバターを半分以上食ったことを詫びろし」

「次のジャガイモが蒸し上がったらしいぞ」

「聞けよ！」

ワタシのじゃがバターを強奪した後、その味を確かめたアーダルベルトは、嬉々としてバターを所望していた。そして、ワタシには謝らなかった。何てひでぇ男だ。このゴーイングマイウェイ男！

ワタシとアーダルベルトのやりとりを周囲は生温い目で見ていた。特に近衛兵さんたちは。侍従とか女官、料理人とかの人たちは、困った顔で見ている。すみませんね。こちとら庶民育ちで、礼儀作法とか無理なんで。あと、アーダルベルトがそれで良いって言ってるんで、気にしないでください。

いや、ワタシだって、最初はちゃんとした方が良いかなって思ったんだよ？　そしたら、アーダルベルトが「お前は俺の参謀だ。遠慮なく発言すれば良い。……それに、下手に取り繕われると気色悪い」って言うもんだから、もう無視して普通に接してますよ。また腹抱えて笑ってたから、お気に召したんじゃね？

「そういえば、お前の服をどうするか考えてなかったな」

「服？」

今のワタシは、侍従の皆さんと同じ衣装。部屋でごろごろするときはパジャマ代わりにジャージ着てます。だって、この世界の寝具より、ワタシのジャージ（どっちかというとスウェットに近い肌触り）の方が気持ち良いのです。寝るなら楽な服が良いです。マル。

侍従さんの服動きやすいから良いよ？　シャツにベストにズボンだし。この世界、女子はスカートしか着ないみたいだけど、ワタシ日本人なので問題ないです。ズボンも普通に穿《は》き慣れてますんで。

「その侍従服じゃ、ハッタリが利かん」

「んなもん必要ないでしょうが」

「アホ。お前は俺の参謀だぞ？　それなりの恰好で威圧しないでどうする」

「そんな器用な芸当、ワタシにできると思うのか？」

「…………」

真顔で問い返したら、沈黙された。

そりゃ、そうでしょう。ワタシのどこに、威圧感が出せるのか。のらりくらりとしたただのオタク女子大生なのですよ？　ハタチの小娘なんですよ？　アンタが望むような、古狸相手に海千

山千乗り越えてきたみたいなの、無理に決まってるじゃんかー。

「まぁ、それでももうちょっとマシな服を仕立てさせるか。いずれ」

「えー、面倒くさい。動きやすい服が良いです」

「お前な……」

「ただでさえ鈍い運動神経が、動きにくい衣服のせいで圧迫されたらどうしてくれる」

「……あー、動きやすさ重視で、見栄えもそこそこのを作らせよう」

「ありがとう」

今回だけは、心の底からお礼を言った。日々、自分の運動神経の鈍さを痛感している。うぅ、だって、体育の成績はいつだって、「サボらずちゃんと参加してるから」という理由で、五段階評価の三だったんですよ。いわゆる普通の場所にい続けられたのも、先生が「やる気は認めてやろう」ってなってたからですよ。そんなワタシが、こんな、移動手段＝乗馬みたいな世界で生きるのすげぇ大変なんです……。

◇◇◇

「ちょっ⁉　何でワタシのポジションここなわけぇえええええ⁉」

「大声で叫ぶな。舌を噛むぞ」

「だったら、もうちょい、速度、落と……っ！」

飛ぶように周囲の景色が吹っ飛んでいく。

いや、比喩だけど。そりゃ、自動車とか新幹線とかに馴染みのあるワタシにしてみたら、そこまですっごいスピードじゃないですよ？　だけどね、それが騎乗の状態だって言うなら、衝撃は察してあまりあると思うんですが⁉

……馬に一人じゃ乗れないワタシは、馬車を所望したはずだった。領地の見回りに行くならついて行くから、せめて馬車にしてくれ、と。それが、気づいたら何でか、アーダルベルトに同乗させられている。後ろで手綱を手にするヤツの前で、馬の首にしがみつく勢いで必死だ。ひどすぎる。

「馬車だと遅い。あと、目的の場所までの道中には道が狭い場所がある。馬車は不便だ」

だったらそんなとこに、ワタシを連れて行こうとしないで！

切実に訴えたいんだけど、マジで今喋《しゃべ》ったら舌を噛みそうなので、うぐうぐ唸《うな》るだけですわ。いやもう、本当に、ね？　戦が超絶お得意な覇王様。予想に違《たが》わず、乗馬技術も天元突破レベルやった。まぁ、彼に与えられてる馬が、極上の軍馬っていうのもあるんだろうけど。巨体の獅子獣人のアーダルベルトを乗せても平然としている黒い毛並みの軍馬は、そこにワタシ一人加わったって、全然平気そうだった。すごいな。

アーダルベルトの馬術がいかに優れていたって、それに乗せられているワタシはへっぽこなのだ。振り落とされないようにするのが精一杯。それなのに、アーダルベルトは気にせず、ガンガンすっ飛ばしている。お前は速度《スピード》マニア《ジャンキー》か！

王都を出てしばらくは、道も舗装されてたから安全だった。それが、どんどん進むウチに、砂利が山盛りの凸凹道《でこぼこ》になった。強力な軍馬さんはそんなものに負けない。アーダルベルトも負けない。ただ、ワタシだけが負ける。馬が跳ねるように走る度に、身体がふわりと浮いて、そしてまた落ちて、……正直に言いましょう。すっげぇ怖いんデスケド‼

「おい、落ちるなよ」

「煩い！」

超必死に馬の首にしがみついているワタシに、言う台詞がそれか⁉　せめて、速度緩めてやろうとかないんかい！　っていうか、アンタこんなに全力疾走して、部下さんたち置き去りじゃないの⁉

「俺に追いつけずとも、見失わずについて来られる程度の腕はある」

それって護衛としてどうなんだ？

でも、この男に護衛いらないよなぁ、と思ったのも事実ですた。獣人でも最強と言われる獅子で、その中でも最強と謳われる覇王様で、文武両道で戦場でブイブイ言わせてきた武闘派の皇帝陛下。……うん、護衛いらないわ。連絡手段ぐらいの認識で良くね？

そんなことを考えてたら、身体がまた、ふわっと浮いた。慌てて馬の首に腕を伸ばしたけど、若干《じゃっかん》遅い。落ちそうになる。怖い。落馬は死ぬ。無理！

目をつぶった瞬間、腹回りに力を感じて、そのまま引き寄せられました。

「お前は器用だな。どうやったら馬の首にしがみついてて落馬できる」

「知るか！」

助けてくれてありがとう、と言うべきなんだろうけど、言えるか！　そもそもの元凶は、アーダルベルトの乱暴な馬術のせいだ。馬に慣れてない人間を、猛スピードで走る馬に強制的に乗せるとか、鬼ですか。シートベルトもないのに、どうしろっつーの！

呆《あき》れたようにため息をついたアーダルベルトは、そのまま、右手で手綱を握りつつ、左腕でワタシを拘束することにしたようです。簡易のシートベルトですね、わかります。そこはありがとうと言っておく。でも、ちょっと苦しいんですが。

だって、獅子の獣人のバカ力でぐいっと引き寄せられて、そのまま固定されてるんですよ？　イメージしましょう。コルセットっぽいナニカで、ぎゅーっと腹回りを強制的に締め付けられてるのに近いです。ぐえぇ。蛙の潰れたみたいな声出る。そんな声聞いたことないけど。例えです。

馬の首にしがみついていると余計に苦しいことが判明したので、大人しく身体を起こして、アーダルベルトにもたれることにしました。何も言われなかったので、その姿勢が正しいのでしょう。多分。腹をぎゅうぎゅう締め付けるように固定している太い腕は、もう、丸太がシートベルトになってると思うことにした。苦しい。

なお、ワタシたちは、街からちょっと離れた、辺鄙《へんぴ》なところにある村に、向かっている。

何でも、最近ちょーっと盗賊？　っぽいのが出てくるので、住民が困ってるんだとか。それなら軍隊派遣したら終わるくね？　と思うんですが、アーダルベルトは自分で確認するってきかなかった。多分、デスクワークに飽きたんじゃないですかねぇ。

嘘です。

そんな単純な性質してるなら、扱いやすいよ。アーダルベルトは、本能型の戦闘狂に見せかけて、思慮深い冷静な理性型だ。その彼が、部下を向かわせれば良いはずの案件を自分で動くようにしたのは、ワタシが原因です。ワタシを連れ回したいだけなのです。ちくしょうめ。

辺境にはなかなか情報が回らないわけで、「胡散臭《うさんくさ》い不審者」改め「予言の力を持つ参謀」となったワタシを、アーダルベルトはあちこちで見せびらかすつもりらしい。止めて。こちとら引きこもりが性に合ってるオタクで、女子大生で、腐女子なだけだから！　連れ回すの禁止！

大々的にお披露目なんてされたくないのに、あちこち連れ回されて、しかも誰かと聞かれたら「俺が信頼を置く参謀だ。未来を見通す賢智がある」とか、お前大ボラ吹くにもほどがあんぞ、くぉらぁ！　って感じですわ。殴り倒したい。

一応殴ったけど、ワタシのパンチなど、彼には猫がじゃれるよりも可愛いものだったらしい。真顔で「お前、体調は平気か？」と非力具合を心配された。やかましい。こちとらただの人間なの！

「もうしばらくすれば村に着く」

「うぃー……」

腹が圧迫されているので苦しい。これから解放されるのはいつのことだろう。アーダルベルトの逞しい胸板に背中を預けるのは楽なんだけど、正直、ヤツの鬣がすっげーくすぐったいです。首とかがくすぐったくて、困る。おのれ、この万年もふもふ種族が！

犬とかだったら、耳触らせて～とかやりたいけどな。猫やウサギも。尻尾とか耳とか触りたいじゃないですか。でも、獅子の鬣は特に触りたいとは思わない。思わないんだけど、今、ワタシは獅子の鬣に顔が包まれそうになってます。むぐぅ。

　だってほら、アーダルベルト巨体だし？　ワタシは一般的な女子としては普通の体格だと思うけど、アーダルベルトがマジごっついから。子供がすっぽり大人の腕の中にいるような感じです。太い腕で拘束されてますので、イメージとしては、こう、幼児を確保する大人、みたいな……？

……自分で言っててちょっと切なかった。

　そうこうしているうちにたどり着いた村。辺境の村ですわ。いやー、ＲＰＧゲームの序盤で、主人公の出身の村とか、主人公が初めて到着する村とか、そういう感じの辺鄙具合。人口規模がとか建造物がとか言うより、もう、見たイメージが、本当に、田舎です。

　でも、仰々しい王都とかより、こっちの方が落ち着くな～。盗賊の被害に遭ってるの可哀想だから、アーダルベルト、さっさと盗賊ぶっ潰してきたら？

「詳しい話は村長に聞く。あと、あいつらが追いついてきてからだな」

「……少しは協調性とか団体行動とか学ぼうな、アディ」

「王にそういうのは不必要だと言われたな」

「いや、いるから。ヒトとして、それは必要だろ」

　しれっと言うアーダルベルトの顎《あご》に、下から軽く頭突きをしてみた。でも全然痛くなかったらしい。知ってる。もう気にしない。ワタシ非力だし。異世界転移補正なんてかからなかったんや……。

アーダルベルトの到着にざわざわする村人たち。とりあえず、村長に後で行くから家で待ってという趣旨の伝言を伝えるにとどめて、後から追っかけて来てる護衛さんたちを待っている。ワタシ？　ワタシはアーダルベルトの腕にとっ捕まってるままですよ。大人しくしてます。落馬怖い。

ただ、村人の「アンタ誰？」っていう視線が、むっちゃ突き刺さりますけどねぇえええ！　自分たちの王様が、どこの誰ともわからない女を馬に同乗させてるんだから、そりゃ、見るよね。しかも、女なのに侍従の衣装着てるもんね。しかも、黒髪黒目っていう、この世界ですっげー珍しい色彩してますよね。……ワタシとしては、カラフルな色彩の方がよっぽど珍しいんだけどなぁ。

この『ブレイブ・ファンタジア』或いはそれに酷似したナニカの世界は、西洋風のファンタジー世界だ。だから、色彩もカラフル。金髪とか普通。目の色だって、青に緑に赤と賑《にぎ》やかだ。その中で、純和風の日本人を連想させる、黒髪黒目というのは、滅多にいない。たまにいても、どちらか一つ。そして、それも他の色が混じったような黒。純粋な黒髪黒目なんて、天然記念物レベルらしい。

だからまぁ、ワタシ、悪目立ちしてますよ。顔の造作が問題ではなくてね。色彩がちょっと、目立つらしい。そういうのをアーダルベルトに聞かされて、うっわーってなった。目立ちたくないのに、目立つ要素があったとか、マジ勘弁。オマケに、アーダルベルトが嬉々として「宣伝しやすいから、下手に弄《いじ》るなよ」と言って、髪染め禁止を言い渡してきましたよ。ちくせう。

「ミュー」

「うい？」

「皆が揃《そろ》った。村長の館に行くぞ」

「あいあい」

やっとこの馬上という拷問から解放されるんですね、良かった。お尻と太ももが超痛い。乗馬したことない皆さん、お尻マジで痛いですよ。あと、馬にまたがってるので、太ももとか股関節のあたりが、マジでガチガチになります。うぐぅ。運動音痴に相応しく、身体も硬いんです。痛いよぉ。

で、ワタシ、どうやって降りたらよろしいんで？

ひらりと簡単に馬から降りてしまうアーダルベルト。その彼を見下ろす形で馬の上にいるワタシ。踏み台ください。足が届きませぬ。無理。鐙《あぶみ》に足をかければ良いとか、そういうのは運動神経が良い人間の台詞！　だってこの馬、ワタシがいつも練習している馬より、遥かに大きいんですよ⁉

「お前は馬からすら満足に降りられんのか」

「無理矢理お前が乗っけたからだろ！」

「仕方のないヤツだ。ほれ」

「……ありがとうございます」

肩をすくめて苦笑した後に、アーダルベルトはワタシに腕を差し出した。素直にその腕を掴むと、ぐいっと引き寄せられて、抱きかかえるようにして一瞬で降ろされる。素晴らしい腕力ですね。ええ、流石はワタシを米俵のように肩に担いで運んだお方は違いますする。

「お前、まだ根に持ってるのか」

荷物扱いされたことを、根に持たない人間がいると思うのか。それも無理矢理。

ぶちぶち文句を言いながら、村を見る。田舎の雰囲気は本当にほっこりするなー。あ、山がある。ちょっと材木に使われてるのか、山肌が見えてるのが気になるけど～。

ちょっと待て。この村、何て名前だった？

「アディ、つかぬことを聞くけれど」

「何だ」

「この村の名前と、あの山の名前をプリーズ」

「トルファイ村とアロッサ山だが？」

「…………マジか」

それがどうしたと言いたげなアーダルベルトの言葉に、絶句した。嘘だろ。マジですか。やめていただきたい。何でこんなタイミングなんだ。そして何でワタシは、思い出してるんだ。

アーダルベルト統治十年の、春。それが今。日本ほど明確な四季は存在しないが、太陽暦で三六五日の計算が成り立っているこの世界、ただいまの暦は、五月の頭。春の息吹が芽吹き、心地好い風が吹き渡る季節。それは良い。それは別にかまわない。

ただ、問題はこの後だ。日本の梅雨ほどではないし、雨季と呼ばれるものでもないけれど、六月は雨が多い。降水量が圧倒的に多い。時折、ゲリラ豪雨のように降ることもあるそうな。

そんでもってこのトルファイ村、今年の六月の大雨のときに、土砂崩れに巻き込まれて完全消滅する村じゃね？

非常に面倒くさい状況に気づいてしまった。

気づきたくなかったけど。というか、何でこのタイミングで思い出すんだ、ワタシ。そして何故、このタイミングでワタシをこの村に連れてきたんだ、アーダルベルト。あと、何でこのタイミングで村を襲ってるんだ、盗賊！

落ち着こう。とりあえず、落ち着いて考えよう。簡単に口に出して良い話じゃない。だってそうだろう？「この村、来月土砂崩れで全滅しちゃうよ☆」なんて言ったら、ワタシ、最初と同じ状況になるわけじゃないですか？そのうっかり零れた情報で、今、こうして覇王様にとっ捕まって、やりたくもない参謀ポジション与えられてるわけでしょ？

できれば、黙秘しておきたい。

ですが、ワタシの反応からナニカを悟ったらしいアーダルベルトが、にたぁっと笑ってこっちを見ていた。意訳するならば、「お前、また何か面白い予言でもするつもりだな？　さっさと教えろ」って感じでしょうか。違わい。思い出したくなかったネタを思い出して、あわあわしてるんだよ。

「ミュー」

「……ちょっと、考える時間が欲しい。その間に村長と話をするなり、盗賊退治するなり、好きにして」

「わかった。その代わり、後でちゃんと教えろよ？」

「教えたくないけど、教えないと煩いだろうから、覚悟が決まったら教える」

嫌だ、ということを前面に押し出しつつも折れたら、アーダルベルトはごろごろと楽しそうに喉を鳴らして笑った。ぐしゃぐしゃと大きな毛皮の手でワタシの頭を撫《な》で回し、追いついて来ていた護衛の中から、顔馴染みの近衛兵さんを呼んで、ワタシの護衛を任せる。そうして、笑いながら、大多数を引き連れて、村長さんところへ向かっていった。

あぁ、気が重い。重すぎる。何でこんなことになってるんだか……。

つってもなぁ……。大事になるのは嫌だけど、これ、言わないでいるわけにもいかない内容だったりもするし……。大量の人命がかかってるわけだし……。

「……何か、お気づきの点でもあるのですか？」

「気づいたというか、思い出したというか、ですね。後で説明しますよ、ライナーさん」

「俺に説明は必要ありませんが、陛下には説明してくださいね」

「……うん」

穏やかに笑ってくれるライナーさんは、犬の獣人だ。犬種イメージは、ゴールデンレトリバー系。犬の中でも大柄なんだけど、おっとり穏やかな性格が顔にも出ていて、威圧感はない。あの日、ワタシがアーダルベルトに拉致された日も側にいた、古株の近衛兵。年齢はアーダルベルトよりちょうど十歳年長らしく、現在三十路《みそじ》半ば。男盛りですね。

なお、あの日ワタシに対して殺気バリバリの言動取ってたのは、もう一人の護衛のお兄ちゃんですが、今はアーダルベルトの側にいるので気にしない。あっちは真面目堅物だから、ワタシの言動が気に食わないらしい。陛下万歳《マンセー》気質のお兄さんには、不敬罪の重ね塗りみたいなワタシは、胃がキリキリ痛むぐらい腹立つ存在らしい。なお、そんな彼は狼系の獣人でした。狼って群れに忠実だもんね。

話が逸《そ》れた。

今ワタシの頭を悩ませているのは、この村が来月に土砂崩れで崩壊するという事実。直接的な原因は、雨量の多い六月にありがちな、ゲリラ豪雨。大量の雨を、山が受け止めきれずに地盤が緩み、そのまま土砂崩れに相成った、らしい。自然に逆らうのは難しいよ……。

ただ、この村に起こった土砂災害に関しては、人的要因も関わっている。

主産業が林業のこの村に、都会から大量の材木の注文があったのだ。

それに間に合わせるために、本来ならば育てている途中だった部分の樹すら、材木として売ってしまったのだ。先立つものがなければ生きていけない。彼らだって、自分たちの生活のために商売をしただけだ。例年通りの雨程度ならば、地盤も平気なはずだった。けれど、彼らの見立ては外れ、たった一夜にして一月分とも思えるほどの雨が降り、土砂災害は起こり、トルファイ村は生存者を一人も残さずに、全滅したのだ。

良心に従うならば、この事実をアーダルベルトに伝えて、何らかの対策を取ってもらうべきだ。土嚢《どのう》で補強するとか、余所から樹を持ってきて植林するとか、色々と。この世界の土木事情とかそこまで詳しくないけど、獣人の体力だったら、大概のことできそうだし。

人命保護の観点からも、それは実に、当たり前の反応。ただ、ワタシがそれを一瞬ためらってしまうのには、訳がある。

これは、立派な歴史改変になるのではないだろうか？　という懸念だ。

アロッサ山を襲ったゲリラ豪雨。それによって引き起こされた土砂崩れによって全滅するトルファイ村。この不幸な事故には、歴史的な意味がついてくる。この事故を教訓にして、アーダルベルトが一斉に全国の土砂事情？　を調べ始めるのだ。結果、崩れそうな部分は補強され、水はけの悪い場所は水を誘導する措置がとられ、その成果として、ガエリア帝国で土砂災害は劇的に減る。そういう、ターニングポイントなのです。

んでもって、その事故を、ワタシの《予言》によって未然に防いだ場合、その先の未来は、どうなるのでしょうか？

正直、先日の傭兵崩れの襲撃は、そこまで大きな事件でもイベントでもなかったので、単純に人命救助を優先させた。大きな歴史の流れにはならなかったと思う。けれど、今回は違う。コレは、大きすぎる改変で、それがこの世界にどういう影響を与えるのかが、ワタシには、わからない。

救えるならば、救いたい。けれど、ワタシの短絡的な結論が原因で、この先の未来が変わったら？　今目の前でワタシが救った数十人の代わりに、少なくともアーダルベルト統治下の間は護られるはずだった数千人の生命が危険に晒《さら》されるとしたら？

無理！　ワタシ、そんな重荷は背負えません！

ただのオタク女子大生（腐女子）に、そんなことできるわけないじゃないですか。ワタシ、そこまで重いの背負いたくない。背負えない。耐えられない。無理無理無理。誰が何と言ったって、そこまで責任持てない！　下手したら、世界の理《ことわり》を調整するナニカによって、消滅させられるかもしれない！　そんなの嫌だぁ！

「何をそこまで真剣に悩んでおられるのですか？」

「…………ワタシの覚悟の問題、かな？」

「覚悟、ですか？」

「ワタシ、アディが勝手に参謀にしてるだけで、ただの小娘だから。重荷を背負うなんてできないし、歴史を、未来を変えるなんて、恐ろしいことできないなぁって思うわけです」

心配そうなライナーさんに、へらりと笑って答えた。笑えているといい。アホな小娘の、どうしょうもない悩みだと思ってもらえたら。真面目に受け取られると、結構しんどいしね。

なのですが、何でか知らんけど、ライナーさんの目が尊敬の眼差しに変わっていった。え？　何で？　次いで、労《いたわ》るみたいな目になった。え？　だから、何で⁇

「くだらんことで悩む暇があるなら、とっとと話せ」

「アディ⁉」

ぬっと現れたのは、アーダルベルト。村長さんとの話し合いは終わったのか、護衛のために連れてきていたはずの兵士さんたちが、村の外へと、正確には山の方へと走っていった。あぁ、彼らに盗賊退治は任せたんだね。んでもって、さっきから興味残ってたワタシの方へやってきた、と……。

…………ライナーさんの労りの眼差しの原因、こいつか。

「嫌だー。言いたくないー。ワタシまだ覚悟決まってないから、嫌だー。逃げるー」

「お前が俺から逃げられるわけないだろうが」

「……うん、知ってる」

逃げようと動いた瞬間、襟首をアーダルベルトに掴まれた、そのまま、ひょいっとつまみ上げられて、顔と顔が同じ高さに。つまりはワタシ、浮いてます。ワタシの体重が標準だからって、軽々持ち上げるとか、マジで獣人怖い。違った。獅子の獣人怖い。犬猫ウサギにそんなに腕力はないもん。

「ぐだぐだ言うな。《予言》を寄越せ」

「ワタシが与えるのは《予言》じゃなくて《知識》だ、バカタレ」

「俺たちにしてみれば、それは立派に《予言》だ」

真顔で言うなし。

あぁ、でも、そうだよね。ワタシはこの世界の、或いはこの世界に類似した世界の、未来を知っている。それはワタシにとっては《知識》だけど、彼らにとっては《予言》になってしまうのだ。

ほら、歴史改変の危険性はここにちゃんとあるじゃないか。タイムパラドックスだのタイムリープだのと、色々と時間を移動する際の危険性とかは存在するでしょう。それとは違っても、今のワタシは、それに近い状況に陥っている。下手したら、タイムパトロールにとっ捕まる。

……いや、ここは別の世界かもしれないから、そういう意味では捕まらないの、かな？

「ミュー」

静かな声で名前を呼ばれる。それは、ワタシの名前じゃない。だけど、この世界に墜ちてきてから、ワタシの名前はちゃんと発音されることはなかった。だから、ミューと呼ばれても、それが自分の名前だと認識する程度には、馴染んだ。馴染みたくなかったけど。

……仕方ない。腹を括るか。

「来月、大雨が降る季節だよな」

「そうだな」

「近年最大級の豪雨が降る可能性がある」

「で？」

回りくどいワタシの発言に眉を寄せるアーダルベルト。はっきり言え、と言われている。表情だけでそれがわかってしまうのが、色々辛い。

「ゲリラ豪雨でアロッサ山が崩れて、トルファイ村は全滅する」

口に出してしまえば、一瞬のこと。アーダルベルトもライナーさんも目を見張っていた。他には誰もいなかった。だから、口に出した。この二人は、ワタシが突拍子もないことを言い出すのを知っている。だから、言える。けれど。

けれどそれは、ワタシがこの世界の歴史を歪《ゆが》めたことに、ならないのか？

ぞわり、と背筋を悪寒が走った。ワタシは、ただの異邦人だ。この世界の異物だ。それなのに、この世界の重要な事象を、決定づけようとしている。ワタシには、何の権利もないのに。何の権限もないのに。この世界の、続いていくはずの、《正しい》歴史を歪めようとしているのだ。

多分、顔面真っ青だ。怖い。ものすごく怖い。ワタシはただのオタク女子大生なのだ。こんな重い責任なんて、背負えない。背負いたくない。じゃあ、最後まで口を割らなければ良いじゃないかと思うだろう。でも、ワタシは《言いたかった》。

アーダルベルトに伝えて、何とかしてほしかった。目の前で、普通に笑って生活しているこの村が、一ヶ月後に無残に滅ぶなんて見たくなかった。走り回っている子供たちが。畑作業をしている男たちが。洗濯物を取り込んでいる女たちが。土砂に潰されて死ぬなんて耐えられない。だってワタシは、ただの庶民なんだ。目の前の人たちが死ぬとわかっていたら、誰かに助けてと叫びたくなる。

そしてワタシの前には、彼らを救える男が、いるのだから。

「……村長の家で、詳しいことを話せ。対策を練る」

「アディ」

「何に怯《おび》えているのかは知らん。だが、責任は俺が取る。忘れるな。お前は参謀で、王はこの俺だ」

「……おぅ。アディ、超恰好良いぞ」

「もっと褒めろ」

「嫌だ。褒めたら調子に乗る。あと、いい加減降ろせ」

ありがとうとは、言いたくなかった。それを言ってしまったら、ワタシは完全に、アーダルベルトを利用したことになる。それは、嫌だ。心の中で、どれだけ本気で、彼にありがとうと叫んでいても、口には出さない。それはきっと、ワタシのちっぽけな矜持《きょうじ》だ。

それを知っているのかいないのか、アーダルベルトはいつものままで。ワタシをつまんだまま、歩き出す。降ろしてはくれなかった。村長の家までの僅かな距離を、ワタシは彼に文句を言うことに費やした。そんなワタシに、アディは軽口を返すだけだった。いつものままに。

それでも、救える命を救いたいと願ったのは、ワタシの確かな本音なのです。


アーダルベルトと二人で向かった先で出会ったトルファイ村の村長さんは、「ゲームに良く出てくる村長さん」だった。

え？　何言ってるかわからないって？　いや、ゲームの中で良く見かける、白髪に髭にローブに杖っていう見慣れたスタイルのおじいさんだったんで……。ドット絵とかで良く見る感じのデザインだった。テンプレなの？　違うの？

そういや、この世界、女子はズボン穿かないのに、男にローブは有りなんですよね。意味わからない。だったら女子がズボン穿いても良くね？　ワタシ、ズボン穿いてるだけで、性別不明者扱いされてるんですよ？　女官さんと同じ服で動き回れとか言われても、裾踏んづけて死亡フラグですけど！

………………多分ワタシ、最初にジャージ姿だったために、小僧呼ばわりされてたんだろうな。今思った。そして、ワタシが女子だと自己申告したのに、侍従の衣装しか渡さなかったアーダルベルトにも、色々と事情をお聞きしたい。この世界、ズボンを穿いてる女子は、家庭の事情で男装してるとか、そういう重要な場合オンリーらしいんですが。

その設定、ゲームではあまり出てこなかったよ！　でもそういや、女子キャラ全員、戦闘員もスカートでしたね！　うん！

「ミュー、アホなことを考えていないで、村長に事情を説明しろ」

「……アホじゃないやい」

「村長、こいつは先頃から俺が側に置いている参謀だ。未来を見通す英智を持っている」

んなもん持ってねぇよ。

お願いだからそこの獅子さん、真顔で大嘘言うの止めれ。そのしわ寄せ全部、ワタシに来るから。ホラ見ろ！　善良な村長のおじいさんの視線が、「陛下が連れてるこの少年は誰だろう？」から「は？　この胡散臭い少年が、参謀？」っていうのにクラスチェンジしてるじゃん!?　思いっきり不審の眼差し向けられてるからね!?

お前そろそろいい加減に、初対面のヒトにそれぶちかますの止めよう？　ワタシの知名度そんなにないし、そもそも、そんなハイパーミラクル天才様なスペック存在しないからね？　ワタシにあるのはただのゲーム知識。イベントになってたり、作中で語られたりしてる部分だけを記憶してるのであって、そんな、何から何まで知ってるとか思われるの心外！

「未来を見通す、ですか……？」

ほら、おじいさんがすごい困ってる！　陛下の知り合いだから、取り扱いに困ってるじゃねぇの！　ワタシも困るわ！　なのに、何で一人で自信満々なんだよ。これだから王様っていうイキモノわ‼

「そうだ。……ミュー」

じろりと横目で見てくるアーダルベルト。今の視線の意味を訳すならば、「腹括ってさっさと言え」だ。わかってるよ。ここで言わないっていう選択肢、ワタシには存在しないんでしょ！　知ってる。ワタシが言わなくてもアーダルベルトが暴露して、話がそのまま進められるんだろうからな！

「村長、この村では土砂災害が起こったことはありますか？」

とりあえず、本題にいきなり入るのは止めよう。ちょっと遠回りしてみよう。いきなりはいくら何でも、インパクト強すぎるだろうし。このおじいさん村長がぽっくり逝《い》っちゃったら非常に困る。

「土砂災害、ですか？　いえ、今までそのようなことは……。我らは山と共に生きておりますので、そうならぬように日々注意しております」

「ですが、見たところ、山肌の露出が多いように思われます」

「それは……。……先日、材木の注文が相次ぎまして……」

大丈夫だと言っていた村長の顔が、曇った。それをワタシはちゃんと見た。隣でアーダルベルトも見ている。《いつもと違う状態》だということは、ちゃんと理解しているらしい。それなら少しは話がしやすいかもしれない。ホッと小さく息を吐き出した。

瞬間、早くしろと視線が飛んでくる。わかってる。わかってるから、アンタはもう少し、人の感情の機微を理解するべきじゃないかな⁉　このゴーイングマイウェイ男め！

「単刀直入に申し上げます。来月、予想外の大雨が降り、アロッサ山は崩れます」

「……は？」

「そのときの土砂崩れによって、このトルファイ村は全滅するのです」

なるべくしんみりと言ってみた。真面目な顔して言ってみた。机の上に、肘を突いて、手を組んで、その上に顎を乗せて、目を半分伏せて、シリアスめな低い声で言ってみた。誰だ、そこで「ダ○ープラグを……」とか言い出したの。違う。イメージは確かにしちゃったけど、違うんで！

村長さんは絶句していた。そりゃするでしょう。ごめんよ。ワタシも、いきなりこんなこと言われたって、信じられない。でも、事実だから仕方ない。……少なくとも、ワタシの知っている《歴史》では、コレが《正しい》未来だ。

「村長、突拍子もないことに聞こえるかもしれんが、ミューの言葉は事実だ。つい先日も、辺境の村への傭兵崩れの襲撃を《予言》してみせた」

だから、《予言》と言うでない。

アーダルベルトに言われたって、信じられるわけがない。ただ、信じてもらわなくても、やっておかなければならないことが、ある。でも、それを切り出すのはワタシじゃない。ワタシの権限じゃない。そういうのは、アーダルベルトの仕事だ。

「今は信じていなくても構わん。ただ、山崩れへの対策だけは行いたい。……協力を願えるか？」

「……陛下の仰《おお》せでありましたら、我らは従うのみでございます」

「かたじけない。近日中に手配する。村の者たちにも、山の状態に気を配るように伝えてほしい」

真面目な顔で、真面目な内容を、真剣に話しているときのアーダルベルトは恰好良い。ゲームで何度も見てきた、ワイルドイケメンな皇帝陛下だ。こういう姿しか知らなかったら、普通にイケメン相手にキャッキャうふふできたんだろうけどなぁ……。

生憎《あいにく》、ワタシの前にいるときのアーダルベルトはただの悪友モードだ。お前のどこにそんなもんが搭載されていたのか、小一時間ほど問い詰めたいわ。開発スタッフそんなこと言ってなかったぞ？

「ミュー、具体的な日付はわかるか」

「……ん。六月十五日。十四日の夜から大雨が降り続いて、そのせいで地盤が弛《ゆる》む感じで」

「だ、そうだ。まだ一月以上先の話だが、警戒だけはしていてほしい」

村長さんはもう、頷くしかできなくなっていた。ごめんよ、おじいさん。でもワタシもアーダルベルトも、この村を救いたいだけだから。それだけはわかってほしい。

それからしばらくアーダルベルトと村長さんが話をしていた。ワタシはその隣で、置物のように二人の話を聞いていた。時々アーダルベルトに言われて、ちょろちょろと話をする程度。だってワタシにできることなんて、その程度。ゲーム知識をちょろっと口にするぐらいしか、できないよ。

話が終わって外に出たら、ライナーさんを始めとする護衛の皆さんが揃っていた。盗賊退治は無事に終わったらしい。縄に繋がれてる盗賊さんたち、結構派手にボコボコにされてますねぇ。ま、仕方ないだろう。犯罪者にはそれに相応しいお仕置きが待ってるのが、世の常だし。

「盗賊はコレで全部か？」

「はい。全員捕まえました」

「よし。ならば王都まで連れ帰り、処罰を与えよ」

「はっ」

敬礼する護衛さんたち。……アレ？　皆さん馬だけど、もしかして、盗賊たちは引きずっていくの？　歩かせていくの？　ボッコボコにしたのに？　うわぁ、ひでぇ。キツそう。でもまぁ、人様に迷惑かけたんだから、仕方ないよね。

ってことは、帰りはゆっくりですか⁉　アーダルベルトの馬に強制的に乗せられるのはわかってるけど、アレと一緒に帰るなら、ゆっくりになるんじゃね？　ひゃっほい！　落馬の危機が減った！

「お前が何を考えているのかはわかるが、違うぞ」

「何ですと？」

「あいつらはゆっくり帰すが、俺はすぐに戻る。仕事があるからな」

「……………ワタシもあっちと一緒に、ゆっくりお馬に揺られて帰りたい……」

「却下だ」

デスヨネー。

知ってた。それぐらい知ってた。そうやって別行動させてくれるような優しさがあるなら、そもそも、ワタシをこんなところに連れ出したりしないよねー！　ちくせう！　わかってても辛いよ！　またあの恐怖と終わった後の痛みと闘うのかよ！　正直まだ股関節痛いよ！

当たり前みたいに、襟首引っつかんで、持ち上げられた。止めて。それ止めれって言ってる。ワタシ荷物じゃないし。確かに、持ち上げてもらわないとアンタの馬には乗れませんけど！　だからって、毎回毎回、ワタシは猫の子じゃねぇのよ⁉

「お前、もう少し食った方が良いんじゃないか？　いくら何でも軽すぎるぞ」

「失礼な！　標準体重だから！」

「何が標準だ。あまりにも軽すぎる。……アレか。筋肉が足りないのか。一緒に鍛錬するか？」

「全力でお断るわ‼」

何という恐ろしい、悪魔のような誘いを口にするのか！　こんな武闘派レッツゴーな獅子の獣人と一緒に鍛錬とかしたら、ものの十分でワタシ死亡のお知らせじゃないですか⁉　多少の運動をしろというのならば、衣食住与えられてる身として、考えなくもないけれど……！　ライナーさんが優しく教えてくれるとかならまだしも、アディと一緒とかマジで死ぬ予感しかしないわ！

だいたい、乙女の体重をどうこう言うなんて、デリカシーの欠片もありませんね！　何て失礼なヤツだ。確かにワタシは女子らしくないかもしれないが、これでも性別はちゃんと女子だからな！　そこら辺忘れんなし！

「…………。……あぁ、お前、女だったな」

「今思い出したのか⁉」

「いや、その恰好でその言動だろう？　女性らしい要素がどこにもないから、つい忘れる」

「口調はワタシの自業自得だとして、この服装はお前が選んだんだろうがぁあああ！」

「だが、動きやすいだろう？　侍従の恰好」

「ええ、動きやすいデスケドネ！　この世界でズボンが男子限定だって知ってたら、ワタシもちょっとは考えたわ！」

文句を言っても華麗にスルー。叫ぶワタシを無視して、アーダルベルトは当たり前みたいにワタシを馬に乗せた。嫌だ。この馬大きいから、乗っけられると高すぎて怖い。落ちる、落ちる。必死に馬の首にしがみつくワタシは悪くない。だってこいつ、他の馬より二回りぐらい大きいんだもん！

普通の軍馬がポニーに思えるレベルって、どんなんだよ⁉

いや、それぐらいのサイズじゃないと、アーダルベルトが乗れないんだろうけどね？　わかってる。それはわかってるけど、その上に乗せられている状況だと、ワタシは色々と辛い。だって、うっかりバランス崩して落っこちたら、即死するよ？　死ねるよ？　死にたくないじゃないですか！

落馬の恐怖と戦いながら馬の首にしがみついてたら、アーダルベルトがひらりと跨《また》がってきた。んでもって、ぐいーっとワタシの身体を引っ張り寄せて、左腕で丸太もどきシートベルト完成です。……あぁ、これで帰るんだ。安全は確保されたけど、圧迫感パネェです。腹が、苦しい……。

「落ちるなよ？」

「……落とすような走りするなよ」

「善処する」

「善処じゃなくて！」

古今東西、運転とか操縦とかに付いてくるのは、「安全第一！」の精神ではないのか!?　乗馬だって同じじゃないですか！　ヒトが乗ってるんだから、安全を考慮するのは当たり前のこと。なのに、何で面倒くさそうなの！

「ミュー」

「何《あに》？」

「戻ったら対策を練る。手伝え」

「……うい」

耳元でぼそりと呟かれた言葉に、素直に頷いた。トルファイ村を護るためだ。アーダルベルトに仕事を押しつけたワタシとしては、できることはちゃんと手伝いたいと思ってる。たとえ、できることが少なくても。この村を、なくしたくない。その気持ちは一緒だと、思うから。

「と、いうわけだ。急いで帰るぞ」

「それはそれで嫌だぁあああ！」

見えないけど、今絶対、すっごいイイ笑顔してるだろ⁉　ワタシがアンタの馬術に振り回されてるの知ってて、そんな悪魔の宣告みたいなことするの⁉　鬼？　鬼なの？　鬼が憑依《ひょうい》してるんじゃないの？　ねぇ？

お城に帰還したときのワタシが、完全に魂が抜けてたと皆が言うけれど、ワタシは絶対に悪くない！

◇◇◇

「はじめチョロチョロ中パッパ、赤子泣いても蓋とるな～♪」

「ミュー様、その変な歌、何ですか？」

「ワタシの故郷で、お米の炊き方をわかりやすくしたお歌～」

わくわくしながらコンロとその上の鍋を見ているワタシに、少年は呆れたようにため息をついた。

彼の名前はシュテファン。ガエリア帝国育ちのエルフ。お城の料理番の、若手の一人。白いコックさんスタイルが良くお似合いです。金髪碧眼《へきがん》はエルフのお約束なのか、尖《とが》った耳も白い肌も、人形みたいに性別不明な美貌も、持ち合わせている。ステキ。男前イケメンと並べてによによしたい。

少年、と形容したのは、彼の外見がワタシの基準で十代後半《ハイティーン》にしか見えないから。ただし、彼はエルフなので、実年齢は既《すで》に五十歳を突破しているらしい。聞いたときは色々と頭が痛かった。流石エルフ。流石ファンタジー種族。人間の基準で考えたらいかんかったんや……。

ワタシが何をしているのかというと、シュテファンを巻き込んでご飯を求めて三千里やってます！

先日申し上げた通り、ガエリア帝国の主食は、パン。次に主食扱いなのがジャガイモ。確かにそこに存在するお米さんは、「特に美味しくもないし、興味ないし、スルー」ぐらいの扱いだった。何てヒドイ。こんなに美味しいのに。

つーわけで、ワタシは、日本人らしくお米に飢えて食料庫から精米されているお米さんをかっぱらい、シュテファンにお願いしてご飯を炊いてもらっている。炊き方ぐらい料理番たちは皆さん知っているけれど、お忙しいので若手代表シュテファンをワタシの生贄《いけにえ》に差し出してくださったらしい。それでも、こんな我《わ》が儘《まま》聞いてもらえるのは、ワタシが参謀というポジションに落ち着いてるから、らしい。

すごいね！　ワタシが「予言の力を持つ参謀」というのが、完全に定着してたよ！

トルファイ村から帰って後、アーダルベルトは忙しく働いている。一ヶ月しかないのだから、その間にできることをやってしまうつもりらしい。よろしく頼む、とほぼ丸投げしたワタシは、ヤツに質問される以外は暇で、城の探索にも飽きて、こうしてお米を求めてさすらうことにしたのだ。

いやね？　正直、パンに飽きたんです。ジャガイモも飽きた。今まで自分がそんなにお米大好きだとは思ってなかったけど、お米が恋しくてたまらぬのです。……お米に満たされたら、次は麺類に飢える可能性があるなぁ。

「ミュー様は、そんなにお米が食べたいんですか？」

「食べたいよ。ワタシの故郷の主食はお米だったし。お米、色々と美味しく食べれるんだからな！」

「はぁ……。パンの方が食べやすくて、種類も豊富で良いと思うんですけど……」

「それは価値観の違い。とにかく、今は、美味しいご飯が炊けるのを待つ！」

お米が食べたいと駄々をこねた瞬間、アーダルベルトは「は？　お前何言ってんだ？　俺は今忙しいんだ」っていう蔑《さげす》みの眼差しをしてくれた。けれどワタシはめげなかった。ここでめげたら、ワタシは下手したら一生お米さんを食べられないかもしれない。白米がない生活なんて、耐えられない！

――故郷の主食が食べたいと思って何が悪い！

――我が国の主食はパンだ。

――ワタシはお米が食べたい！　お米あるんだから、白米求めても許されるだろ⁉

――お前は子供か。

――じゃあ、アディは食卓から半永久的に肉が消えても耐えられるのか⁉

――……料理長に連絡しろ。誰か適当な料理番を一人、ミューに貸してやれ。

――ありがとう、アディ！

　ワタシの説得に応じたのではなく、自分の食卓から肉が消えるのは嫌だと思っただけらしいけど、アーダルベルトはとりあえず、ワタシの希望を叶《かな》えてくれた。それ以上の文句を言っちゃいけない。仕事で忙しいのはわかってるしね。邪魔しないように、大人しく台所でご飯炊けるの待ってる。

「ところで、ミュー様は女性ですのに、何故、侍従のお召し物なのですか？」

「アディがこれしかくれなかった」

「そ、そうですか……」

　どうも、初対面がジャージだったせいか、アーダルベルトの中で、ワタシはズボン着用が基本らしい。侍従の服を三枚ぐらいもらってる。いや、確かに着心地良いし、動きやすいんだけど、ね？　女子はよほどでない限りズボンを穿かないと言われる世界で、当たり前みたいにズボン着用女子としてふらふらするの、どうなん？　とは思わなくもない。

　ただ、アーダルベルトに言わせると「お前は異世界の人間で《予言》のできる参謀だ。普通である必要はない」ってことらしい。ようは、ハッタリ利かせるためにも多少奇抜にしていろ、と。

黒髪黒目だけでも目立つのに衣装でも普通から外れるってどうなん？　ワタシ目立ちたくないのに……。

「ミュー様、炊きあがりましたよ」

「マジ？　ありがとう、シュテファン！　やったー！　お米、お米！」

笑顔で教えてもらって、ワタシも笑顔で答えた。

さっそくお茶碗（というか小さな深めのスープ皿）にご飯をよそってもらう。お箸はないので、諦めてスプーンでご飯をもぐり。炊きたてご飯うんめぇ……。これよ、これ。ワタシが食べたかったのは、このお米の甘みですよ！

もぐもぐとひたすら白米をかっ込むワタシを見て、料理番さんたちが微妙な顔をしていた。あ、すみません。ここは調理場ですよね。ご飯食べるのは別の場所ですよね。わかってるんですけど、つい、炊きたてご飯の旨味には勝てなかった……。

とりあえず、残ったご飯を持って隣の料理番さんたちの食事処《どころ》へ向かう。だって、普段アーダルベルトと使ってる食堂まで遠いし。でも、城勤めの皆さんがご飯食べてるところへ行くのも、息が詰まる。めっちゃじろじろ見られる。台所の面々にはもう既に色々見られてるので気にしないですむし！

そんな風に移動している途中で、とても良いモノを発見いたしました。

「料理長、それ、残り物？」

「は？　ええ、賄《まかな》いの残り物ですが」

「それ、ちょっと温めて、ご飯の上にのっけてくれませんか？」

「…………は？」

　熊獣人の料理長が器にぽいっと盛りつけてたのは、タレが染み込んだと思《おぼ》しきお肉の山。切れ端っぽいのは、賄いに使っていたからだろう。でも、こう、鼻腔《びこう》をくすぐる匂いが、アレです。焼き肉のタレとか、ステーキソースとか、すきやき風味とか、そういう感じ！　これ、絶対炊きたてご飯の上にのっけたら、美味なやつ！

　早《は》よ、早よ、と瞳で訴えたら、首を捻りつつも、要求通りにしてくれた。ほんのり温められたお肉が、どかんと白米の上に。やったね！　白米オンリーだと思ってたら、焼き肉丼になったよ！

「ミュー様、それ、」

「わーい！　焼き肉丼の完成だー！　あ、シュテファン、ワタシお水欲しいから、入れてきてー！」

「……はい」

　何か、シュテファンが微妙な顔してたけど、他の料理番さんたちもめっちゃ微妙な顔してたけど、ワタシは知らぬ。日本人には白米も丼《どんぶり》もとても馴染みのある物体なのだ。よっしゃー！　久しぶりの白米が、グレードアップして焼き肉丼やでぇ！　お水もらったら遠慮なくかっ込める！と、いうわけで、隣の料理番さんたちの食事処で、休憩中の料理番さんたちにすっごい微妙な目を向けられながら、焼き肉丼イタダキマス！

　スプーンでお肉ごとご飯を掬《すく》って一口。美味い。タレが白米に染み込んで、マジ美味しい。お肉も賄い用らしいけど、味が良く染み込んでるし、何より切れっ端だから大きさが小さくてスプーンでも食べやすい。こうやって考えるとお箸ってすごいなぁ。シルバー三点セットで丼食べるのは、難易度高いよね。スプーンはギリギリセーフだけど、上にのってる具材によってはくっそ食べにくいし。

もっしゃもっしゃと食べてると、シュテファンがお水をくれた。ありがとうと会釈しつつ、ひたすらもぐもぐと焼き肉丼を食べる。あぁ、美味しい。幸せ。美味美味。

「……お前、白米を食べるんじゃなかったのか？」

アレ？　アーダルベルト、いつの間に来てたの？　っていうか、仕事どうしたし。

でも、口の中にご飯が入っているので、ワタシは喋れませんからね。口にモノが入ってる状態で喋るのは、非常にお行儀が悪いのですから。それぐらいはワタシだってわきまえてる。

というか、何で皇帝陛下が、料理番の食事処にやって来てるん⁇　そっちのが不思議じゃね？

「で、それは何だ？」

「焼き肉丼」

「ヤキニクドン？　何だ、それは」

「ワタシの故郷にある料理。こう、白米の上に色んなおかずをのせて、丼と呼ぶのだ。主食と副食が一緒に食べられて、超便利だよ」

「ほぉ？」

あ。嫌な予感。このパターン前にもあった。すごく嫌な予感がする。

慌てて器を抱えこもうとしたけれど、時既に遅し。アーダルベルトの腕がワタシから器を奪い、スプーンも奪い、まじまじと眺めた後に、一口食した。一口。

でもな、アーダルベルトの一口だと、器の中身が半分近くなくなるからな⁉

ワタシの、ワタシの焼き肉丼が！　やっと手に入れた白米さんが！　何でアンタは、毎度毎度そうやって、ワタシの美味しい食生活をジャマすんじゃ！　虐め？　これ新手の虐めかナニカ⁉

「……美味いな。白米がこんなに美味くなるとは思わなかった」

「お米さんに謝れ。あと、ワタシに謝れ。ワタシの焼き肉丼！」

「そんな本気で泣くな。シュテファン、お代わりを持ってきてやれ。ついでに俺の分も」

「シュテファン！　お代わりくれるなら、料理長に、さっきのお肉をタレと一緒に卵とじにしたのかけてって頼んで！」

「は、はい！」

お代わりを注文するアーダルベルトに続いて、ワタシも注文をした。焼き肉丼取られたから、他人丼にしちゃる。甘辛いタレと卵とお肉のハーモニーも絶品。卵とじ自体は料理として存在してる。豆の卵とじとかしてたし。だから、意味はちゃんと伝わってると思うのだ。

「何で卵とじなんだ？」

「アンタに焼き肉丼取られたから、他人丼でお代わりするだけだい」

「タニンドン？」

「このお肉は牛肉だろ？　卵は鶏だろ？　だから、他人」

「あぁ、その他人か。……なら、肉が鶏ならどうなる？」

「親子丼」

「そのまんまだな」

「我が国のネーミングセンスは割とそのまんまが多い」

わかりやすさが重視されて何が悪いのか。あと、美味しければそれで良いじゃないか。別に誰にも迷惑などかけていない。というか、お前はいい加減ワタシに謝れ。ワタシの食べ物を強奪してケロッとするの、いい加減どうにかしやがれし。

しばらくして、シュテファンが器を二つ持ってきた。アーダルベルトには焼き肉丼。ワタシには他人丼。行儀良く「いただきます」してからちゃんと食べる。焼き肉丼を、瞬間芸みたいにかっ込んだアーダルベルトは、じぃっとワタシが他人丼を食べているのを見てる。見てる。すっげー見てる。

「……器寄越せし」

「うん？」

「いいから、寄越せ」

素直に器をこっちに渡したアーダルベルト。ため息をつきながら、ワタシは他人丼を半分ほどヤツの器に入れてやった。どうせ取られるなら、自分から渡した方が傷は浅い。主に、分量を決められるという意味で。

「それ以上はやらんからな！」

「……お前、何だかんだで優しいな」

「どの口が言うか！　あげなかったら勝手に食うだろ⁉」

「あぁ」

「……少しは否定しろし」

あっさり頷いたアーダルベルトはそのまま平然と他人丼を食べ始める。あーでもマジで美味しい。流石プロの卵とじは違うわー。半熟卵とお肉とタレが絶妙に絡み合ってる。素晴らしい。美味しい。

後日、何か知らんけど、食卓のメニューに丼系が増えました。何で？

◇◇◇

トルファイ村への対策に追われていたアーダルベルトが、ちょっと暇そうにバルコニーから外を見ていた。彼の視線の先には城下町。……ではなく、そのまた先にある、アロッサ山を見ていた。多分、トルファイ村のことを考えていたのだろう。

「アディ、今時間ある？」

「何だ、ミュー。お前こんなところでどうした？」

「ん？　アディ探してた」

「俺を？」

不思議そうなアーダルベルトに、ワタシはこくりと頷いた。だって本当のことだ。状態が落ち着いたならば、彼に話しておかなければならないことがある。これはワタシの責任だ。だから、その責任に付随する事象を、ちゃんとアディに伝えておかなければ、あとあとマズイ。……というか、ワタシの心臓に悪い。

「トルファイ村のことなんだけど」

「あぁ、そのことか。色々と調べたが、《まだ》地盤は悪影響を受けるほどではないらしい。ただ、降雨量によっては予断を許さないそうだからな。補強を急がせている」

「……いや、そっちじゃない。そっちは、アディに話をした時点で、できること全部やってくれるだろうと思ってたから」

そう。そこは疑っちゃいない。アーダルベルトは武闘派の皇帝陛下だけれど、彼が武闘派なのは、ひとえに民を護るためだ。国と民を護るためなら、直接的な武術以外の頭脳戦だって、文化の発展だって、なんだってやる。そういう男だと、ワタシは《知っている》。……たとえそれがゲームの中のキャラクターの話でも、今目の前にいるアーダルベルトも、そういう男だと思う。

ワタシが告げたいのは、そんなことじゃない。ワタシは自己満足のために行動をしているだけだ。自分の心痛を減らしたいだけだ。ごめん、と小さく呟いたワタシに、アーダルベルトは不思議そうな顔をした。

「頼みがある」

「トルファイ村の礼もある。できる限り叶えてやろう。流石に、元の世界に戻せと言われても不可能だが」

「……トルファイ村の一件が終わってからで良い。国内全ての、土砂災害の起こりそうな地点を調べて、可能な限り補強してほしい」

「……ミュー？」

訝《いぶか》しげなアーダルベルト。ワタシは、自分の顔が悄然《しょうぜん》としているだろうことを悟っている。気分が暗い。重い。大抵のことでは動揺しないけれど、これは、ワタシの罪に等しい気がする。だから、その罪を相殺するために、アーダルベルトにさらに労力を強いるのだ。ワタシは何て、我が儘だろう。ヒドイ人間だ。

ワタシが余計なことを言ったばっかりに、アーダルベルトはトルファイ村を救うために忙しく仕事をしている。それは良い。結果的に人助けだ。良いと思っておこう。けれど、トルファイ村が土砂災害で滅びたからこそ、アーダルベルトは全国各地の土砂災害事情を調べることになるだから。

トルファイ村が滅びないようにした今、覇王様は全国の土砂災害事情を調べないかも、しれない。

ぞっとする。背筋を走る悪寒は、ここ数日ワタシの胃をキリキリと痛ませる元凶でもあった。ワタシが起こした行動で、この国の今後の未来が変わるかもしれないというのが怖い。目の前の誰かを救うだけで終わるなら、迷わない。けれど、波紋のように広がって変化した未来が改変されて、ワタシの手を離れた場所で多くの人が死ぬかもしれないと思ったら、怖くてたまらないのだ。

あぁ、怖い。怖い怖い。怖すぎて嫌だ。そして何よりも、ワタシが口にした《お願い》が、アーダルベルトに却下されるのが怖ぃ。確証のある直近の事態の対処を終えた今、ワタシの《お願い》が彼を動かすかどうかが、まだわからない。でも、これは確かにこの国に必要なことなんだ。綺麗事を言っても、結局それは、ワタシの心が安寧を求めたがっているだけなのだけれど。

俯《うつむ》いて、身体の横でぎゅっと拳を握っていたら、ぽすんと大きな掌《てのひら》が頭を撫でてきた。アーダルベルトの手は、獣人らしく毛皮に覆われている。普段はしまわれているけれど、鋭い爪もそこにある。獣と人の手を合わせたような、不思議な手だ。五本指だけど、人間のそれとはどこか違う。……それでも、頭を撫でる力は少し強くて痛いのに、優しかった。

「お前は何を恐れている」

「アディ」

「……ワタシがねじ曲げた歴史の行方を」

「アホ。お前は歴史をねじ曲げた訳じゃない。俺たちに希望を与えただけだ」

「それでもお前が己のせいだと嘆くなら、今後も遠慮なく、俺に民を救うための《予言》を与えろ。そうして全ての未来を希望に塗り替えてしまえば、お前の鬱屈もバカバカしくなるだろう?」

にぃっと豪快に笑う姿に、思わず笑ってしまった。そんな単純なことじゃない。ワタシは歴史を改変しようとしている。それも、ワタシの感情一つで。それなのに、アーダルベルトはくだらないと笑う。……あぁ、本当に。この男はどうして、ここまで完璧な王様なんだろう。悔しいけど、惚れ惚れするほど恰好良い。人間として、憧れる。

「しかし、そんなことは今更、お前に言われるまでもないことだが？」

「……ふぇ？」

「今まで後手後手になっていたが、国土を調べるのは必要事項だ。それで自然災害が防げるなら、行うのは当然だろう」

「……そっか」

当たり前だろう、と言いたげなアーダルベルト。そうか。こいつはやっぱり、そういう男だったか。ワタシが心配する必要なんて、どこにもないんだ。どんな未来を選んでも、どんな道筋になっても、アーダルベルトが民を見捨てるわけがないんだから。

あ、何か安心したら気が抜けた。ついでに力も抜けた。ぐでーっとバルコニーに身体を預ける。どっと疲れた気がする。自分で思っていたより、ワタシの心身は滅入っていたらしい。おぉう。

自分がそんなに繊細だったなんて、ハジメテ知ったぞ。

「で、お前の知っている未来では、何が起こっていたんだ？」

「……それ、今聞く？」

「聞く」

色々と気が抜けている今のワタシに、そういう真面目なお話をさせようとするなんて、こいつはやっぱりゴーイングマイウェイだ。まぁ、そういう男だって知ってるけどねー。

「トルファイ村が全滅した後にさ、全国を調べることにしたんだよ」

「なるほど」

「同じ被害は減らすってすっげー燃えてた」

「そうか。ならば今回は、何も喪わずに目的を達成できそうだ。礼を言う」

「……そーくるかー」

あくまでも前向きなアーダルベルトに、ワタシは思わず苦笑した。こいつは本当に強いなぁ。そして、ワタシはやっぱりどこまでも庶民だなぁ。まぁ、当然だけど。アーダルベルトは国を継ぐべく幼い頃から色々背負ってたヒトで、ワタシはただのオタク女子大生だ。しかも腐女子だしなぁ……。

……こう、腐女子としては、目の前にこんな最強クラスの男前がいたら、色々と妄想するべきなんだろうけど、生憎とアーダルベルトは昔から射程外なんだよなー。

ゲームしてたときは、その完璧さから「彼の隣に並び立てる人間も、彼を追える人間も、存在しないんじゃね？」とか思ってたからフリー。現実に、生身の人間として目の前にいる今は「こいつ、スペック完璧に男前でも、中身ただの悪友モードじゃね？」って事態による「身内で妄想はいいわぁ……」という萎《な》えた気分で。勝手に幻滅してるので、アーダルベルトにはすまないと思っている。

…………ほんの少しぐらいは。

申し訳ないと思えない大半は、ヤツの悪友モードによる、ワタシへの態度のせいだ。まるで猫の子みたいに襟首引っつかんでつまみ上げるの普通だし、ワタシの性別忘れてるらしい態度も普通だし、ワタシが自分の食事をより美味しく満たそうとナニカをしたら、絶対にそれを半分以上勝手に食べるし！　あとあと、ものすごい速さの乗馬に巻き込むし！

あ、そうだ。一つ確認しとかないとダメなことがあった。

「アディ」

「何だ？」

「アンタ、ワタシの年齢を何歳だと思ってんの？」

「？」

ちょっと真面目な声で問いかけてみた。アーダルベルトは首を捻った。言われていることが理解できていないらしい。でもな、絶対、ワタシの実年齢より低く見積もってるよ、アンタ。

そもそも、日本人は西洋系から見たら逆サバ通常運転って言われるぐらいに、幼く見られる。それに加えて、ワタシは元々童顔なのだ。母親の童顔が似たらしい。ついでに、化粧っ気もないものだから、余計に幼く見える。自覚はあるのだけれど、面倒くさくて、お洒落《しゃれ》放置でした。てへ？

だって、アーダルベルト、ことあるごとにワタシを小娘、小娘と呼ぶのですよ。そんな風に呼ばれるってことは、自分と年齢差があると思われてるってことじゃね？　でもワタシ、一応コレでも、ハタチ！　花の女子大生だから！　腐女子だけど！

「俺より十歳ほど下かと思っていたが？」

「……アディ、アンタ幾つ？」

「今年で二六歳だ」

「……アンタが思ってる半分の年齢差だよ」

「…………………は？」

アーダルベルトの顔が間抜けな表情になった。口を開いてぽかんとしている。そして、まじまじとワタシを上から下までじっくり見る。そこまで凝視する必要あるかな？　ワタシ、ちゃんとハタチ！　成人してるから。大人だから。お酒飲めるし、結婚もできるし、選挙だって行けるんだからな！

「ミュー、お前、何歳なんだ？」

「ハタチですが、ナニカ？」

「詐欺だろう⁉　人間でもここまで幼く見えるヤツなぞ、俺は知らんぞ⁉」

「悪かったな！　うちの人種は童顔系なんだよ！　あと、うちの家系が童顔なんだよ！」

詐欺とまで言われると、流石にムッとする。失礼な男だなー。でもとりあえず、ワタシの実年齢をちゃんと伝えたのだから、ここはきっちり釘を刺さなくては。そう、ワタシはハタチのお嬢さんなのだ。断じて、猫の子のようにつまみ上げられる小娘では、ない！

「だからとりあえず、小娘って呼ぶのやめれ。あと、猫の子みたいにつまみ上げるな」

「……お前が二十歳には見えん……」

「……多分、皆そう思ってるんだろうねぇ？　何かこう、ワタシに向けられる眼差しに時々、『幼いのにしっかりして……！』みたいな感涙っぽいの混ざってるし」

「俺を含めて、全員がお前を一五歳以下だと思ってるぞ」

「うわー、つまりライナーさんが生暖かい眼差しで見てくるのって、ワタシを二十歳近く年下と認識してるからだな？」

「あぁ」

それ、真顔で言ってほしくなかった。確かに元の世界でも、二つ三つ年下に見られるのは良くあったよ。大学生なのに高校生に見られて、普通に塾とか予備校のチラシ渡されそうになったしね？　でも、まさか、中学生レベルにまで落とされるとは思わなかった……。

「皆にちゃんと訂正しといてくれ……。ワタシは子供じゃない。お酒も飲める大人だ……」

「……」

「………………アディ？」

何で即答してくれないんだろう。ちらりと横目でアーダルベルトを見たら、……何かこう、すっごい悪巧みしてそうな顔を、していた。笑ってるんだけど、それ、絶対に悪いこと企んでる顔だよね？　みたいな笑顔だった。何でや！

え？　ワタシの年齢を暴露することが、何で悪巧みの顔に繋がるん？　意味がわからないんですけど？　ちょっと、もしもーし！

「お前の年齢を暴露するのは、もうちょっと後にする」

「何で⁉」

「どうせなら、その衝撃を利用する」

「利用できるような内容じゃなくね？　え？　ワタシがハタチであることが、この国の皆さんにどんな衝撃を与えると⁉」

理解不能すぎるわ！

なのに、アーダルベルトは決定したと言いたげにワタシを無視して、バルコニーから去って行こうとする。逃がしてなるものか！　とワタシが掴んだのは、アーダルベルトの尻尾。赤いふさふさがくっついてる、尻尾。掴んだ瞬間、ぴたりと動きが止まり、顔だけでこっちを振り返り、そして。

「尻尾は掴むな」

超真顔だった。

ごめん。マジごめん。え？　尻尾ってもしかして急所？　じゃあ、耳とかも触っちゃダメなの？　え？　アレ？　あ、猫も尻尾触られたら怒ってたっけ？　ごめん。ワタシ、自分に尻尾ないから、尻尾がどういう扱いなのかわからないんだけど。うん、とりあえず、マジ勘弁。真顔怖い。

教訓。獣人の尻尾は掴んじゃいけない！　ワタシ、一つ賢くなったよ！

◇◇◇

運命の日がやってきた。

今日は、六月十四日。朝から雨が降っている。今夜、ワタシの記憶が確かならば、ゲリラ豪雨と呼ぶべき大雨が降り、アロッサ山で土砂崩れを引き起こす。けれど、アーダルベルトはできる

限りの対策はしたと言っていた。それに、注意喚起をしているので、村人も警戒はしているとか。あと、万が一のために、騎士団をちゃんと派遣しているらしい。流石は皇帝陛下。仕事ができる男は違うね。

ワタシはちょっとドキドキしている。

アーダルベルトは心配するなと言っていたけれど、確かに、対策をしていない無防備な状態と、万全を期している今を一緒にしてはいけないのだろうけれど、怖いのは怖いのだ。むしろ、トルファイ村の住人全員に、「逃げてー！　今すぐ逃げてー！」って叫びたい気分なのだ。……お城からはどんだけ声を大にしても無理だろうけど。

「濡れてしまいますよ」

優しい声で呼びかけて、ワタシにタオルを差し出してくるのはライナーさんだ。最近、ライナーさんはワタシの専属護衛みたいになっている。とても助かっている。ありがたいことだと思っている。

ただ、腐女子萌え的には、アーダルベルトの背後に相棒と一緒にいてください。（真顔）いつもにこにこ穏やかなライナーさんと、血の気の多い真面目人間のタッグは、大変萌え萌えさせていただけて、美味しいんですが。しかも年齢差が十歳とか美味しいね。血の気多い真面目君は、アーダルベルトと同い年らしいから。大変美味しくもぐもぐできる。

言わないけどね？

いやいや、いくら何でも、それを表に出さない程度の分別はゴザイマスヨ？　それが正しい腐女子ってモンでしょう。まるで深海魚のようにひっそりと、一般人の目に触れないところで、こっそりと楽しませてもらうのが礼儀ってモンだ。と、ワタシは勝手に思ってる。

「ミュー様？」

「あ、うん。ありがとう、ライナーさん。結構降るねー」

「六月ですからね」

毎年のことですよ、とライナーさんは笑う。笑うと大きめの犬耳が揺れる。……触りたい欲求を、必死に押さえてみました。うん。この間アーダルベルトの尻尾触って超真顔で怒られたので、耳もダメだと思います。いきなりはダメだよね。多分コレ、親しいヒトしか触っちゃダメなんだよ。多分。

ワタシがここで雨の行方とかその他諸々《もろもろ》を気にしたところで意味がないので、大人しくしてます。最近は、城内でうろうろしててもほとんどのヒトが「予言の力を持つ参謀」殿という認識をしてくれているので、不審者扱いはありませぬし。ワタシ、そんなものになった覚えはないんですけどねー。

ただ、その分、身の危険もあるだろうからと、アーダルベルトはライナーさんを護衛に付けてくれた。何でライナーさんかと言えば、事情を知ってる＋ワタシに好意的だからだ。もう一人の熱血真面目君はワタシを常に不敬罪で牢屋にぶち込みたそうにしてるので。……ワタシの口が悪いのが原因とはわかってますよ？　わかってるけど、当事者の皇帝陛下が許してんだから、良いじゃん？

彼があまりにも殺気バリバリなので、ワタシも一応、アーダルベルトに確認はしてみたのだ。ちょっとぐらい敬語を喋ることなら、ワタシにもできる。礼儀作法の先生とかを付けてくれたら、頑張って、それっぽく振る舞えるようにするよ、と。一応無駄飯食らいのワタシとしては、皇帝陛下に気を遣ってみたのだ。

なお、そんな殊勝なワタシに返された言葉は、予想通り。

——そんなお前は気持ち悪いからいらん。

デスヨネー。

うん、知ってた。むしろ、アーダルベルトは不敬罪レッツゴーなワタシの態度を、面白がってるのだ。どうも、立場柄今まで気心知れた友人とかいなかったようで（実際、ゲーム内でも親しいヒトや、腹を割って話せるヒトはいても、暴言混じりの悪友なんていなかった）、ワタシの態度が嬉しいらしい。それもどうなん？　とは思うんだけど。まぁ、本人が喜んでるんだから、良くね？

「アロッサ山、大丈夫かなー」

ぽつっと呟いたら、ライナーさんが動きを止めた。あ、ごめん。貴方はワタシとアーダルベルトと村長以外で、唯一あの不吉な未来を知ってるヒトでしたね。ついうっかり。いやだって、今日のワタシが考えちゃうことって、どうしてもトルファイ村の安否ばっかりなんだよ。仕方ないじゃん。

てへ？　と笑って誤魔化してみても、ライナーさんは困ったように笑ってる。すみません。別に心配をかけようとは思ってないんですけど。それでも、気になるのは仕方ないじゃないですかー。

「陛下が全て取り計らっておられますから。ミュー様は、どうかお心安らかに」

「いや、そう言われても、難しいヨ？」

「ですが、だからといって、不必要に夜更かしをされるのは見逃せませんが？」

にっこり笑ってくれるライナーさんだが、ちょっと目が笑ってない。え？　ナニコレ。もしかして、聞き分けなく夜更かししようとしてる子供だと思われてませんか？　いや、ライナーさん！　ワタシは既にハタチなのです！　アーダルベルトのヤツ、ライナーさんに説明してなかったんだな⁉

よし、ライナーさんにぐらいは、話しておこう。だってこれからもお世話になるだろうから。うんうん。そうしよう。それで良い。それが良――

「何を夜更かししているんだ、小娘。さっさと寝ろ」

「アディ⁉」

今まさに、ライナーさんに年齢暴露しようとしてたワタシの頭を、アーダルベルトの手が掴んでました。待って、痛い。マジで痛い。勘弁して！　痛い、痛い、痛い！　このバカ力《ゴリラ》ぁああ！

ギリギリいってる。ワタシの頭が、ギリギリいってるから、マジで離してくれださい！　暴れても全然効果ないし、ライナーさんはいつものことみたいに優しい目で見守ってくれてるし……！

違ッ！　全然違うから、ライナーさん！　こいつ、今、結構普通に力入れてる！　いつもは手加減してるけど、今、ワタシの頭をお仕置きと言わんばかりに、普通に力込めて押さえてるから！　止めて！　割れる！　ワタシの頭が、リンゴのように割れてしまうぅううう！

「あまり夜更かしすると、ただでさえない体力が、余計に消耗されるぞ？　そうだろう、ミュー？」

「イダ！　痛い！　ちょっ、ギブ！　ぎぶぎぶ‼」

「ライナー、このアホは俺が部屋に放り込んでおく。お前は下がれ」

「承知いたしました。おやすみなさいませ、ミュー様」

「待って！　見捨てないで、ライナーさん！」

爽やかな笑顔で去って行くライナーさん。待って、今のワタシ、明らかにドナドナ状態なんですけど⁉　助けてくれる人がどこにもいないです、先生！　頭痛い！　早く離せ！

ライナーさんが去ってしばらくして、ようやっとアーダルベルトはワタシの頭を解放した。痛い。……泣きたくなるほどに痛い。というか、涙目です。えぐえぐ。何てヒドイヤツなんだ。年頃の乙女の頭を、力一杯掴むなんて……。そりゃ、獣人のアーダルベルトにしたら、ほとんど力込めてないかもしれないけれど。ワタシは戦闘能力皆無の一般人なんですよ？

「余計なことを喋ろうとするな」

「何でワタシが自分の年齢を伝えるのを止められないといけないんだ」

「ライナーが動揺して使い物にならなくなったらどうしてくれる」

「そこまでの重要案件⁉」

あまりの言いぐさに、思わず叫んでしまったけれど、ワタシは悪クナイヨ？　だって普通に考えて、ワタシがハタチだと伝えることで、そんな大事になるなんて、誰が思うんですか！　ワタシはどこにでもいる、ちょっと童顔気味なオタク女子大生です！　日本だったら普通なんだからな！

……つってもまぁ、ここ、日本じゃないし？　ガエリア帝国だし？　そもそも、『ブレイブ・ファンタジア』の中の世界だし？　多分。……ワタシの味方なんて、どこにもいなかったんや……。

「冗談はさておき、お前、さっさと寝ろよ」

「だってー、トルファイ村のこと気になるじゃんかー」

「お前が夜更かししたところで、何もならんだろ。明日の早朝、連絡を寄越すように言ってある」

「むぐぅ」

確かにそれは正論だけど、そういう正論でどうこうされても、ワタシの心境は納得できないのですよ。ほら、理性でわかってても感情は別物とかいうアレです。ええ、そういうアレなのですよ。だから、ワタシちょっとぐらい夜更かしして、雨の様子を見てたって別にかまわ――

「さて、寝室に向かうぞ」

「だから！　アンタは何で、ワタシを運ぶときに、そうやって米俵のように担ぐのか⁉」

「これが楽だからに決まってるだろ。暴れるな。運びにくい」

「喧《やかま》しいわー！」

もうこの展開にもだいぶ慣れてきた気がする。

アーダルベルトに強制的に肩に担ぎ上げられ、初対面の時と同じで米俵のように運ばれるワタシ。途中ですれ違う人たちが、皆さん笑顔なのが辛いです。あぁ、これが日常風景って思われてるの、どうなん？　これでもワタシたち、皇帝陛下とその参謀なんですよ？　え？　外聞悪くね？

文句の意味を込めてアーダルベルトの背中をぽかぽか殴ってみるのですが、返ってくるのは「くすぐったいからやめろ」という一言だけです。ちっ、この戦闘民族め。一般人のワタシのパンチなど、羽根が触ったようなモノだと言うのか！　……まぁ、実際そうみたいですねー。ライナーさんにもパンチしてみたことあるけど、目を丸くして「あの、殴ってらっしゃるんですよね？」ってわざわざ確認されたから！　ワタシ非力！　この異世界で、めっちゃ非力だった！

「ぐだぐだくだらんことを言ってないで、お前は大人しく、寝ろ」

「アディは？」

「俺はまだ仕事があるんだ。お前に関わってる暇はない」

「暇はないって言いつつ、今、ワタシを運んでるのアンタだよ……」

息抜きだ、とアーダルベルトは平然と言い放った。はいはい。仕事の合間の息抜きに、気分転換に、ワタシをからかいに来たんですね、わかります。いつものことだし、もう慣れたよ。アーダルベルトの中でワタシの存在、参謀と言うよりも、面白い玩具だもんね！　知ってた！　知ってたよ！　泣いてなんか、いないんだからな！

　そのまま当たり前みたいにワタシの部屋に入り、ベッドメイキングしてた侍女さんが目を丸くしてるのを無視して、ワタシをぽいっとベッドの上へ。あ、初めましての侍女さんですね？　いつものお姉さんなら、ワタシがこういう扱いされてるのも、一応女子の部屋にアーダルベルトがずかずか入ってくるのも、慣れたので放置されてますし。

「新入りさん？　あ、こいつのことはあんまり気にしないで良いよ」

「何でお前が偉そうなんだ」

「だってここはワタシの部屋だ」

「だが、俺の城だ」

「部屋の主に主導権があって何が悪い」

「城の主は俺だぞ」

　バチバチと軽く火花を散らせるワタシたちを横目に、固まっていた侍女さんはいつもの侍女さんに連れて行かれていた。スマンね。こんなへんてこな光景に巻き込んで、申し訳ない。普段はワタシだって、ベッドメイクにありがとうってお礼を言って、大人しく休むんですけどね！　今は放り投げられてちょっとムッとしてるんですよ！

　気づいたら着慣れてしまった侍従服で、ベッドに転がる。アーダルベルトは仁王立ちをしてワタシを見ていた。寝ろと？　さっさと寝てしまえと？　そういうことなんですかね、皇帝陛下？

「……明日の朝、何かがあってもなくても、トルファイ村へ行く」

「……うい」

「お前は俺の馬に乗せるから、大人しく今日は寝て体力を温存しろ」

「体力を温存しなきゃいけないような操縦するつもり⁉」

「急ぐからな」

しれっと悪魔の宣告をして、アーダルベルトは外へ出て行った。鬼！　悪魔！　何てヒドイことを平然と言い放つんだ！　アンタの恐ろしい馬術に巻き込まれたら、ワタシ、また落馬の危機と闘わないとダメじゃないですか！　それを防ぐための丸太っぽい左腕シートベルトも、腹がぐいぐい圧迫されて苦しいだけなんですけど⁉

結局文句を言っても仕方ないので、ワタシは大人しく寝ることにしました。オヤスミナサイ！

◇◇◇

「……し、死ぬかと、思った……」

「大げさな」

「大げさなわけあるくぁあああああ！」

爽やかな朝のトルファイ村に、ワタシの絶叫が響き渡った。

田舎の村の朝は早い。皆さん、畑仕事や家事に精を出しておられる。時間帯で言うと、現在朝の七時くらいだろうか。昨夜の大雨が嘘のように、綺麗に晴れ渡った空に、軽く殺意すら覚える。

ワタシ？　ワタシはね、アーダルベルトに早朝に馬に無理矢理乗せられて、超スピード《超人レベル》な馬術でトルファイ村まで運ばれました。落馬防止のために、彼の左腕がワタシの腹を固定しておりまして、マジでぐえぇってなる感じでした！

トルファイ村に派遣されてた騎士団から、通信魔法を使ってアーダルベルトに連絡があったのが、朝の五時。ワタシがたたき起こされて、馬に無理矢理乗せられたのは、その半時間後です。朝ご飯すら食べさせてもらえなかった……。着替えと水分だけ取らされて、無理矢理馬の上に乗せられて……。うぅ、いじめっ子め。

たどり着いたトルファイ村は、先日来たときと同じく、のどかな田舎の村だった。大雨の後らしく、あちこちに大きな水たまりがある。子供たちが楽しそうに水たまりで遊んでいる姿は、微笑ましい。視線を向けた先のアロッサ山は、急遽増やされた植林や、積み上げられた土嚢のおかげなのか、あの日と変わらず、ちゃんとそこにある。

まるで、ワタシの知っている《未来》が、嘘だったかのように。

けれど、コレは、アーダルベルトが掴み取った未来だ。彼が動いたから、守れた光景だ。ワタシはそれを知っている。他の誰が知らなくても、ワタシだけは、それを、ちゃんと、知っている。

……彼にありがとうと言うのはしゃくに障るけれど、城に戻ったら、ちゃんとお礼を言おう。ワタシの我が儘に付き合ってくれたお礼を。

「村長のところに行くぞ」

「うい」

「……泣くなよ」

「……泣いてないヨ」

隣を歩くアーダルベルトの歩幅が、いつもより小さかった。ワタシに合わせてくれているのか、村をゆっくり見ているのか、どちらだろう。後者だったら良いのにな。だって、あまり彼に気遣われるのは、しゃくに障るじゃないか。まるで、ワタシが泣き虫だと思われてるみたいで。

違うよ。泣き虫じゃないよ。泣いてないヨ。口の中で何度もぼそぼそと文句を言うけれど、アーダルベルトは反応してくれなかった。一度だけ、大きな掌がぽすっと頭を撫でてきたけれど、それだけだ。ヒドイな。本当にヒドイ男だ。そういうことされると、涙腺弛みそうになるから、マジで止めろよ。村長さんに会う前に、大泣きしそうだ。ちくせう。

当たり前の、ごく普通の、村の日常風景。そんなモノを見ながら泣きそうになってるなんて、誰が思うだろうか。ワタシは泣きそうだ。この村がちゃんと護られたことに、泣いてしまいそうだ。

そして同時に、ねじ曲げた未来の行く末が、気になってしまう。でも、大丈夫だ。アーダルベルトは調べると言った。動いてくれると。だから、この国はちゃんと、これから先も、土砂災害から護られる。ワタシが変えた未来の先でも、彼らはちゃんと、生きていける。ホッとした。

「これは陛下、ようこそおいでくださいました」

「村に被害は？」

「いいえ。特にはございません。……ですが、陛下のお力添えがなければ、どうなったことか」

「ほぉ？」

　ぽつり、と村長さんが零した言葉に、アーダルベルトが口元を歪めて笑った。それはまるで、楽しくて仕方ないと言いたげな顔だった。何がそんなに楽しいのか。何がそんなに面白いのか。ワタシにはわからないけれど、アーダルベルトは村長さんの言葉の続きを、楽しそうに待っていた。

　……お前、何気に性格悪くないか？

「昨夜の雨は、今まで見たことがないほどの豪雨でございました。陛下が施してくださった対策がなければ、山崩れが起きていたかもしれません」

「なるほど。やはり、大雨が降ったか」

「はい。大雨、などという言葉では生温いほどでございます。近隣の川が氾濫するのではないか、家屋が沈むのではないか、と皆が恐れるほどの、大雨にございました」

　真面目な顔で村長さんが告げる。

　やっぱりゲリラ豪雨だったんだ。イベントムービーで見た光景、本気でヤバイ大雨だったもん。近所の川も堤防を嵩《かさ》上げしたり、色々と対処してたらしい。そりゃ、川が氾濫したらマジでやっべーもん。そして、その対策のおかげで山は無事にそこにあって、村も滅びてない、と。あー良かった。

　不意に、アーダルベルトがワタシの肩をぐいっと引き寄せた。何《あに》？　と意図を掴みかねて見上げたけれど、彼は村長さんを見ている。仕方ないので、ワタシも視線を村長さんに戻した。アーダルベルトが、低い声で、喉を震わせるように笑った後に、言葉を紡ぐ。

「我が参謀の英智、疑いはあるまい？」

鬼の首を取ったかのような発言だった。え？　何のこと？　ときょろきょろするワタシの前で、偉そうなアーダルベルトと、平伏する村長さんとがいた。え？　だから、何が起こってんの？　っていうか、アーダルベルト、何を威張ってんの？

「非才の身が、申し訳ございませんでした。真に未来を見通す英智をお持ちだったとは……」

「良い。元より、《予言》の力を持つと言われても、そう容易《たやす》く信じられまい。騙《かた》りと思うのが普通だ。だが、ミューは我が参謀。誰より信を置く者なのだ」

「……ミュー様と陛下のお力で、我が村は救われました。何とお礼を申し上げれば良いか……」

「礼はいらぬ。だが、今後、ミューの力を信じぬ者が現れたときは、真実を伝えてほしい」

「承知いたしました」

えー？　待って？　何か今、すっごい見逃しちゃいけない感じで、ヤッバイ方向に話が進んでないか？　あの、アーダルベルト？　アンタ何でそんな、むやみにワタシの存在を宣伝するみたいな方向に話を持ってってるの？　あと、村長さん、拝むの止めて！　ワタシは神仏じゃねーです！

あわあわしながら見上げた先では、超嬉しそうに笑うアーダルベルト。あーあーあー！　おーまーえー！　こうなるのわかってて、ワタシを一緒に連れてきたな⁉　村の安否が気になってるワタシを安心させるために連れてきたとか言ってたけど、絶対に宣伝目的《こっち》が本音だろぉぉお⁉

冷や汗がだらだらと流れてきた。

ワタシの存在は、お城では既に「予言の力を持つ参謀」として確立されている。けれど、それはあくまで、お城の中だけだ。つまり、お城に勤められるぐらい偉いヒトにしかそう認識されていない。そもそも存在を知られていない。けれど、今、ここに、最強の広告塔《奇跡の体験者》ができあがってしまった！

　つまりこれは、庶民の間にも、ワタシの存在が知れ渡るということだ。庶民の噂を舐《な》めてはいけない。すっごい勢いで回る。んでもって、尾ひれも背びれも付きまくって、最終的には何がどうなったのかわからないぐらい、大事になっている。このまま行くと、噂が回った先で、ワタシは「世界を救うために未来からやってきた英雄」ぐらいになっている可能性がある。断固拒否したい！

「陛下の元にミュー様がいらっしゃるのならば、我が国は安泰でございますね」

「その通りだ。……これからも、国民を護るために力を尽くすと約束しよう」

「勿体ないお言葉にございます」

　あの、イイ感じの会話してますけど、ちょっと待って？　ワタシをそういうところに勝手に放り込まないで？　アーダルベルト、お前話聞けよぉおお！　一生懸命足踏んでるけど、全然効いてないんですよね！　知ってた！　ワタシ非力すぎて、殴っても蹴っても踏んづけてもアーダルベルトにダメージ与えられない。それどころか、弱すぎてくすぐったいとか言われる始末ですよ！　ちっくしょー！

その後、ワタシは文句を言わせてもらえずに、アーダルベルトに引っ張られて村長さんの家を出ました。そしたら、子供に囲まれました！　ええ、子供の群れに！　最初はアーダルベルト目的かなと思ったら、違った！　子供たち、めっちゃワタシ見てる！

「……えーっと、ワタシに何か用でもあるのかな？」

とりあえず、子供たちの中でリーダー格っぽい、虎の獣人の少年に問いかけてみた。年齢的には十歳ぐらいじゃね？　何気に耳と尻尾の柄が村長さんと一緒だったから、もしかしたらジジ孫という間柄かもしれない。その辺の個人情報《プライバシー》には興味はないけれど。

なお、彼の周りには、十人ほどのちびっ子がいる。全員十歳以下。一番小さい子は、多分五歳ぐらいじゃないかな？　ちょっと離れた場所で十三歳前後っぽい女の子たちが、その隣ではそれと同年代っぽい男の子たちが、じぃーっとワタシを見ていた。止めて。ワタシ客寄せパンダじゃないです。

「ミュー様、村を救ってくれてありがとう！」

「……ハイ？」

「騎士団の人たちが、村を救ってくれたのは、ミュー様の予言だって言ってたから！」

あげる、と差し出されたのは花束だった。観賞用に育てられたのではなく、多分、自然に生えているのを集めてきたのだろうけれど。野生の花で作った小さな花束を、とりあえずワタシは受け取った。少年は笑顔だった。そりゃもう、笑顔だった。周囲の人間も、全員。

え？　ナニコレ。

普通、こういうのは、アーダルベルトが受け取るんじゃないのかな？　そう思ったのに、当の皇帝陛下は満足そうに笑っている。何でそんなにご満悦なんだ、アンタ。

「受け取っておけ。村人からの感謝の印だ」

「……いや、ワタシより、アディが受け取るべきじゃね？　色々手配したの、アディじゃん」

「だが、お前の《予言》がなければ、俺は何一つ動けなかったぞ。視察に来た日も、特別変わったことがあるとは思わなかったしな」

お前の手柄だ、とアーダルベルトは言い切る。違うと思うけど。それでも、キラキラした顔の少年を裏切れずに受け取った花束を見て、ありがとうと呟いた。それに返ってくるのは、子供たちのありがとうの大合唱だった。あ、ヤバイ。何か泣きそうになってくる。涙腺弛むから、止めてぇ……。

続いて、子供たちは遠慮を忘れて、ワタシに突撃した。抱きついて、ありがとう、ありがとうと言い続ける。ミュー様、と何度も呼ばれて、気恥ずかしくなる。助けを求めてアーダルベルトを見るのに、ヤツは笑ってるだけだった。こら！　ワタシは庶民なんだから、こういうの慣れてないの！　助け船ぐらい出せよ！

「ミュー様」

「うん？　何？」

「ミュー様は男の人なの？　それとも女の人なの？」

「……………」

ピシっと自分が固まったのがわかった。

無邪気な子供の発言は、それだけで非常に残酷だ。顔が引きつる。引きつりながら、隣で大爆笑を堪《こら》えているアーダルベルトを横目で睨んだ。ホラ見ろ。いつまでも侍従の服装だから、こんな風に、いたいけな子供にまで、ワタシの性別が誤解されることになるんだ！

「うん、こんな恰好をしているけれど、ワタシは歴《れっき》とした女だよ」

ついでに年齢も口にしようとしたけれど、ハタチのハと言いかけた瞬間に、アーダルベルトの腕が伸びてきて、ぐしゃりと頭を撫でられた。傍目《はため》には撫でてるように見えるかもしれませんが、むっちゃ押さえられてます。わかった。黙る。言わない。だから止めろ！　痛いわ！

なお、ワタシの性別に関しては、子供だけじゃなくて大人も首を捻ってたらしいので、全員納得した顔で、作業に戻っていった。待って？　ワタシ、そんなに男に見える？　確かにズボンは男子限定らしいですけど、家庭の事情で男装してる女子もいるらしいじゃないですか⁉　そういう意味なら、ワタシ、女子として認識されても良くね⁉

「……凹凸と身体の線の問題だろ」

「アディ、その喧嘩、全力で買わせてもらおうか」

「冗談だ。お前は参謀なんだから、多少異質の方がインパクトがある」

「それはアンタの理屈だ！　ワタシは、男に見られたいと思ったことなんてない！」

いつものように口喧嘩を始めるワタシたちを、周囲はびっくりした顔で見ていた。普通の顔をしているのは、護衛についてきている皆さんぐらいですね、すみません。でももう、ワタシたちの関係はこういう悪友で固定されているので、諦めていただきたい。

その後、トルファイ村を救った予言者の話は、瞬く間に国内に広がっていて、ワタシをびっくりさせるのでした。

◇◇◇

閑話　近衛兵ライナー

俺の名前は、ライナー。ライナー・ハッシュバルト。アーダルベルト様に仕える近衛兵だ。

我が国、ガエリア帝国の皇帝陛下、アーダルベルト・ガエリオス様が、参謀を置かれることになった。それだけならば、何の問題もない。優秀な人材を発掘するのは、ガエリアの皇族の皆様の常だ。人種も身分も問わず、優れた人物を登用する。それはこの国において、普通のこと。

だが、今回ばかりは、状況が異なる。

陛下が参謀に置かれたのは、まだ幼い人間族の少女だった。それも、異世界から召喚されてきた人間らしい。それだけならば、まだ。幼い見た目を裏切る、召喚者としての能力があるのかと思うことで、納得もできただろう。けれど、彼女は、彼女の存在は、あまりにも異質すぎた。

ミュー様、と俺たちがお呼びしている少女は、未来を見通す力を持っていた。あり得ないことだが、彼女は《予言》を口にしたのだ。それも、我が国の滅びを。この、繁栄を誇るガエリア帝国が、およそ五年後に滅ぶことも。その原因が、陛下の死であることも。彼女はまるで、当たり前の事実のように、口にした。

その発言を不敬罪だと皆が憤る中で、陛下はただ一人、面白いと言われた。そうして、彼女を傍らに置くことを望まれた。居場所のない、誰に召喚されたかもわからない少女。陛下は彼女を己の傍らに、「予言の力を持つ参謀」として留め置くことを望まれた。……おそらくは、己の滅びの運命《さだめ》を覆すためなのだろう。

当然、重臣たちは荒れた。荒れに荒れた。近衛兵の中にも、騎士団の中にも、到底信じられぬと、陛下は乱心されたのかと、彼女が陛下を惑わせたのだと言う者も、多かった。彼女の存在を陛下が皆に告げられた直後、廊下で良く聞いた台詞が、「この不審者の小僧が！　どうやって陛下に取り入った！」という内容だった。多少の違いはあっても、ほぼこれだ。

彼女は、侍従の服装をしていることも手伝って、大抵の人間が幼い少年だと思っていたらしい。可哀想に。確かに、初めて出会ったときも不思議な服装をしていたけれど、歴とした少女だ。小僧呼ばわりされる度に、不愉快そうに「私は女デスケド！」と叫んでいた。

ミュー様は、不思議なほどに自分を失わない御方だ。唐突に皇帝陛下の参謀に抜擢《ばってき》されたというのに、そもそもが異世界に召喚されたというのに、ミュー様はあくまでも自然体だ。……ただまぁ、礼儀作法の教師などは怒り狂いそうな部分は、多々ある。端的に言えば、ミュー様は口が悪い。というか、陛下に対してのみ、口と態度が悪い、と言うべきだろう。

俺の相棒である近衛兵のエレン、エーレンフリートなどは、常に殺気を向けている。……あいつは陛下至上主義だからなぁ……。別に、ミュー様の悪態は陛下と気を許しあってるからであって、陛下もそれを喜んで許容されてるんだから、我々近衛兵がどうこう言う部分ではないと思うんだが……。

――あの小娘！　いつか必ず、不敬罪で牢屋に放り込んでくれるわ！

と、言うのがエレンの口癖になっている。

だが、エレン。良く考えたら、陛下が信頼を置いておられる「予言の力を持つ参謀」様に対して、お前のその態度も十分に不敬罪だぞ？　ミュー様は笑って、「ワタシも悪いとは思うけど、敬語にしたら気色悪いって言われたんだから、仕方ないじゃないですかー」って流してくださってるが。

この事実にあのバカが気づくのは一体いつなんだろう。もうそろそろ気づかないと、ミュー様の株が上がっている今、お前の首が飛ぶぞ、エレン。そうなっても俺は助けないからな？

そう、ミュー様の株は、すさまじい勢いで上がっている。

というのも、ミュー様の《予言》から未来を知った陛下が取った対策によって、トルファイ村が救われたからだ。

何の対策も講じていなければ、トルファイ村は、その大雨で起きたであろう山崩れによって、崩壊していたはずだ。事前にその話を知っていたのは、ミュー様と陛下、村長と、たまたま話を聞いていた俺のみ。当日は騎士団が駐屯していたが、その騎士たちにしても、今まで見たこともない大雨に、ゾッとしたと言っていた。

結果として、トルファイ村は救われた。そして、陛下は以前から考えていた国土の調査を急ぐべきだという結論に達されたのだ。トルファイ村も、事前に調べ、対処をしたからこそ救えたのである。ならば、他の地方でも同じことだと、陛下は国費をもって対策を講じることを決められた。……これでまた、理不尽に死ぬ民が減ると思うと、俺も嬉しい。

けれどミュー様は、その偉大な功績を、「ワタシは何もしてないヨ?」と不思議そうな顔で否定された。民を救ったのは、対策を講じた陛下だ、というのがミュー様の意見だ。それは確かにそうかもしれない。けれど、ミュー様がいなければ、誰もその未来を知らず、トルファイ村を救うことはできなかったはずだ。

そう告げても、ミュー様は困ったように笑っておられた。彼女は、己が未来を、歴史を変えることを、とてもとても重く受け止めておられる。トルファイ村の《未来》を口に出すまで、ミュー様は少しの間、真剣に悩んでおられた。らしくないほどに。

――何をそこまで真剣に悩んでおられるのですか?

――…………ワタシの覚悟の問題、かな?

――覚悟、ですか?

――ワタシ、アディが勝手に参謀にしてるだけで、ただの小娘だから。重荷を背負うなんてできないし、歴史を、未来を変えるなんて、恐ろしいことできないなぁって思うわけです。

笑って告げておられたけれど、俺は確かに、驚いた。まだ少女に過ぎないミュー様が、そこまで重く覚悟をしておられたことに。普通の人間ならば、不幸な未来を知ったなら、それを防ぐためにとにかく動くだろう。けれどミュー様は、変えた先の歴史、変わってしまう未来のことまで、考えておられた。いったいどこから、その聡明さは生まれるのだろうか。

　自分には何もない、と彼女は言う。けれど、違う。彼女の内側には、俺たちも知らぬような、英智が詰まっている。子供だと、愚かだと言うけれど、そうではない。未来を知っているからではなく、彼女が培った人格が、得難いものだと俺は思うのだ。

　結局、「重荷は俺が背負うもので、お前が背負うものじゃないだろうが」との陛下の一言で、ミュー様は色々と吹っ切れたらしい。《予言》を伝えてからは、自分の管轄じゃないからと、普通に生活をされていた。代わりに陛下が忙しく働いておられたが。

　そういえば、ミュー様は時々、不思議な料理を作られる。

　作るというか、料理番を巻き込んで色々やらかすというか。

　最初に、陛下にバーベキューなる料理方法を教えられた。焼きたてをそのまま食べる、まるで野戦料理のようなそれを、陛下はいたく気に入られ、数日に一回は中庭でバーベキューをされている。吟味した素材で、大変美味しい。……普段は陛下と共に食事をすることなど許されないが、バーベキューのときは別で、近くに居合わせた人間もお相伴《しょうばん》にあずかれる。

　何故なら、ミュー様が真顔で「バーベキューってのは皆で一緒にわいわい食べるから美味しいんであって、ワタシとお前の二人だけで食べたって、何も美味しくないじゃないか！」と仰ったからだ。陛下には馴染みのない感覚だったらしいが、大勢で食事を取る方が楽しいというミュー様の主張を聞き入れられて、我々もお食事をいただけるようになった。驚きの展開だ。だが、普段食べられない高級な肉を食せるとあって、密かに皆が喜んでいる。

その他にも、我が国ではほとんど食べられていない白米にひどく執着されて、料理番を巻き込んでご飯を求めておられた。さらには、器に盛った白米の上におかずを乗せて丼という料理を作り上げてしまわれた。しかも、乗せる具材は多種多様。タレで焼いた肉、衣を付けて揚げた野菜や肉、魚、それに、タレに漬け込んだ生の魚介類まで扱ってしまわれるのだ。あの発想には驚かされるが、彼女曰《いわ》く、故郷には普通に存在する料理らしい。

この丼、王宮から城下の庶民にまで広がり、恐ろしい勢いで扱う店が増えている。今では専門店までできている。何でも、器一つで主食も副食も取れる、それもスプーン一本で食べやすい、というのが理由だ。主に労働者の昼食として広がりつつある。

先日は、「おにぎりが食べたい！」と叫び、料理番の若手、シュテファンと一緒に《おにぎり》なるものを作っておられた。白米を手で握るから、おにぎりなのだとか。中の具材は好みだ！　と叫びながら、色々なものを入れておられた。あと、混ぜ込みご飯？　なる白米に細かく切った具材を混ぜ込んで握るようなものも作っておられた。

なお、そのおにぎりは携帯食として優秀だとして、騎士団で流行《はや》っている。近衛兵の間でも。とりあえず、遠方に出る者としては、パンではおかずが取れず、サンドイッチは少々食べにくいと言う意見が出ていたのだ。そこで、ミュー様考案のおにぎりを活用してみると、これが上手い具合に作用した。おまけに、白米は腹持ちが良いらしい。少量でも満腹になると、大人気だ。

気づけば城の料理はミュー様のおかげで随分と様変わりした。けれど同時に、ミュー様は、我々にとっては普通の料理を「美味しい！」と目を輝かせて食べておられる。異世界の出身であるからだろう。我々にとっての普通が、彼女にとっては珍しいのだ。それは逆もしかりで、彼女の意見を参考に、料理長たちは新しい料理の考案に張り切っている。

ところで、城勤めの女性陣が、ミュー様と陛下の関係を妙に勘ぐっているのが理解できない。

今まで、陛下は特定の女性を側に置かれたことはなかった。いかに幼く見えようとも、普段男装である侍従の服装を身に纏《まと》っておられようと、ミュー様は歴とした女性。これは何か陛下に心境の変化が？　と勘ぐる者がいても、まぁ、無理はないのだろう。多分。

ただ、日々お二人の側にいる俺に言わせてもらえば、「天地がひっくり返ってもそんなことはあり得ない」としか言えないのだが。陛下とミュー様の間に艶《つや》めいた話題？　陛下がミュー様を女性として見ている？　いやいや、あり得ない。あり得なさすぎて、逆に笑える。

お二人の関係は、もはやただの悪友だ。気心の知れた親友というよりも、悪態をつきながらもそれが楽しい、ただの悪友でしかないのだ。お二人を側で見ている俺やエレン、宰相閣下などは、もうその結論に達しているし、二人をそういう関係だと邪推する気持ちすら湧かない。

だが、女性というのは何時《いつ》の時代もそういうことが大好きで、お二人の関係を勘ぐるというか、勝手に色々と想像している。それはそれは楽しそうだ。あまりにも楽しそうなので、とりあえず放置して夢を見せておこうかと思う程度には、彼女たちはいつも、楽しそうなのだ。

だがしかし、陛下がミュー様を肩に担ぎ上げて荷物のように運んでいるのを見ても、その妄想が消えないのはどうしてだろうか。

普通、意中の女性をそんな風に荷物のように運ぶ男がいるだろうか？

そもそも、陛下は他の女性にはそんな扱いはされない。今まで、陛下にあんな風に運ばれたことがあるのは、同性の部下たちばかりだ。年若い護衛などが、うっかり怪我をしたときにああやって運ばれる。エレンも昔は運ばれていた。陛下は大柄で、力も強い獅子であられるので、そういうことを平然とやってのけられるのだ。

それを見ても、「ミュー様は陛下にとって特別な女性なのではないか？」という想像ができる辺り、女性の思考回路は良くわからない。特別な存在であるのは確かだが、お二人の間に男女のそれは絶対に存在しない。今後も絶対に芽生えないだろう。むしろ芽生える日が来たら、俺は拍手喝采でお祝いしたい気分だ。

まぁ、とにかく。俺はこれからも、専属護衛としてミュー様にお仕えするのが、とても楽しくて仕方ないんですよ。

二章　参謀と皇帝と皇弟

Hito wo Katte ni Sanbou ni Surunjyanai Kono Haou.

トルファイ村の一件から早一ヶ月。夏の日差しが心地良い季節になっております。

そして、気づいたらあっという間に自分が超有名人になってることに、ワタシはびっくりですよ。何だコレ。外部からやってくる人たちが、ワタシを一目見ようと、アーダルベルトへの謁見のときに伝えてるらしい。

え？　いらない。そんなの怖いし絶対に嫌だ。断固拒否して、それでもどうしても顔合わせをしないといけない重要人物だけは、せめてアーダルベルトと一緒にしてくれと謁見の間に潜り込ませてもらった。一人とか絶対嫌だ。

ええ、侍従の恰好のままですけどね！

だって、ワタシの服、まだ作れてないんだもん。色々と相談した結果、ズボンの方が動きやすいので、今後も男装で行くことになった。ワタシの気持ち的には、別に男装じゃないんですけど。この国ではズボン＝男装で、それを着ているだけで「ワケあり女子」になってしまうのだけが、難点だ。ズボン、動きやすいのに。というかむしろ、女官さんたち、あの長いスカートで何で普通に動けるんだ。解せぬ。あと、ヒールの靴で何で動けるの？

なお、ワタシは革靴は痛いので、布靴で対応してますが、ナニカ？

え？　ヒールの靴なんて履けるわけないじゃないですか。そういうお洒落と一切無縁に生きてきたんで。あと、ワタシ外反母趾《がいはんぼし》なんで、ヒールの靴って先が細いし、前方に圧力かかるし、足めっちゃしんどいんで。普通にぺったんこの布靴（足が痛いと駄々をこねて、内側にたくさん緩衝材の代わりに布を入れてもらった）を愛用しています。くそぉ。何で靴も一緒に召喚してくれなかったんだ。ワタシのスニーカー……。

ってなわけで、今日も会いたくないのに謁見に連行されてます。マル。

くっそー。結構美味しく、混ぜ込みおにぎり作れたから、中庭でひなたぼっこしながら食べようと思ってたのに……。せっかく、シュテファンが手伝ってくれてお漬け物っぽいの作れたのに……。刻んで混ぜたら結構美味しかったし、料理長にも太鼓判もらったし、綺麗な自然の中でピクニック気分で食べようと、思ってたのに……。ワタシみたいな一般人との面会を希望するとか理解できない。

「陛下におかれましては、ご機嫌麗しゅう。このたびは、ミュー様への謁見も叶いまして、真《まこと》にありがとうございます」

「気にするな。面《おもて》を上げよ」

「ははぁ」

めっちゃ儀礼的なやりとりが面前で行われていますが、ワタシ、多分顔死んでる。超無表情になってると思う。でも悪気はないんです。ただ、もうこの状況が理解できないのと、何をしたら良いかわからないので、顔が勝手に無表情になってるだけなんです！　背後にひっそりとライナーさんがいてくれてるのを確認できてなかったら、今すぐアーダルベルトの頭殴って逃走したいぐらいには、嫌なんですけど！

　玉座にふんぞり返ってるアーダルベルトの傍らに、ワタシ立ってます。何でワタシ立たされてんの？　とか思ったんだけど、王様の隣の席って、どう考えてもポジション嫁なので、そういうのはいらんので、大人しく立ってようと思った。最初は、宰相の隣に大人しく立ってるはずだったのに、何故かアーダルベルトの要求で隣に立たされました。止めて。これだとワタシ、悪の親玉とその幹部って感じのポジションだから！

　顔を上げた商人さんが、にっこりとワタシに向かっても笑った。とりあえず、にっこりしてみた。顔引きつってませんか？　引きつってたらすみません。庶民にはミッションの難易度が高すぎます！

「ミュー様、私共は様々な地方に赴き商いを行っております。何かご入り用の際は、是非ともお声がけをお願い申し上げます」

「……あ、はい。そのときは、陛下を通じてご連絡させていただきます」

　にっこり笑って、できる限り敬語っぽいので喋ってみた。あの、これで大丈夫？　大丈夫ですよね？　と視線で正解を求めたら、大丈夫と言うように、宰相さんが頷いてくれた。ありがとうございます。隣の王様が全然役に立たないので、今のワタシにとって、指標は貴方だけです、オジサマ！

　その後、商人さんがアーダルベルトと話があるそうなので、ワタシは大人しく退出しました。

むしろさっさと出て行きたい。というか、最初から呼ばないでほしかった。おにぎり食べに行こう。

お辞儀をして謁見の間から出ようとして、ふと、ワタシは商人さんをもう一度見た。ごくありふれた、猫の獣人の男性だ。お兄さんとおじさんの間ぐらい。まだ若いだろうに、こうして皇帝陛下に直々に謁見できるのだから、どこかの大店《おおだな》の店主なんだろうか。その顔を見て、何かが引っかかる。

普通の獣人だ。猫耳も猫尻尾も普通。着ている服だって、普通。顔立ちも、そんなこれといって特徴があるわけじゃない。ニコニコとした、商人らしい愛想の良い顔。灰色の混ざった黒い毛並みと、赤と青が混ざって紫になったような不思議な色の瞳をしていた。じっと見ていると「何か？」とワタシに首を傾《かし》げる。それに頭を振って、彼の隣を通り過ぎた。

何だろう。何が気になるんだろう。何か、大事なことを見落としている気が、する。

ぞわぞわと、気持ち悪い感覚が背中の辺りを這《は》いずり回っている感じだ。何か、何が引っかかっているのか。思い出せ。考えろ。ワタシは、何を、見落としているのか？

「ミュー様、どうなさいました？」

「……ライナーさん、あの商人さんは、良く来るヒトかな？」

「えぇ。三代ほど前から王宮に出入りしている大店の商人です。……彼が、何か？」

「……ちょっと、何かが気になるんだけど、気のせいだと思う。ごめんなさい」

真剣な顔をしたライナーさんに、戯《おど》けて笑う。大丈夫。ワタシの勘違いだ。勘違いに決まっている。それなのに、まるで奥歯に小骨が挟まってるみたいな、非常に気持ち悪い何かが、ある。

　そのまま、シュテファンに預けておいたおにぎりを受け取って、中庭で食べる。仕事中だと辞退するライナーさんに、一人じゃ美味しくないからと無理矢理おにぎりを持たせた。だって、専属護衛だか何だか知らないけど、ライナーさんが横に立ってる状態で、ワタシ一人もっしゃもっしゃとおにぎり食べるの、すごく居心地悪くね？　庶民には居心地悪いっす。

　猫の獣人。商人。毛並みは灰色の混じった黒。瞳は、ただの紫じゃなくて、赤と青を混ぜ合わせたような、ちょっと変わった紫。いつもニコニコ笑顔。年齢的には多分、まだ、お兄さん。

　……何だろう。どっかで見た気がする。落ち着け、ワタシ。良く考えよう。

　見た覚えがある、というのはゲームで、に違いない。それ以外の結論は知らない。そもそもワタシは、この世界の知識は全てゲーム『ブレイブ・ファンタジア』からだ。だから、彼が気になっているならば、その引っかかりの原因は、ゲーム知識にある。頑張って思い出そう。

　別に思い出さなくても良いかもしれないけど、こう、色々と引っかかるのは、気持ち悪い。ただただひたすらに、すっきりしないのだ。

「カスパル・ハウゼン」

「……ふぁい？」

「それが、彼の名前ですが。何か、お役に立ちますか？」

　にっこりと笑うライナーさん。ありがとうございます。おにぎり片手ににっこり笑う近衛兵って、何かこう、乙女ゲーの一枚絵《スチル》に出てきそうな感じですね。流石イケメンです。爽やかに微笑むだけで絵になります。同じおにぎり食べてるのに、そっちのが断然美味しそうだ。イケメン補正ぱねぇ。

カスパル、ねぇ？　何かやっぱり、聞き覚えがある気がするなぁ。何だろう。どこで聞いたんだろう。多分、何かイベント絡みだったと思うんだけど、確証がないのが困りもの。あの人、何でイベントに絡んできたっけ？

カスパル？　カスパル？　猫の獣人の、カスパル？　…………あ、カスパーか⁉

「ライナーさん、カスパルの愛称って、カスパー⁉」

「は？　え、えぇ。カスパルは短い名前ですからそのまま呼ぶ人が多いですが、確かに、カスパーが愛称になりますね。それが、何か？」

「マジか⁉　マジでカスパーなのか⁉　嘘だろ⁉」

ガッデム！　何ですぐさま思い出せなかった⁉　ワタシのバカ！　こんな重要なキャラを見落とすとか、マジでヤバイ。ごめん、アーダルベルト。ワタシ全然役に立ててない。本当にスマン！

手にしたおにぎりをもしゃもしゃと食べる。お残しは許されません。一生懸命食べて、ライナーさんにも早く食べてと視線で訴える。お茶で流し込んで、食べ終わって、ご馳走様をして、立ち上がる。向かう先はただ一つ。アーダルベルトのところだ！

今の時間ならば、謁見は終わって、執務室にいるはずだ。逆に好都合。早く行かないと。早く行って、伝えて、対策を講じてもらわないと、すっげーヤバイことになる。ワタシは、ワタシの平穏な生活を守るためなら、もう細かいことは気にしないのだ！

「ミュー様、いったいどうされました？」

「アディに至急伝えることができた」

「……それは、《予言》ですか？」

「……まぁ、そうなるねぇ……」

「承知しました」

あんまり考えたくないけど、これは確かに、《予言》ですね。あんまり乱発したくないけど、これはダメ。このフラグはちゃんと回収しておかないと、アーダルベルトだけじゃなくて周りも大変です。だからワタシ、珍しく仕事しようと思う。

決意を新たにライナーさんを見たら、失礼しますと一礼してきた。え？　何？

そう思った瞬間、ライナーさんに姫抱っこされて、そのまま走り出されてしまいました！

「ちょっ⁉　ライナーさん⁉」

「申し訳ありませんが、急ぐのでしたらこちらの方が早いので」

「……そ、ソウデスネー」

実際、ワタシが一生懸命走るより、ワタシを抱えたライナーさんの方がすっげー早い。ヤバイ。流石獣人。身体能力ハイスペックすぎだろ、こいつら。そうだよねー。ライナーさん、犬だもんね。犬、足早いよね。人間と比べたらダメだよね。

周囲で衛兵とか女官とか文官さんとかが驚いた顔してるけど、ひらひらと手を振って、気にしないでと伝えておいた。そうしたら、困った顔して、それでも皆さん頷くので、ワタシの扱いってどうなん？　いやまぁ、普段、アーダルベルトには米俵のように運ばれてるので、今更ですよね！　姫抱っこされてる今の方が、よっぽどマシだ！

「アディ！」

「陛下、失礼いたします！」

「……お前等、何遊んでるんだ？」

「遊んでない！」

「遊んでなどおりません！」

蹴破る勢いでドアを開けて入ってきたワタシたちに、アーダルベルトは呆れた顔をした。失礼な。大真面目だい！　アーダルベルトの隣で書類をめくっていた宰相さんが、ぴくりと眉を動かした。止めて。怖い顔しないで。ナイスミドルのエルフのしかめっ面、マジで破壊力高いの！　行儀悪いのはわかってますけど、すっごく大事！　大事すぎるから！

「カスパーは、さっきの商人のカスパルさんは、まだ城内にいる⁉」

「……あぁ、いるぞ。文官たちと必要なものを打ち合わせている。それがどうした」

「城から出しちゃダメ！　お付きのヒトも、全員！」

「……理由を説明しろ、ミュー」

焦って叫んだワタシに対して、アーダルベルトは真顔で問いかけた。ワタシが焦るときは、大概《予言》絡みだと、最近学習したらしい。そういう学習はしていらないんだけど、今回はあり

がたい。理解が早いのは助かるよ、アーダルベルト。

一度深呼吸をする。ライナーさんに降ろしてもらって、アーダルベルトが座っている机の前に歩み寄る。肘を机について、真っ直ぐとアーダルベルトを見て告げる。さっき思い出せなくて、ごめん。

「カスパル・ハウゼンは、クーデター派の主力幹部だ」

室内に沈黙が落ちる。目を見開く三人に、ワタシはこくりと頷いて見せた。

急がなければいけない理由は、これだ。あの男は、クーデター派の一員なのだ。否、一員どころじゃない。主力幹部だ。資金源でもあり、情報源でもある。ありとあらゆる商品を扱う、それもあちこちに顔を出す商人。どこにいたって、別に誰にも、不思議がられない、男。

「なるほど。ならば、長旅を労《ねぎら》うという趣旨で宴会でも開いて、引き留めるか」

「よろしく頼む」

「決定的な証拠は、あるんだろうな？」

「ある。というか、……いる」

にたぁっと笑ったワタシに、アーダルベルトは面白そうに笑い返してくれたのでした。マル。

とりあえず、大急ぎでアーダルベルトは宴会の準備を整えてくれた。長旅を労る＋ワタシが諸国の話を聞きたがった、という名目で、カスパル一行を引き留めることに成功したらしい。おぉ、ワタシの存在もちょぉっと役に立った？　現在知名度うなぎ登りのワタシ、「予言の力を持つ参謀」様に気に入られたら、良いことあるとでも思ったのでしょうか？

　ふははは。バカめ。ワタシはお前たちにとって幸運の象徴ではなく、不幸の権化なのだ！

クーデター派など、ワタシが一掃してくれるわ！　というか、一掃はできないけど、決定的な証拠ぐらいは掴ませてもらうので、覚悟しやれ。にやり。

「ミュー様、今回は随分とやる気ですね」

「やる気だよー。だってワタシ、お城＋王都でクーデター起こされて、色々被害甚大になるのはマジ勘弁と思ってるから」

「ミュー殿、しれっと恐ろしいことを言わないでください」

「え？　だって事実だよ。とっとと証拠見つけて捕まえて、城下の方にも探り入れないと、あちこちドカンされちゃうし？」

　にへっと笑ったワタシに、すっごく冷めた目が突き刺さりました。その目は止めて、エーレンフリート！　近衛兵片割れの熱血真面目、皇帝陛下至上主義の狼さんは、怖い顔でワタシを見ていました。相変わらずワタシに対する評価がくっそ低いよぉ。他が様呼びなのに、エーレンフリートだけはいつまでたっても殿としか呼んでないし……。いや、別に様付けされたいわけじゃないんだけど。

　普段はワタシの隣にはライナーさんしかいないけれど、今はエーレンフリートもいる。アーダルベルトが、手が必要なら連れていけって貸してくれた。この二人はワタシの事情を全部知ってるので、突拍子もない言動してても許されるしね。……いや、エーレンフリートの目は、「不敬罪で牢屋にぶち込んでやる」って感じではあるけど。

まぁ、ライナーさんがいるから大丈夫。

「エレン、ミュー様に対して失礼な態度を取るのはいい加減に止めなさい」

「ライナー！」

「お前が何を思っているかはわかっているが、ミュー様は陛下がお認めになった参謀閣下であらせられる。それ以上の行動は、お前が不敬罪になる。……わかっているだろう？」

「……ッ」

温厚で面倒見が良いけれど言うときはビシっと言う年上と、血の気が多くて普段はそれを振り切るくせに、真剣に言われたら逆らえない年下とか、どんだけワタシ腐女子ホイホイなんだろう、この二人。これで、近衛兵の中でも古株で、アーダルベルトの信頼も厚く、常に彼の背後を護っていたとか、マジで萌え要素しかないよね。ありがとうございます。むっちゃ元気出る。

うっかり顔がにょによ、にまにま、ってなりそうだったので、無表情モードに引き締めました。こういうときは仕事してくれて良いのよ、ワタシの表情筋。一般人に擬態するために身につけた技能ですけど、役に立つねー。傍目には、真面目に考え事をしているように見えるのもポイントです☆

「それでミュー様、どちらに向かうので？」

「カスパルの付き人がいる部屋」

「そちらで、何を？」

「人を探す」

「人を？」

問い返してきた二人に、こくりと頷いた。そう、ワタシの仕事は、人捜し。この二人を連れてきたのは、逃げようとしたときに捕まえてもらうため。あと、この二人も件の人物を知ってるしね。面通しも兼ねて、一緒に来てもらうのは悪いことじゃない。

カスパルをとっ捕まえる一番手っ取り早い方法は、その人物を探し出して、アーダルベルトの前に引っ張り出すことだ。だって、《彼》はこの城にいてはいけない人物なのだから。というか、王都にすら立ち入り禁止されてるんだから、いるだけで罪です。連れてきただけで罪です。ふふふふ。

「見つけたら二人もビックリすると思うヨ？」

「……敵ですか？」

「そりゃもう、完全に敵だね。……ここへの立ち入りを禁止されてる重要人物が、何で商人の付き人に紛れてるのか、何て、最高の証拠じゃない？」

にたぁっと笑ってみせたら、二人は一瞬驚いた顔をして、次に苦笑した。え？　何で苦笑されるの？　ここは、乗ってもらえると思ったんだけど。違うの？　ワタシ、ノリ外しました？　アレ？

「ミュー様、最近どんどん陛下とノリが似てこられてますね」

「というか、陛下がミュー殿の影響を受けてるような気もしますが……」

「え？　え？　似てる？　止めて。ワタシあんな迷惑千万なゴーイングマイウェイじゃないから！」

　ものすごく心外なことを言われた！　確かにアーダルベルトとは仲良くしてるけど、ワタシ、あそこまで他人の迷惑顧みずに突っ走る人間じゃないよ？　失礼！　ワタシにとっても失礼だから！

　まぁ、そんないつものじゃれ合いの会話をしながら、ワタシたちはカスパルの付き人がいる一室へと向かう。色々と荷物があるらしくてね？　荷物持ちの皆さんがいるらしいんだ。何でそんなこと知ってるかって？　ハハハ、そんなの決まってるじゃないですか！　ゲームで見た《最初から知ってる》だけですよ！

　思わずヒャッハーしたくなるけど、ここは自重しましょう。お城の廊下で、近衛兵を横に置きながら、そんなアホなことやってたら、ただの痛い子ですからな！　わかってる。大丈夫。ただちょっと、自分がちゃんと活躍できそうなので、すっげー嬉しいだけです。やったね！　ワタシ、無駄飯食らいじゃなくなるぞ！

「お邪魔します～」

　きぃ、と扉を開けて中に入れば、不思議そうにきょとんとする付き人の皆さん。にへっと笑ってみせる。ワタシが誰かは知らないでしょう彼らは、ただただびっくりしているようです。大丈夫。近衛兵の制服着てるコンビが、ちゃんとワタシの説明をしてくれました。

　したらば、そらもう、上を下への丁寧な扱いですよ。わはははは。すげぇ。皇帝陛下の参謀って、こんな扱いされるんですか。すごいですねぇ。びっくりだ。

色んな商品を見せてくれる人たちに、ニコニコ笑いながら応じます。応じつつ、室内を移動する。目標の人物を探すためですよ。ワタシはちゃんと仕事を忘れてはいないですよ？　ここには、《人捜し《証拠確保》》に来てるんですからねぇ？

あ、見つけた。ちょうど良い感じに、一人こっそり、外れようとしてますねぇ。……逃がすかよ。

「そこのお姉さん、お姉さんは何を担当してるんですか？」

きゃるん☆　みたいな雰囲気で問いかけたら、隣でライナーさんが苦笑して、エーレンフリートが胡散臭いと言いたげな目をしてきました。……ごめん。ワタシもちょっと、キャラを無視してやりすぎたと思う。けれど、ワタシがそんな風にあからさまに近寄ったので、二人も《彼女》が標的だと察したらしい。さりげなく、逃げ道を塞ごうとしている。素晴らしいです。流石職業軍人は違う。

ワタシの目の前にいるのは、フード付きのメイド服みたいな衣装を着たお姉さんだ。獣人であることは理解できるけれど、耳や尻尾が見えないので種族は判別できないだろう。そもそも、この状況で《彼女》の正体を見抜くことはできない。何故ならば、《彼女》は完璧に変装しているからだ。

だがしかーし！　ワタシはちゃんと対策を手に入れている。相手の手段がわかっているのならば、それについての対策を立てるのは決して難しいことではない。皇帝陛下にお願いすれば、大概のことはどうにかしてくれる。

「シュテファン！　今だよ！」

「承知しました。《エタンド》！」

叫んだワタシの声に応えるのは、料理番のシュテファン。何でここにいるかって？　来てくれるように頼んでおいたからですよ。彼はエルフで、エルフは魔法が得意な種族。ワタシが欲した呪文も、彼は容易く扱えると快く了承してくれた。

エタンド──『ブレイブ・ファンタジア』の世界において、ありとあらゆる魔法の効果をかき消す呪文だ。決して状態異常の回復魔法では、ない。ようは、ステータスの底上げから、各種トラップ回避のための呪文に至るまでの、補助魔法をかき消す効果がある。それはこの世界でも変わらないらしく、ワタシが望んだ通りの現象を引き起こしてくれた。

「な……っ、貴方は……！」

「何故、ここに……！」

ワタシたちの目の前で、シュテファンの呪文によって魔法の効果を、変装魔法の効果を消されてしまった《彼女》の姿が変化する。フード付きのメイド服は哀れなことに破れてしまった。そりゃそうだ。だってこの衣装は《彼女》の姿に合わせて作られたものであって、本来の姿では小さすぎる。

目の前で、愕然《がくぜん》としたままワタシを見ているそのヒトに、ワタシはにっこりと笑ってあげた。嬉しいねぇ。ちゃんとワタシはアーダルベルトの役に立てたようです。うむ。後手に回ったと思ったけど、まだ挽回できたね。ワタシ偉い！

「こんにちは、初めまして、テオドール・ガエリオス皇弟殿下？」

ワタシが《彼女》改め《彼》の名前を呼んだ瞬間に、周囲がざわめいた。そりゃそうでしょう。いるわけがないのですよ、こんなところに。正確には、《いてはいけない》ヒトなんですよ。彼は。

テオドールは、アーダルベルトの一つ下の弟だ。それも、母親を同じくする、正真正銘の兄弟だ。それなのに、何でかこの兄弟は仲が悪い。死ぬほど悪い。年功序列でいっても、スペックでいっても、どう考えてもアーダルベルトの方が上なのに、昔から無駄に張り合って、張り合って。結局、皇位継承のときにすら張り合って、反乱起こして、倒されて、辺境にすっ飛ばされた。

そんなわけで、彼は王都に入れない。お城にも入れない。それなのに彼がここにいて、しかも明らかに変装していて……。そんな状況、ただ事なワケがないのですよ。

見た目はアーダルベルトと同じ赤毛の獅子。それなのに、不憫《ふびん》なのか何なのか、どうにも小者くさい。見た目は悪くないんだ。どっちかというと武闘派にしか見えない兄に比べて、思慮深そうに見える。実際頭は悪くないんだろうけど、性格が色々と残念だ。というか、アニキに勝てない自分を認められない、がっかりな男である。

「……な、ぜ……」

「何故？　おやおや、ワタシの二つ名、ご存じありませんか？」

「……《予言》の力を持つ、参謀……！」

「ええ、その通りです。生憎と、貴方がここにいる《未来》が視えましたので。……ライナーさん、エーレンフリート、捕まえてください」

「「承知しました」」

二つ返事で頷く近衛兵ズ。

あ、今、エーレンフリートが素直に返事してくれた！　すごい。これ快挙じゃない？　あ・の・エーレンフリートが、ワタシの言うことをちゃんと聞いてくれた！　すごい！　凄すぎて感動した！　……お願い、シュテファン。そんな、哀れむような目で見ないで。日頃ワタシがエーレンフリートにどんな扱いされてるか、シュテファンは知ってるじゃないか……。

ライナーさんとエーレンフリートが両脇からテオドールの腕を掴んだ。瞬間、テオドールの赤い瞳が光った。あ、ヤバイ。こういうときって、予想通りの反応すると思ったけど。

「二人とも、そいつ暴れるつもりだ！」

ワタシが叫ぶのと、テオドールが両手を振ってライナーさんとエーレンフリートを振り払うのが、ほぼ同時。既にワタシたちを遠巻きにしている、付き人さんたちには被害はない。吹っ飛ばされた二人も、空中で体勢を整えて無事に着地する。テオドールは、二人には見向きもせずに、真っ直ぐとワタシに向かってきた。

……まぁ、そうだよね。君にしてみたら、ワタシが諸悪の根源だ。だがね、申し訳ない。ワタシは貴方に捕まるつもりはないんですよ。シュテファンが危ないと叫んでいるけれど、大丈夫だよ。全然、問題はないんだから。

「我が参謀に、随分な歓迎をしてくれるな、テオドール」

「遅いよ、アディ」

「そう言うな。俺があまり早く出ては、こいつが逃げる」

「デスヨネー」

「ぁ、……兄上……ッ」

ワタシに向けて伸びてきたテオドールの腕は、ワタシを庇うように背後から腕を伸ばしたアーダルベルトに阻まれる。本当に、本当にお前は小者だね、テオドール。ゲーム中も、アーダルベルトと同じ顔してるのに、中身が全然小者すぎて、ちっとも魅力を感じなかったよ。そんな貴方に、一生懸命仕えているカスパーは、腐女子的に萌え萌えさせてもらったけどね。

ほら、楽しそうに笑ってるのに不機嫌な、眼だけで殺せそうなオーラを発してるアーダルベルトに、君が勝てるの？　ねぇ？　君が？　勝てるわけないいんだから、いい加減、アーダルベルトに喧嘩を売るのを止めなよ。せっかく、《生かしてもらってる》のに。

「貴様が企てたクーデターについて、根こそぎ吐いてもらうぞ、テオドール」

まぁ、そうなるよね。お仕事頑張れ、覇王様！　……ワタシは難しいのは手伝わないからな！

◇◇◇

時間は巻き戻って、ワタシがアーダルベルトの執務室に駆け込んだ、そのちょっと後。

ライナーさんに各所への伝令へと向かってもらった後の話。

◇◇◇

アーダルベルトはもちろん、詳しい事情を聞きたがった。その隣にいた宰相のナイスミドルエルフさんも、もちろん説明を求めてきた。わかってます。わかってますから、お願いだから、ナイスミドルの美貌で笑顔に圧力添えて先を促さないで、ユリウスさん！

このユリウスさん、既に三人の皇帝陛下に仕えているという実績の持ち主の敏腕宰相さんです。金髪碧眼という典型的なエルフの色彩に、目尻の皺《しわ》さえ色気に変えてしまう圧倒的なナイスミドルの美貌です。エルフの寿命は三桁は三桁でも何百歳とかが基本なので、この人何歳か聞くの超怖い。それでも素敵なヒトです。ゲーム中も、会話イベントで立ち絵出る度にファンが叫ぶイケオジです。

でも今は、「早く事情を説明していただけませんか？（黒微笑）」って感じで、超怖いです。

「あー、カスパルの付き人の中に、魔法で変装してるテオドールがいる」

「……テオドール？」

「アンタの弟の、テオドール・ガエリオス皇弟殿下だよ」

「…………ほぉ？　あのアホが、何でまた、我が城に足を踏み入れている？」

「いやだから、クーデターっしょ？」

ワタシが言い切ると、アーダルベルトはため息をついた。その顔は、面倒くさいとか鬱陶しいとか、そういう感じの表情だった。うん、まぁ、仕方ないね。気持ちはわかるけど。ユリウスさんも似たような顔してるし。げんなりしてるね、お二人さん。

「…………通算三度目ぐらいか、ユリウス宰相」

「即位前のごたごたを含めるならば、五度目になるかと思われます、陛下」

「何故あのアホは理解せんのだ。俺に勝てるわけがなく、情けで生かされていると何故理解できん」

「アホだからじゃない？」

「……ミュー、言い切るな」

「いやだって、テオドールって、ただのアホでしょ」

ワタシ、そこは容赦しないって決めてるから。テオドールには本当に手を焼かされたからね。本当に。気づいたら反乱。気づいたらクーデター。気づいたら内乱を起こそうとする。お前、本当に国を治めるつもりがあるのか？　と。民を思いやる気持ちなんか存在しないから、そうやって自分勝手にクーデター起こせるんだろ？　とか思っちゃうんだもん。嫌いだ、あのアホ。

今回だって、カスパルにくっついてきて、城の中に入り込んで、あちこちに爆薬仕掛けたりするつもりなんだよ。おまけに、城から出た後には王都にも爆弾とか仕込むんだぜ。何考えてんの。自分が皇帝になりたいとか、そんな我が儘で迷惑かけてくれるなよ。どう考えたって、アーダルベルトの方が良い王様やってんだから、引っ込め小者ー！　ってなりながらゲームしてたし。

唸ってたら、アーダルベルトがぽんぽんと頭を撫でてきた。ついでにユリウスさんも撫でてきた。待って、子供扱いしないで。ユリウスさん、ワタシ子供じゃないです。言おうとするとアーダルベルトがすごい眼で睨むので言えませんが、ワタシ、ちゃんと成人しているハタチのお嬢さんなんです！

「で、何であのアホとカスパル・ハウゼンが繋がってる」

「昔からの知人。カスパーのお父さんが出入りの商人だった頃に、テオドールと出会ってるんだよ」

「俺は知らんぞ」

「そりゃ、アンタは商人に興味を示すより、騎士団の鍛錬に潜り込んで暴れてただけだろ」

「……まるで見てきたかのような発言だな」

「……アディを見てたらわかるヨ」

……………あ。ヤバイ。何かアーダルベルトの眼が、「お前、実はまだ俺に隠し事してるだろう？」っていう感じで睨《ね》め付けてくる。嫌だ。怖い。その獲物食らおうとする肉食獣モードの瞳止めて。普通に怖いから。嫌だ。食われる。骨までばりばりやられそうで怖い。

その話は、また後日？　また後日にしよう、アーダルベルト。今は、テオドールをどうにかしなきゃいけないんだから。そうだろう？

「……後でちゃんと説明しろ。逃げられると思うなよ」

「了解……」

とりあえず納得してくれたみたいだけど、顔がまだ肉食獣モードなの止めてほしい。ワタシを食べても美味しくないので。あ、そろそろ脱線から戻らないと、ユリウスさんの微笑みがマジで怖い。ごめんなさい。遊んでません。これがワタシたちの通常運転なだけです！

「とりあえず、少年時代のテオドールと出会ったカスパーは、彼に心酔した。んでもって、王都を追われた彼を匿《かくま》って、密かに協力していた、と」

「今の今まで表に出てこなかったのは」

「ハウゼン家が代替わりしたのは、この数年だから」

「……なるほど」

今までは、お城にやって来るのは父親だった。それがカスパルになって、自由に動けるようになった。だから彼は、今回、こうしてテオドールを連れてきた。……何で今のタイミングだったんだっけ？　あぁ、テオドールの我慢が限界値に達してたからだ。あのアホが、勝てもしないのに兄を引きずり落とそうと必死になってるわけだ。

ゲームだと、これは、トルファイ村壊滅のあと、全国へアーダルベルトが視察に人員を割《さ》いている時期の話。お城の警備がちょっと薄くなるからな。まぁ、トルファイ村は無事だったけど、各地に視察が行ってるのは事実で、実際今、お城の警備はちょっと弱い。あくまでちょっとだけだけど。

というか、この歩く最終兵器《ラスボス》みたいな皇帝陛下を、誰が倒せるのか教えてほしい。

まぁ、今からでも先手を取ることはできるでしょう。とっととテオドールを見つけ出して、カスパルも捕まえて、クーデターの全容をちゃんと話してもらわないとね。……たとえ大まかな内容をワタシが知っていたとしても、決定的証拠としては、自供をしてもらわないと困る。あと、色々と齟齬《そご》が出てるかもしれないし。

えーっと、何か必要だったよなぁ。テオドールは変装して潜り込んでるわけで、でもあの巨体(アーダルベルトと同じぐらい巨躯《きょく》)が目立たずに付き人に混ざるって、どうしてたっけ……？

「あ、魔法だ」

「は？」

「……何か、ございましたか？」

ぽんと手を打って呟いたワタシを、二人は真っ直ぐと見てくる。うん、大事な案件忘れてた。テオドール発見のための大切な手段。どっちに聞こうかな？　まぁ、どっちでも良いか！

「城内に、エタンド使えて目立たないヒトっている？」

「エタンド？　何でまたそんな呪文が必要なんだ」

「だって、テオドールが魔法で変装してるから、それかき消してもらわないと」

「あぁ、なるほど」

本来の姿ならば、テオドールはアーダルベルト同様に大柄な獅子なので、目立つ。そりゃもう、目立つ。そもそも、後ろ姿も顔立ちも、結構似てるのだ、この兄弟。それなのに、誰にも気づかれずにカスパルの付き人に紛れ込んでる時点で、変装してるのは当たり前。さらに、体格を変えるための魔法も使っているのだから、手の込んだことだ。

ゲームのときは、パーティー内にエタンド使える術者を入れておけばおkだったんだけどなー。流石に、今のワタシに魔法は使えない。……そういや、パーティーメンバー見ないな。外見幼女《ロリババァ》の魔導士も、腹黒眼鏡の神官も、成り上がり上等な剣士も、獲物大好物系狩人《真性バーサーカー》もいないな。……まぁ、それぞれが国の中で役職に就いてるから、ここだと皆さん仕事してるだけかな？

「エタンドは我々エルフでしたら誰でも使えます。ですが、目立たないというのは何故ですか？」

「テオドールに気づかれたら厄介だなーと。だから、目立たない一般人っぽいヒトに頼もうかと」

「ならお前、シュテファンのところに行ってこい」

「シュテファン？」

確かにシュテファンはエルフだけど、彼は料理番じゃないの？　と首を捻ったら、問題ないと言いたげにユリウスさんが頷いた。あ、そう。エルフにとって魔法は、一般教養と同じ扱いなんですね。っていうか、それなら、一国の宰相を三代分務めている貴方のスペック、どんな感じですか？　むしろすっげー気になる。ステータス画面見たい。

「いえいえ。私は戦闘はからきしですよ。先代も先々代もそれをご存じですから、私は戦のときなどは留守番でしたし」

にっこりと微笑むユリウスさん。……いや、嘘だ。それが大嘘だってことは、ワタシ知ってるよ？

確かにユリウスさんは宰相で、非戦闘員として、有事の際はお城でお留守番だ。ガエリア帝国の皇帝陛下は、代々武闘派。武闘派じゃなくても、戦争が起こったら自分が最前線で戦うのは普通だと思ってる。そんな王様に、お留守番を任される人間が、ただの無力な文官なわけないじゃないですか？

……実際、先々代の統治下で色々ごたごたがあったとき、「よしわかった。俺が前線で大暴れして城を開けるから、お前囮《おとり》としてここにいろ。で、やってきた敵は根こそぎ潰しといてくれ！」みたいな要求に対して、「それなら、罠《わな》を揃えて完璧な状態で迎え撃って、壊滅させておきますね☆」って請け負ったの、貴方ですよねぇええ⁉　詐欺だ。ナイスミドルのイケオジエルフ宰相様は、若い頃は結構血の気が多かったし、敵に回したらマジで殺されるタイプの危険人物です。ワタシ、知ってる。

……怖いから言わないけどね？

「それじゃ、ワタシはシュテファンに話をしてくる。……あ、あとアディ」

「何だ」

「ひょっとしたらワタシが危ないかもしれないから、一応助けに来てくれると嬉しい」

「危ないことをするのか？」

戦えないお前が？　という感じの瞳で見られたので、とりあえず頷いた。「それならエレンも連れていけ」とか平然と言ってるけど、絶対ドアの外で話聞こえてたら、エーレンフリート驚愕の表情してるからね？　あいつ本当にアンタ至上主義ですし、ワタシのこと常に不敬罪で牢屋にぶち込みたそうだよ？　そんなヒトを護衛に付けるとか、結構イイ性格してるよねー。

でも、正直、ライナーさんとエーレンフリートだけじゃ、不安だ。

あの二人が無能だとは言わない。近衛兵として、古参として、アーダルベルトに仕え続けてきているあの二人が、無能なわけがない。近衛兵には階級がなくて、彼らは一兵卒扱いだけど、騎士団にいたら普通に団長クラスなのは知ってる。見てたらわかる。

でも、その二人でも、足りない。

だって、テオドールはアーダルベルトと同じ獅子だ。犬のライナーさんと狼のエーレンフリートじゃ、基本的な力が違いすぎる。技術を駆使した戦闘ならば互角に持ち込めても、単純に物理的な腕力勝負になったら、分が悪い。そんなの、誰が見ても明らかだ。実際、ゲームでテオドールを押さえこんだのは、アーダルベルト本人だし。

「テオドールが暴れたら、きっと、一番にワタシを標的にするし」

「……するな。あのアホなら、お前に行くな」

「うん。この非力でか弱い乙女のワタシに、遠慮なく攻撃ぶちかましてくると思う。特に、作戦全部見破られて、正体暴露された諸悪の権化だってわかってるから、余計に」

「乙女はともかく、確かにお前は非力でか弱いからな」

「ヲイ、そこはちゃんと乙女も認めろよ」

「断る」

「てめぇ……」

鬣を引っつかんで睨むワタシに対して、アーダルベルトは平然と言い返した。何て失礼な男だ。ハタチのお嬢さんを捕まえて、乙女だと認めないとか、お前本当に間違ってるだろ。あとユリウスさん、お願いだから穏やかに微笑みながら、微妙に首傾げるの止めてください。アーダルベルトの真っ向否定より、貴方の疑問符《ハテナマーク》の方がダメージ大きいです。

「わかった。テオドールが俺に気づいて逃げぬようにタイミングを計って、助けに行ってやろう」

「おー、期待して待ってる。来てくれなかったら恨む」

「安心しろ。お前は俺がちゃんと護ってやる」

「うん」

　さらっとこういうことが言えるところが、アーダルベルトの王様って感じの部分だよね。弱者は全部ちゃんと護るって感じ。ありがとう。確かに護ってもらえて嬉しい。けど、何か微妙にもやもやするのは何でだろう？　ワタシが弱いのは事実で、そっちをアーダルベルトに頼るのは当然なのに。

　まぁとにかく、テオドールとっ捕まえる作戦、決行しましょうかね？

◇◇◇

　テオドールが全然口を割らない、と面倒そうにアーダルベルトが口にしたのは、ヤツをとっ捕まえた日の夕飯だった。カスパルもれなく牢屋にぽいされてるけど、普通の付き人さんたちには罪はないので、彼らは当初の予定通りに用意された宴会のお食事を食べてもらってる。ただし、ワタシたちと一緒だと緊張するだろうから、別室で。

……まぁ、何かあったら困るので、兵士が見張ってるんですけどね。でも、別に拘束はされてないし、普通の付き人さんたちには罪はないし？

「黙秘してんの？」

「あぁ。ヤツに言わせれば『兄上には優れた参謀がいらっしゃるとか。私から聞き出すことなど何もないのでは？』ということらしい。思いっきり僻《ひが》んでるな」

「僻んでるね。んでもって、ワタシそこまで万能じゃねーし」

呆れつつ、アーダルベルトが渡してくるお皿を受け取って、お肉を食べる。相変わらずワタシ、皇帝陛下に毒見役させてますけど、ナニカ？　だって、結構有名になっちゃったし、もしかしたら毒を盛られるとかあるかもしれないじゃないですか。怖いの嫌です。ご飯ぐらい美味しく食べたい。

アーダルベルトがいないときは、ライナーさんがワタシの毒見役。犬は鼻が利くので、「毒物の種類までは当てられませんが、人体に害のあるものは見分けられますよ」って微笑んで、快く毒見役を引き受けてくれている。毒見っつっても、食べないけど。匂いで判断するだけですけど。

っていうか、テオドール、本気で救いようのない、アホだな。

何でわざわざアーダルベルトが尋問してるのか、《してくれてるのか》を理解してないんだ。ここでちょっとでも協力的になってたら、一応情状酌量してやろうっていう兄心、全然わかってないんだね。あと、何でここまでやらかしても自分が《処刑されない》のかを、いい加減考えたら良いのに。

「だがまぁ、お前が指定した地点から、爆発物は発見されたぞ。きっちり処理させたが」

「了解～。でもまぁ、それだけとは限らないし、ちゃんと他にもあるかもだし、聞き出しといて」

「今はユリウスが相手をしている」

「……うっわー、怖い。その尋問超怖い」

「俺も怖いと思う」

「……だよな」

イケオジエルフのユリウス宰相は、普段は穏やかに微笑んでいるけれど、怒らせたらくっそ怖い。ついでに、皇帝三代に仕えてるだけあって、色々と規格外だ。そもそも、ユリウスさんを宰相に据えた先々代、つまりはアーダルベルトのお祖父さんが、「代替わりの度に手続きが面倒だから、お前宰相やって、末永く我が国に仕えてくれ」とか言って口説き落とした人材ですよ。そんな有能なヒトを敵に回しての尋問とか、ワタシ怖い。嫌すぎる。

しばし、二人無言でご飯を食べる。ちょっとだけテオドールが不憫になった。ちょっとだけ。あくまでちょっとだ。ヤツがとっとと自白してしまえば、話は早くすむのに。

「そういや、カスパーは？」

「そっちも黙秘してる。テオドールが話したら話す、だと」

「……あー、相っ変わらずテオドールに心酔してんなぁ……。臣下の鑑《かがみ》って感じだけど、こっちからしたらウザイ……」

「そもそもヤツは、何でそこまであのアホに肩入れしてるんだ？」

「……さーね。それはワタシが話すことじゃなくね？」

にへっと笑って誤魔化しておいた。

別に、知らないわけじゃない。知ってる。でもそれって、他人がどうこう言っちゃっていい話じゃないと思うんだよね。あと、この話題、ワタシ、にまにませずに話せる自信ないし、他の人ならともかくアーダルベルトには見抜かれそうだから、黙秘しよう。

っていうか、二人揃って黙秘とか面倒くさいなー。お城の爆発物は撤去したし、王都の方も思いつく限りは伝えたから多分大丈夫だと思うけど。付き人の中に工作員はいなかったし、あの二人捕まえて自白もらったら今回の件は片付いちゃうんだけどなー。何しろ大将と幹部がここにいるんだし。

正直、できれば、テオドールは今回で完全に、完膚《かんぷ》なきまでに叩き潰しておきたい。あいつ、ゴキブリ並みにしつこいから、ここで解放しても、また数年後に同じことをやらかす。……そう、《やらかす》のだ。これ、決定事項なんだよねぇ。首輪付けて放逐しても、結局何だかんだやらかして、またクーデター企むんだから、アホとしか言えない。バカの一つ覚えみたいに内乱起こそうとするなよ。

「ミュー」

「うい？」

「そういえばお前、俺の過去も知っているのか？」

「…………」

あぁ、その問題がありましたね。

つーか、忘れててくれたら良かったのに！　無言で、「ワタシご飯食べるのに忙しいから！」をアピールしてみたけど、全然効果がありませんでした。早く食べろという無言の圧力と、さっさと話せという圧力がすっごいかかってます。怖い。嫌だ。面倒くさい。

でもなぁ、どこまで話す？　一応、ワタシがゲーム知識でここのことを知ってる、ってのはぼかしてる。だって、この世界にテレビゲームなんて存在しないのに、理解されるわけないじゃん。せいぜい、歴史書で知ってるとかレベルで理解されてると思うんだけど。どうすりゃいいの？

「……前に言ったよな。ワタシ、この世界のことを知ってる、って」

「あぁ」

「アディが皇太子の頃の話も知ってる。でも、それがアンタの過去と同じかどうかは、わからない」

ぽつりと呟いた言葉に返ってきたのは、そうかという一言だった。

さて、ワタシはアーダルベルトに、何て言ってほしかったんだろう。何となく釈然としない。もやもやするというか。別に怒られたかったわけじゃないし、褒めてほしかったわけでもない。けれど、何か、コレは違う。この素っ気ない態度は、ワタシが欲しかった反応じゃないと、思う。

じゃあワタシは、どんな反応を望んでたんだ？　わからない。

目の前のご飯に集中しながら、しばし考える。考えて、考えて、何となく、わかった。ワタシはきっと、アーダルベルトに笑い飛ばしてほしかった。否定してほしかった。そんなもの、と言ってほしかったのかもしれない。それは別に、ワタシの知識をバカにしてほしいわけじゃなくて、ただ。

……もう既に、ワタシにとってこの世界もアーダルベルトも、『ゲームの世界』ではなくて、『現実』になっているんだ。

考えてみれば、当然だ。だって、ゲームのアーダルベルトはこんな風にじゃれてこない。いつもいつでも恰好良い、完全無欠の皇帝陛下だ。こんな、隙あらばワタシのご飯を奪おうとするような男じゃない。こいつはただの悪友モードだ。

けれど、ワタシにはそれが心地好いのだ。だって、完全無欠の皇帝陛下《アーダルベルト》にはオタク女子大生《榎島未結》の協力は必要ないだろう。今目の前にいる、悪友モードのアーダルベルトだから、ワタシを必要としてくれて、ワタシを友と呼んでくれて、だからワタシも、頑張れる。それだけだ。

「なら今度、落ち着いたらお前の話を聞かせろ」

「……へ？」

「結局、お前から聞くのは食い物の話か《予言》関係ばかりだからな。お前の話を、聞かせろ」

「……乙女の秘密を聞きたがるとは、困った男だな」

「誰が乙女だ」

「ワタシだよ」

絶対に認めてくれないアーダルベルトに、とりあえず力一杯主張してみた。いや、ハタチの女子大生なんだから、ワタシ、乙女と主張しても許されるくね？　何の因果かこんな異世界で、こうやって覇王様の参謀なんていう面倒くさいポジションにいるけど、本来なら花の女子大生ですよ？

……まぁ、元の世界にいたとしても、ゲームと漫画と戯れて、オタクライフエンジョイしてる系腐女子ですけど。身内（同じ趣味の面々）以外とは極力交流しないし、オタク系イベントのためにしか外出しませんけど！

しっかし、ワタシの話が聞きたいって、いったいどうした、アーダルベルト？　そんなもの聞いても、アンタの皇帝生活には何の役にも立ちませんよ、覇王様？

「あ？　友人のことを知りたいと思って何が悪い」

「……あぁ、そういう反応だったんだ」

「お前は俺を何だと思ってるんだ」

「いや、別に。そういう普通の友情深める系に興味があるとは思わなかった」

「まぁ、今までそういう機会には恵まれなかったがな」

「だろうな」

物心ついたときからスペック完璧すぎる覇王様とオトモダチできるやつなんて、そうそういない。ワタシにとってアンタはただの悪友だけど。……つまり向こうも同じか。いいけど。今更だし。

でもね、とりあえず、一言だけ言いたい。

背後で護衛してるエーレンフリートから向けられる殺気が、ものすごくパネェのどうにかして⁉

ライナーさん！　ライナーさん！　助けて！　貴方の隣に立ってるその狼、すっげー勢いでワタシに殺気向けてる！　ワタシ、この世界に来て一番初めに覚えたの、殺気の感じ取り方だよ！　元の世界にいたときは無縁だったのに、こっちに来てから、めっちゃエーレンフリートに殺気向けられてて、直球で向けられる殺気に対しては反応できるようになっちゃったよ⁉

どうせなら、異世界召喚に合わせて、ワタシにも何か能力が芽生えれば良かったのに……！　そうしたら、この殺気に対抗する手段とかできたかもしれないじゃない？　でも、今のワタシにそんな能力ないし、むしろ元のままだからむっちゃ非力！　誰か助けて、ヘルプミー！

「エレン、止めろ」

ぴたり、と殺気が止まった。アーダルベルトが面倒そうに一言呟いただけで、エーレンフリートから発されていたダダ漏れの殺気が、消え失せた。振り返ったワタシが見たのは、驚愕の表情で、むしろ下手したら今すぐ泣くんじゃね？　ってぐらいに動揺しているエーレンフリートだった。お前、本当にアーダルベルト好きね？

むしろ、何で今までその可能性に思い至らなかった。ワタシは一応、アーダルベルトのオトモダチポジションだぞ。それにバリバリの殺気向けてて、今まで放置されてた方がおかしいんだけど。まぁ、別に良いけど。不敬罪レッツゴーな態度取ってたワタシが悪いだけだしね？

「お前が何を感じているか知らんが、ミューは俺の友だ。……余計な手間をかけさせるな」

「アディ」

「こんな非力な人間に殺気を向けるな。近衛兵の名が廃《すた》る」

「アディ」

「俺のためを免罪符に、俺の意思を無視した行動を取るな」

「アディ！　その辺で止めてあげて！　もうエーレンフリートのＨ　Ｐ《ヒットポイント》はゼロだから‼」

振り返りもせずに淡々と告げていたアーダルベルトの腕を引っつかんで、思いっきり揺さぶって、ワタシは必死に訴えた。だって、だって、これはあまりにもヒドイ。背後でエーレンフリートが魂抜けそうになってる。崇拝している主からの無能通告って、どんだけヒドイ所業？　止めたげて！

ライナーさんが揺さぶりつつ支えて、名前を呼んでるけど、反応がない。全然ない。もう、眼が虚《うつ》ろだし、身体は人形みたいに揺さぶられるままだし。ちょっ！　エーレンフリート、還《かえ》ってこい！

「アディ、何か褒めて」

「は？」

「何でも良いから、エーレンフリートのことを褒めてあげて！　でないとあのまま抜け殻になる」

「それは困る。近衛兵が減る」

「そういう次元じゃなくて！」

「そういう次元だ。俺が心底気を許せる近衛兵なんぞ、ライナーとエレンしかいないんだぞ？」

お前はこれをどれだけ大事なことだと思ってるんだ、と威張るように告げられた。……よし、結果として、素晴らしい言葉を引き出した。ワタシ偉い。ライナーさん、褒めて。ワタシを褒めて！

振り返ったら、さっきまで魂が抜けてたエーレンフリートが、ぱぁあって喜びの表情をしていた。陛下！　って尻尾振って抱きついてきそうなぐらいの喜びっぷりだった。それをしないのは、ライナーさんが全力で羽交い締めにしてとっ捕まえてるからだ。ライナーさんは犬でエーレンフリートは狼だけど、大型犬要素があるらしいライナーさんの方が体格が良いので、押さえ込めるらしい。

ライナーさんの目が、ありがとうございますって言ってた。エーレンフリートがどんだけ陛下至上主義《アディマニア》かをあの人は良く知ってるからね。ワタシも、敵視されてる段階で気づいてた。ただ、アーダルベルトはあんまりわかってないらしい。お前が一番理解しとけよ。面倒くさいなぁ……。

とりあえず、これでエーレンフリートからの殺気が減りそうで、ちょっとホッとしてます。

◇◇◇

「ちょっとワタシとお話ししてくれませんか？」

静かに呼びかけたら、その人はゆっくりと顔を上げた。牢屋の中で、瞑想するみたいに座って

いた猫の獣人。言わずもがな、カスパル・ハウゼンだ。独特の色合いをした紫の瞳が、じっとワタシを見る。その顔は、謁見の間で出会ったときの表情とは全然違った。あのときの彼は、ただの商人。今の彼は、ただのカスパル。そこに大きな違いがある。

テオドールが黙秘を貫いている現状に合わせて、カスパルも黙秘をしている。非常に面倒くさいこの状況に、さっさと終わらせたいワタシはアーダルベルトの許可をもらって、カスパルの元へやってきた。背後にはもちろん、ライナーさん。専属護衛なしにうろうろするなんて、非力なワタシにはできません。そんな命知らずなこと、やりたくないよ。

そもそも、ワタシが彼に一目で気づけなかった理由が、その雰囲気の違いだ。

「イメチェンしました？」

「……何のことでしょうか」

「ワタシの《記憶》にある貴方は、もうちょっと派手な見た目をしてたんですよ。テオドールの隣に並んでも遜色ないような、一介の商人なんかには見えない、洗練された騎士みたいな雰囲気でした」

「私はただの商人ですから」

穏やかに微笑んでいるけれど、ワタシを見ている瞳には鋭さが宿る。牢屋の向こう側からでも、その視線の意図に気づいているライナーさんが、横目でワタシを見てきた。大丈夫、と合図を送る。ここでバカな真似をするような男じゃないことは、ワタシも知っている。そして、何故、彼がイメチェンしたのかも、多分、わかってる。

カスパルは、テオドールに心酔している。彼に尽くすことを自分の役目だと思っている。彼を支えたいと願って、皇族である彼の隣にいるのに相応しくなれるように、ありとあらゆることを磨いた。その全てを捨て去るように、木訥《ぼくとつ》とした商人の皮を被《かぶ》ったのは、ワタシに対する擬態のはずだ。

だって、彼は商人だ。ワタシの存在を知っていても、おかしくはない。情報を最大の武器とする商人が、アーダルベルトの隣に突如現れた「予言の力を持つ参謀」を警戒しないはずがない。だから彼は、とりあえず自分の外見を変えてみたのだろう。

けれど、たった一つ、変えられなかったものがある。だからワタシは、気づいた。

「でも、その瞳だけは、変えられなかったんですね」

静かに呟いたら、カスパルが息を飲んだ。何故、と言いたげに唇が戦慄《わなな》いた。ごめんよ。ワタシは未来だけじゃなくて、過去も知っている。少なくとも、この世界がある程度、ワタシが知っている『ブレイブ・ファンタジア』の世界と酷似している段階で、貴方の考えはお見通しになってしまう。

カスパル・ハウゼンの瞳は、紫だ。けれど、ちょっと変わった紫なのだ。赤と青を混ぜ合わせたその色は、光の加減や、角度によって、紫の色合いが変化する。赤が強くなったり、青が強くなったり、はたまたただの紫に見えたり。その不思議な色の瞳を、魔法で変化させることもできただろう。何より目立つ証拠だ。それなのに、彼は、それだけは弄ることができなかった。

何故ならば。

「その瞳は、テオドールが貴方を美しいと称した、貴方たちの始まりの絆《きずな》の証《あかし》ですからね」

「……あなた、は……」

「すみません。ワタシの特技は《予言》だけじゃないんです。……貴方とテオドールの出会いも、貴方の覚悟も、知っています。だからこそ、お願いします。……話してください」

「……いいえ。テオドール様が何も言われないのならば、私が話すことなどありません」

「そのテオドールを救うためにも、貴方に証言してほしいんですよ」

胡乱《うろん》げな眼でワタシを見るカスパル。その疑念は当然だ。でもコレは本当。アーダルベルトは面倒くさがっているけれど、テオドールを助けるための手段を講じている。何度も自分に反抗する、趣味＝クーデターみたいな弟でも、アーダルベルトはテオドールを《処刑しない》のだ。それは彼の優しさで、ワタシはその優しさをアホと言ってやりたくなる。もう、見捨てても良いんじゃない？　と。

それでも見捨てないから、アーダルベルトはアーダルベルトなのだけれど。

テオドールから崩すのもできるだろうけど、あえてワタシはカスパルから崩す道を選んだ。今のテオドールは頑《かたく》なだ。ユリウスさんが尋問しても黙秘を貫いたとか、どんだけ意固地になってるんだか。……まぁ、ユリウスさんに言わせれば、「かなり虚勢を張っておられましたから、もう数回で崩せますよ」ってことらしいけど。怖ェ。マジで怖ェよ、イケオジのエルフ宰相閣下……ッ！

「アーダルベルトに、テオドールを処刑するつもりはありません。けれど、このまま貴方たちが黙秘を続けたら、処罰を下さざるを得なくなる。……ワタシは、貴方やテオドールを救いたいわけじゃない。アーダルベルトを助けたいだけなんです」

「……私に、何を話せと？」

「とりあえず、今回の計画の概要を。大まかなところは把握しています。爆発物も大半は撤去できたと思いますが、確証がないので設置場所を教えてもらえたら、と」

　にっこりと笑って見せたけれど、カスパルは答えなかった。ワタシは紛れもない本心で言っているだけだ。未来を考えたら、二人とも完膚なきまでに叩き潰して、どっかに放り投げて、二度とこんなことを考えないようにしたいぐらいだ。けれど、できない。アーダルベルトはしない。少なくとも、彼は、今回もテオドールを見逃すだろう。

　ワタシはただ真っ直ぐと、カスパルを見ている。折れてくれないなら、仕方ない。本当は、他人の過去をどうこう言いたくないんだけどね。それでも、ワタシが全てを知っていることを理解したら、彼も多少は折れてくれるかもしれない。

「貴方とテオドールは似ていますね。共に、優秀でありながら次男坊。後継者は自分よりもさらに優秀な兄。それでも、諦めきれずに自分を磨き続けた。……そんな中で出会ったテオドールに、貴方は自分を重ね、そして、心酔したんですよね」

「………」

「あぁ、返事はいりません。ワタシはただ、《知っている》だけなので。貴方が出会った頃のテオドールは、前向きだった。兄の背中を追いかけて、いつか追い抜くのだと直向《ひたむ》きに自分を磨き続けた。そういう真っ直ぐな彼に、貴方は惹《ひ》かれたんでしょうね」

　カスパルもライナーさんも黙ってるから、ワタシの声だけが、牢屋に響く。石造りの牢屋は思った以上に声が反響して、何だか不思議な気分だ。それでもワタシは言葉を紡ぐことを止めない。止められるわけがない。これはワタシの役目だ。

　カスパルは悪くない。彼はただ、主に尽くそうとしただけだ。けれど、その忠節は真っ直ぐすぎた。否、融通が利かなさすぎた。というよりも、盲目すぎた。主を慕うがあまり、カスパルはテオドールに否を言えなくなっている。ただ唯々《いい》諾々《だくだく》と従う臣下では、主は成長できない。

　苦言や忠言という言葉があるように、本当に主を思うのならば盲目的に従うのではなく、相手のために心を鬼にしなければならないときもある。そういう臣下を持ち、その言葉に耳を傾けることができる者が、きちんと成長していけるんだろうと思う。

「けれど、テオドールは変わった。彼はただ、兄に勝つために、兄を越えることだけを求めるようになった。そこに、民を思う王としての姿はありませんよね？」

「……貴方は、テオドール様を愚弄《ぐろう》されたいのですか？」

「ええ、したいです。私利私欲のために民を巻き込み、傷つける。そうやってアーダルベルトに勝利しても何も得られないというのに、そんな簡単なことさえわからない愚者に成り果てたテオドールを、ワタシは蔑んでいますよ？」

　今までにないくらいに綺麗な微笑みのオマケ付きだ。性格悪いと言われたって、コレがワタシの本音なんだから仕方ないでしょ。昔のテオドールはただ兄に対抗意識があるだけの、勝ち気な性分の弟だった。今の彼は、手段と目的が入れ替わっている。王になりたいのではなく、ただアーダルベルトを倒したいだけだ。そんなのは、ただの、愚か者だ。

カスパルはワタシを睨んでいる。そりゃ、睨むだろう。目の前にいるのがうっかりエーレンフリートで、アーダルベルトに対して同じことを言ったら、ワタシの首は繋がってない。牢屋の中にいるからだけじゃなくて、睨むだけで留めるカスパルは理性的だ。だからこそ、本来ならば彼は、気づいていなければおかしいのに。

「誰より側にいた貴方が、誰より先にその過ちを正してあげるべきだったんじゃないですか？」

告げた自分の声が、ものすっごく冷えてることに気づいた。

なるほど。ワタシはやっぱり、テオドールが嫌いらしい。うん。再確認した。ただ兄を追いかけている弟ってだけなら、兄に負けまいと躍起になっている弟というだけならば、ワタシはこんなにテオドールを嫌わなかっただろう。滅多にそこまで嫌いになるキャラクターなんていないのに、テオドールは大っ嫌いだった。

そして、この世界で出会ったテオドールも、やっぱりワタシの嫌いなタイプの性格に育っていた。バカか。お前はバカなのか。側にこんなに真面目で優しい部下がいるのに、何で歪んで兄を逆恨みしてんだ。今すぐ全てに謝れ。土下座しろ。みたいな気分になる。うむ、思い出すだけでそうなるから、本人前にしたら罵倒の嵐になりそうだな。気をつけよう。

「……貴方は、貴方は一体、何者なのですか？」

「うん？　ワタシはただの召喚者ですよ。ちょっとばかり、《知識》があるだけです」

「ええ。ワタシの《知識》は貴方たちにとっては《予言》になるみたいですね」

それがどうかした？　と不思議に思って首を傾げたらカスパルが諦めたみたいに笑った。おや、どしたの？　今の会話で、何か貴方を絶望させるようなことしました？　してないと思うんですけど。

「《知識》……？」

その前の段階なら、思いっきりざっくざっく抉《えぐ》った自覚はあるけどな！

「……では、貴方には私たちの《未来》も見えているのでしょうか？」

「…………聞きたいなら教えるけれど、それが貴方の望まない結果だったとしても、ワタシは責任は取らないよ」

淡々と告げてみた。実際あんまり嬉しい未来じゃないので、教えるのどうなんだろうと思う。今回に関しては、結局アーダルベルトの温情で追放レベルに終わるけどね。《未来》でテオドールがもっぺんやらかしたときは、もう庇いきれなくて、ぶっ潰されてるから。それ、教えるの可哀想くね？

そんな感じにワタシなりに優しさを示してみたんですが、カスパルは諦めたように笑うだけでした。あるぇ？　ワタシ、今のでもしかして、トドメ刺しました？　いやいや、大丈夫だからね!?　今回は大丈夫なんだよ、カスパル!?　貴方もテオドールも、ちゃんと無事にお外にぽいって放り出してもらえるからね!?

「……調書を取る方をお呼びください。私の知る限りのことをお話しします。……その代わり、どうか、テオドール様には温情を」

「……わかりました。決心してくださってありがとうございます」

目の前で、牢屋の中で頭を下げるカスパルに、ワタシは他に何を言えば良いのかわからなかった。というか、一体何が原因で、彼が自白を決意してくれたのかが、全くわからない。でもまぁ、とりあえずこれで一歩前進したので、お暇《いとま》しますか。牢屋って微妙に気分が滅入るし。

色々と釈然としなくて首を捻りながら牢屋から地上に出たら、隣のライナーさんが堪えきれないと言うようにいきなり笑いだした。え？　何で？　何か面白い話ありました、ライナーさん？

「ライナーさん？」

「い、いえ……。申し訳ありません。ただ、カスパルがミュー様を随分と誤解しているようだったのが、おかしくて」

「誤解？　どんな？」

「彼はおそらく、貴方が『大人しく自白しなければお前たち二人に滅亡が待っているぞ』という意味合いの《予言》で脅しに来たと、思っていますよ」

「何で⁉　ワタシそんな極悪人違いますけど⁉」

何ということだ！　まさか、カスパルがワタシをそんな風に誤解しているなんて！　ワタシはただ、親切心で彼らに「さっさと自白した方が牢屋生活短く終わるし、こっちも楽なんで、自白してくんない？」ぐらいの世間話をしに行ったつもりだったのに⁉　まさかの⁉

ショックを受けているワタシの隣で、ライナーさんはそれはそれは楽しそうに笑っていた。ライナーさん、笑いすぎ。何でそこまでうけるの。というか、ワタシそんな極悪人に見えました？　ただのか弱い乙女なのに……。

なお、この話を聞いたアーダルベルトは、予想通りに大爆笑しすぎて、腹の筋を痛めそうだと言いやがりました。マル。

◇◇◇

カスパルが自白したけど、テオドールはまだ黙秘を続けているというとても面倒くさい状況。ユリウスさんがすっげー笑顔で「では、私が責任を持って彼から情報を聞き出して参りましょうか？」って言うんだけど、お忙しい宰相様にこれ以上アホの相手はさせられないので、踏みとどまっていただいた。主に、右と左からワタシとアーダルベルトが腕を引っ掴む形で。

アーダルベルトよりも、ユリウスさんの方が今回のクーデター（未遂）にイラッとしてたらしい。アーダルベルトはどっちかというと、呆れと諦めモードに入ってる。そりゃ、弟がいつの間にかあんなのになってたら、放置したい気分でいっぱいだろう。むしろ海の底にでも捨てたら良いのに。

「アディさぁ」

「うん？」

「もういい加減、テオドールのこと見捨てても良いと思うよ」

「……そうか。お前は知っているんだな」

「うん」

執務室で書類と向き合うアーダルベルトに向けて、ワタシはぽつりと呟いた。本当にそう思ってるんだけどな。ごろりと応接室仕様のふかふかソファに、クッションを抱えて上半身だけ寝そべりながら、アーダルベルトに視線を向ける。行儀悪くごろごろしてても、ユリウスさんは自分の執務室で仕事してるし、ライナーさんは気にしないし、エーレンフリートはワタシよりアーダルベルトの仕事手伝う方に忙しいから、無問題《モーマンタイ》だ。

アーダルベルトは、テオドールを見捨てない。こんなにもバカげたことを繰り返すどうしようもない弟なのに、見捨てないのだ。見捨ててしまえば良いのに。彼が背負うたくさんの責務の中から、あんなバカの面倒を見る項目、もうとっくに削除しちゃったって許されるはずだ。ワタシはそう思う。

それなのに。

「まぁ、《約束》だからな。俺は約束を破るのは嫌いだ」

「アディ」

「お前が不愉快を感じているのは理解するが、……これはおそらく、俺の我が儘でもある」

「アディのアホ〜。兄バカー」

「そう言うな。……エレン、殺気を向けるな。じゃれてるだけだ」

「……はい」

ふてくされるワタシに突き刺さる、エーレンフリートの殺気。すぐさまアーダルベルトに注意されて、耳も尻尾もぺたんとなっちゃう不憫な狼さん。いい加減に慣れような、エーレンフリート。ワタシとアーダルベルトのやりとりはこういう感じだし、今更だから。その度に怒られて、しょげるのどうなん？　それを慰めてるライナーさんとのコンボは、非常に美味しくもぐもぐできるけど。

　アーダルベルトは、テオドールを許し続けるだろう。彼がどれほど愚かでも、兄として弟を受け入れ続けるだろう。それは、彼が弟を大切に思っているというだけじゃない。それだけならきっと、アーダルベルトの気持ちだからと、ワタシも割り切れた。割り切れないのは、もういい加減に止めなよと言いたくなるのは、もう一つ大きな理由があるからだ。

「……死人に縛られるなんて、バカみたいだ」

　ぽつりと呟いたワタシの言葉に反応したのは、アーダルベルトだけだった。きっと、ライナーさんとエーレンフリートは知らないんだろう。もしかしたら、知っているのは宰相のユリウスさんだけなのかもしれない。テオドールも知らない、アーダルベルトが交わした《約束》。ゲーム知識でそれを知っているのを申し訳なく思うけれど、今目の前にいるアーダルベルトもそれに縛られているとわかるから、ただ、悔しい。腹が立つのだ。

　アーダルベルトとテオドールの父親、十年前に、若くして亡くなった先代ガエリア皇帝・ベルンハルト。戦場での傷が元で死んでしまった彼《か》の王は、死の間際に、嫡子であり次期皇帝であるアーダルベルトに、一つの《約束》を願った。それはまさに、遺言。死に逝く父親の最後の願いを、アーダルベルトは受け入れた。

そう、この先何があろうとも、テオドールを見捨てないこと、を。

昔の仲の良い、互いに切磋琢磨《せっさたくま》し合う兄弟に戻ってほしいと、父親らしい我が儘を口にしたベルンハルト。アーダルベルトはその願いを受け入れた。受け入れてしまった。そうして、謀反を繰り返すバカな弟を、その度に処罰は下せど、《処刑しないで》生かし続けてきた。いつか、彼が愚かさに気づいてくれる日を願うかのように。

けれど、ワタシは知っている。

アーダルベルトの願いは叶わない。テオドールは、数年後にまた謀反を企てる。兄を追い落とし、自らが皇帝になることしか考えられなくなっているのだ。そうすることで己の存在を示したいという自己顕示欲なのかもしれない。……優秀な兄の陰に隠れ続けたテオドールが、兄を支えるのではなく越えたいと願ったのは、獅子という種族の野性的な部分なのだろうか。ワタシにはわからない。

「これは俺の意思でもある。ミュー、そう拗《す》ねるな」

「拗ねてないやい。不愉快なだけだい」

「それを拗ねると言うんだ」

「違わい」

喉を震わせて笑うアーダルベルトに、違うとワタシは主張した。そっぽを向いて、怒っているとアピールしてみる。そんなワタシに向けられるのは、相変わらずの笑いだけなのだけれど。

いっそ、言ってしまおうか？　テオドールはお前の期待を裏切って、また同じことを繰り返すぞ、と。そして、そのときはもう取り返しが付かなくて、完膚なきまでに叩き潰すしかないんだぞ、と。そう言ったら、アーダルベルトはテオドールに対する処罰を変えてくれるだろうか。

……変えないだろうな。そして、ワタシは言いたくないな。これは、言いたくない。

ワタシは別に、アーダルベルトの意思をねじ曲げたいわけじゃない。彼の願いをあざ笑いたいわけじゃない。できるなら、彼の願いを叶えてあげたい。テオドールは優秀な人材だ。彼が心を入れ替えて、アーダルベルトの片腕として支えてくれるなら、アーダルベルトはどれだけ楽になるだろう。ガエリア帝国は、どれだけ豊かになるだろう。そう思うから、ただただ、テオドールを許せない。

「ミュー」

「何……？　言っとくけど、ワタシ、そういう難しい仕事は一切手伝わないからね。というか、わからないから、手伝いようがないからね？」

「誰もお前に政務の手伝いをしろとは言ってない」

自信満々に言い切ったワタシに、アーダルベルトはわかってると頷いた。そう、ワタシにできる仕事なんてほとんどないのですよ。時々《予言》を口にする以外は、ただの無駄飯食らいだ。……あ、自分で言ってて何かちょっと辛い。でもまぁ、ワタシのような一般人のか弱い乙女を勝手に参謀に据えたのはアーダルベルトなので、責任は全部彼に取ってもらおう。うん。

「それで、何？」

「お前の話を聞かせろ」

「今この状態で？　何で？」

確かに、話が聞きたいとは言われた。でも、この状況ですることか？　アンタ仕事中でしょうが。ワタシの身の上話なんて聞いて、何が楽しいの。

でも、そうやって胡乱げに見てるワタシに対して、アーダルベルトはどこかわくわくしている。

……アレか。異世界の人間の日常とかが気になってるのか。申し訳ないけど、魔物退治ヒャッハーが普通に存在する世界の、スリリングな日常に比べたら、すっごいつまらないよ？

「何から話せば良いかな～。とりあえず、ワタシ、元の世界ではただの女子大生だったんだよ」

「ジョシダイセイ？」

「あー、学生。ワタシの国は、七歳から十五歳までが義務教育で、十六歳から十八歳までに義務じゃないけど大概全員が行く高等教育があって、その後に、十九歳以上が通うより専門的な学校があるの。んで、ワタシはその、専門的な学校に該当する、大学生っていうヤツだった」

「ほぉ。お前の故郷は随分と学問に力を入れているのだな」

「んー、どうだろ？　学歴社会になりつつあるから、高等教育受けてないと就職に不利だったりするしねー。あとまぁ、割と普通に、みんな大学まで行くけどね」

そう、日本で育ったワタシにとって、義務教育が終わったら高校に行くのは普通だったし、高校を卒業したら何も考えないで大学生になるのも普通だった。専門的なことを学びたいとかじゃなくて、普通に気づいたら大学生になってた。だからライナーさん、そんな「真面目に学問に励んでおられたんですね」っていう顔して見ないで。ワタシ、ひたすらゲームしたり漫画読んでたオタクだから。

そういや、ガエリアのっていうか、この世界の教育ってどうなってんだっけ？　一応、学問所みたいなところはあったと思うけど、士官学校とか魔法学校とか、色々と特化したところ以外は、覚えてないなぁ。武術の道場みたいなのはそこかしこにあったけど。

「教育分野にまでは手が回りきっていないのが現状だな」

「うへぇ。じゃ、識字率は？」

「シキジリツ？」

「まぁ、ざっくり言えば、母国語の読み書きができる人間の割合。確か、成人未満の子供を対象にするんだったかなぁ？」

「……調べたことはないが、おそらく、辺境へ行けば読み書きのできない者もいるだろう。読めるが書けないという者もいると思うが」

首を捻りつつアーダルベルトが答える。思ってた以上に、識字率は低そうだ。そう思うのも、ワタシが日本で生活してたからだろうけど。読み書きが必要じゃない生活の人たちもいるんだ。書けなくても読めれば何とかなるっていうのも事実だと思う。手紙なんかは確か、代筆屋があったはずだ。

そうやって考えると、日本は恵まれてる。読み書きは一通りできるし、義務教育である程度の基礎知識は植え付けてくれるし。高校を卒業しておけば、割とまんべんなく知識は手に入るだろう。……真面目に勉強していれば、だけれど。

大学生？　大学生は当てにしちゃいけない。アレはピンキリのイキモノだもの。かくいうワタシもそうで、入学してからはとりあえず、単位を落とさないように生きてただけで、そこまでガツガツ勉強してない。専門分野の知識を学ぶから、平均的な知識からは遠ざかるしね。もしかしたら、一番賢いのは名門大学を受験するために勉強している受験生かもしれない。

「それで、お前は真面目に学生をしていたのか？」

「してないヨ」

「ヲイ」

「いや、単位落とさないように、規則破ったりしないようには過ごしてたけど。ワタシ、好きな本読んで、友達と喋って、好きなもの食べて、ものすっごく自由な生活を満喫していた」

「それは学生としてどうなんだ？」

ものすごく胡乱げな眼でヒトを見るな、アーダルベルト。確かに、言いたいことはわかる。でも、大学生はそんなもんだ。全てにおいて自己責任の世界だもん。やることやってたら、遊んでたって誰にも怒られないよ。日々、授業を単位落とさないように適当に、趣味につぎ込むお金のためにバイトして、というのがワタシの生活だった。ごく普通の大学生だよ。

「……だがまぁ、教育機関を整備するのは必要だとは思っている」

「あ、そうなんだ」

「あぁ。読み書きもそうだが、やはり専門的な知識を持つ者以外にも、普遍的に知識は行き渡るべきだろう。そうすれば、結果として国も豊かになろう」

「まぁ、勉強できない、基礎知識がない人間よりは、読み書きできて一般教養的基礎知識ある人間の方が、仕事とかはできそうだよね」

諸々《もろもろ》の専門職に関しては、幼少時からその専門の教育を受ける場所がある。けれど、平民が普通に学ぶ、普通の学校がない。特に何をしたいわけでもない者は、気づいたら学ぶ場所がないのだ。商人ならば読み書きに加えて計算や経済、経営についても学ぶ。魔導士や神官は読み書きに加えてそれぞれの分野についてきっちり学ぶ。士官学校ならば、儀礼祭典的なものまできっちり学ばされる。

……そう考えると、一般人との学力格差パネェな。ふと思い立ってナニカになりたいと思っても、文字が読めなきゃお話にならない。読めても書けなきゃ意味がない。さらには、学ぶ場所がない。職業選択の自由がむっちゃ少ない。跡目を継ぐっていうことだけなら、問題はないんだろうけどさ。

「そのときは、お前の意見も聞かせてくれ」

「ほえ？」

「お前の故郷の教育機関は随分としっかりしているようだ。参考にする」

「ういうい。その程度で役に立てるなら、普段無駄飯食らいなんだから、無駄話の一つでもするよ」

にへっと笑って見せたら、アーダルベルトが瞬きを繰り返していた。まるで、ナニカにびっくりしているようだ。どうした、アーダルベルト。無敵の皇帝陛下が、随分と無防備な顔じゃないの。

「お前、本気で自分のことがわかってないんだな」

「はい？」

「いや、まぁ、わかってない方がお前らしいのか。いい。そのままでいろ」

呆れたように言われたけれど、あの、いったい何だったんだよ、アーダルベルト？

◇◇◇

いつまでも自白しないテオドールに焦《じ》れて、とりあえずあのアホと話をさせろ、とアーダルベルトに言ったのは、ワタシです。だって、色々と鬱憤溜まってきた。いつまでも黙秘貫きやがって。色々と王様業忙しいアーダルベルトの邪魔してる自覚あるのかよ。……あるのかもしれないけど。

そんなわけで、牢屋再びなワタシです。今回もライナーさんに一緒に来てもらってる。ただし、牢屋は牢屋でも、貴賓室的な牢屋ですよ。一般人じゃなくて、身分のある人たちを放り込むための牢屋なので、格子がなかったら、普通に快適な部屋じゃね？　みたいな感じ。

……こいつにこんな良い部屋与えなくても良いのに。

顔に出てたらしいワタシに対して、ライナーさんが苦笑しながら「仮にも皇弟という身分の方ですから」って宥《なだ》めるように言ってきた。そういうライナーさんも、敬語は敬語だけど、微妙に敬称は外してるね。まぁ、古参の近衛兵のライナーさんだって、色々と思うところあるんじゃないの？

「俺はただの近衛兵ですからね。陛下の采配に口は挟めませんよ」

にっこり笑ってるけれど、微妙にブリザードが見えるぞ。そうね。貴方もやっぱり、テオドールに対して「お前いい加減さっさと口割れや。こっちは忙しいんだよ」って感じの鬱憤は抱えてたんですね。わかります。ありがとう。

そんなワタシたちのやりとりを聞いていただろうテオドールは、どうしているかというと。

「な、何故貴様が、ここに来る……ッ！」

お前今まで黙秘貫いてたんじゃないのかよ、というツッコミを入れたくなるぐらい、動揺しまくって椅子の上で顔を引きつらせていた。喧しい。ワタシは基本的に城内フリーパスなんだよ。行きたい場所に行くのはワタシの自由。あと、お前に貴様呼ばわりされる筋合いはないやい。

黙っていたらアーダルベルトに似てるのに、相も変わらず小者さんで。似てるから余計に腹が立つのかな。アーダルベルトのこと好きだからなー。ゲーム『ブレイブ・ファンタジア』のアーダルベルトも、今、ワタシが悪友として仲良くしているアーダルベルトも、どっちも好きだ。なので、その彼に似てるのに迷惑をかけまくる不出来な弟に対しては、イラッとする以外の感情が抱けない。てへ？

でもまぁ、とりあえず、お話をしましょうか？　ワタシは、話をするために来たんだしね。

「別に、ワタシが城内うろついたってワタシの自由です。それより、いつまで黙秘続けてんの？　カスパーは既に自白したよ」

「……貴様に話すことなどない」

「あ、そう。別にそれでも良いけど。……アンタを助けるために、アンタの無事だけを願って、自分のことは全無視で、自白したカスパーのことはどうでも良いんだ？」

ワタシの言葉に、テオドールは沈黙した。お前、ここでどうでも良いとか言い出したら、完全に見捨てるからな。あんな忠臣の鑑みたいなカスパルを見捨てたら、ワタシ、今度こそお前を見下すぞ。

けれど、どうやらテオドールは、最後の一線はまだ、越えていないようだった。

「……カスパーはどうしている」

「別に。牢屋で大人しくしてる。調書にも協力的だし、待遇だって虐待とかしてないよ。そもそも、アディにアンタたちを殺すつもりはないしな」

「何故だ」

「それをワタシに聞かずに、少しは自分で考えたら？」

おっといけない。思わず突き放すみたいになってしまった。これはいけないなぁ。ワタシはだいぶ、感情的になっている。まぁ、元々自分の感情で動く人種ですけど。どうも、テオドールを前にすると、ゲームやってた頃からの「あぁああ！　てめぇ一発殴らせろぉお！　何でわからねぇんだよぉおお！」っていう怒りとか憤りとかが、沸々と湧き起こっちゃうんだよねぇ。ワタシ悪くない。

テオドールが沈黙している。今度のは、考え込んでいるから、らしい。最初のはワタシの発言に痛いところを突かれた感じだったけど。……黙ってたら見られるのに。口開いたら色々とがっかりすぎるの残念だ。なまじアーダルベルトに似てるから、余計にそう思うんだろうな。普段は悪友モードだけど、あいつはイイ男だもん。

「兄上は何故、俺を許すのだ」

「だから、ワタシに聞くなっつーの」

「貴様だからこそ聞く。兄上は今まで、誰も側に置かなかった。……少なくとも、意見を聞く相手など、置かなかったぞ」

「んなことワタシが知るかい」

　ライナーさん、お願いだから背後で、笑い堪えるの止めてください。その笑顔の気配を感じると、何か背中がむずむずします。多分絶対、貴方は色々と誤解している。アーダルベルトはワタシを面白い玩具としか認識していません。貴方、色々と脳内で美化しすぎじゃねーですかね？　っていうか、そんなに不思議なことか？　確かにワタシは参謀とかいうすっげーポジション与えられてますが、実際はただの悪友。適当に会話して、適当にじゃれて、時々《予言》という名の《知識》を提供しているに過ぎない。そんなワタシの存在を、そこまで大事にする理由がわからないな？

　テオドールと真っ直ぐ視線を交える。アーダルベルトと同じ赤毛の獅子。瞳の色は、テオドールの方がちょっと暗い色をしている。例えるなら、テオドールの瞳はえんじ色で、アーダルベルトの瞳は赤色だ。それを除けば、顔立ちも非常に良く似ている。それなのに、内面から彼らは別人だと、すぐさまわかってしまうのだから、性格ってすごい。

「……兄上は、何を考えている」

「だからワタシに聞かずに考えろよ。…………あー、ライナーさん、他言無用って言ったら、アディにも黙っててくれる？」

「……今の俺はミュー様の専属護衛ですからね。陛下の害にならないのでしたら、多少はお付き合いしますよ」

「ありがとう。じゃあ、今からの話は、聞かなかったフリしといてください」

「承知しました」

ぽかんとしているテオドールをそっちのけでワタシはライナーさんとお話をする。ライナーさんは快く頷いてくれた。ありがとうございます。貴方の本来の主はアーダルベルトだから、本当はこういうお願いもどうかなって思うけどね。でもこの話をアーダルベルトに知られるのは、ちょっと嫌だ。

主に、何となく気恥ずかしいという意味で。

だってワタシは、これから、このバカに、アーダルベルトの本心を伝える役目を、勝手にやっちゃうのだ。あくまで《ワタシが勝手にそう思ってるだけだからな！》という意思表示をした上で。とはいえ、このバカを相手にアーダルベルトを庇うというか、援護する発言をしたと本人に知られるのは、羞恥で顔から火が出そうなので、勘弁していただきたい。

……できるなら、アーダルベルトの心労は減らしてやりたい。少なくとも、テオドールに関するしがらみは、なくしてやりたいと、そう、思うのだ。

「アディがアンタを赦す理由なんて、一つだけダヨ」

「……何だ」

「そんなの、アディがアンタの兄だからに決まってるじゃん。バカ？」

「……は？　……そんな、理由で？」

「そうだよ。そんな理由だ。自分に刃向かい続ける、愚かで愚かでどこまでいっても真実を理解しない愚かな弟だとしても、アンタはアディにとって、護ってやりたい大切な弟なんだよ、テオドール」

なるべく感情がこもらないように、淡々と告げてみた。ライナーさんをちらりと見てみたら、何も聞いてませんと言うように目を伏せてそこに立っていた。ありがとう、ライナーさん。コレを勝手に言うのはワタシのエゴだ。アーダルベルトが聞いたらきっと、余計なことをしてって怒るかもしれない。それでも、ワタシは言いたい。言ってやりたい。

だって、可哀想じゃないか。

通算五度目の謀反を企てた弟に対して、それでも助けてやりたいと心を砕くなんてバカバカしい。テオドールはもう、昔の兄の背中を追ってた可愛い弟じゃないのに、アーダルベルトはいつまでもしっかり者の頼れる兄でいようとしている。男兄弟ってこんな面倒くさいの？　それともこの二人がこじれてるだけなの？　ワタシにはわからないけど、何とかしてやりたいと思ったのは、事実だ。

「兄上、が……？」

「気づかなかったの？　それとも、気づいてないフリをしてただけ？　カスパーがアンタに尽くすように、アディはアンタを護ろうとしているよ。今も昔も変わらない。変わったのは、ねじ曲がったのは、歪んだのは、アンタだけだ」

「……ッ」

そう、これは事実。

カスパルも、アーダルベルトも、昔から何一つ変わっていない。忠実な臣下も、優しい兄も、何一つ変わっていないのだ。ただ、テオドールだけが変質した。何が原因だったのかなんて、ワタシは知らない。ゲームでテオドールの内面については詳しく記されていなかった。だからワタシは知らない。けれど、思う。こんなに恵まれてるのにねじ曲がって歪んだこいつは、バカだと。

何で、上を目指す気持ちだけでいられなかったのか。何で、兄を越えようなんて思ったのか。この強大なガエリア帝国を、弱冠十六歳で背負う羽目になった兄の苦悩を、何故彼は知ろうとしなかったのか。その兄を、傍らで支えようと思わなかったのか。

一度目の過ちの後に、傍らで己を献身的に支えてくれる忠臣の存在に、どうして思い至らなかったのか。自分に尽くす彼が、彼らが、いずれ己の愚かさのせいで破滅するとは思わなかったのだろうか。自分が歩む道筋が、罪もない善良な人々を巻き添えにすると、何故、思わなかったのだろうか。

……だからワタシは、テオドール・ガエリオスが好きじゃない。

彼には彼を思ってくれるヒトがいるのに、他人よりも圧倒的に恵まれた環境にいるのに、それに気づいていない。或いは、優秀すぎる兄の存在が、彼には重荷だったのかもしれない。それなら、そうと言えば良かったのだ。せめて、誰かに。一人で思い込んで、勝手に暴走して、謀反を企てるような愚かな行動に出る前に、誰かに「苦しい」と甘えれば良かったんだ。何てバカな男だろう。

「…………」

「まぁ、何も言いたくないなら、それでいいけど。ただ、アンタが黙秘すればするほど、カスパーにかかる重責は大きくなるし、アディはアンタを助けるための手段を考えるのに苦悩してる。少しでも二人に悪いと思うなら、さっさと自白してね」

「……貴様、は……」

「アンタに貴様呼ばわりされる筋合いはない。ワタシは金輪際アンタと関わるつもりもありません」

ぷいっとそっぽを向いてやった。困惑しているテオドールなんて、知るもんか。やっぱりワタシはこいつが嫌いなのだ。だから、素直に感情の赴くままに行動してやる。

ふと、思い立った。最後に、これだけは苦言として忠告しておこう。ワタシのような小娘の言葉に、どんな意味があるのかは知らないけれど。それでも、言わないよりはマシかもしれない。多分。

「……次に同じようにアディに反抗しようと思うなら、滅びを覚悟しろ。そのときは、お前だけじゃなく、お前に付き従う全てが道連れになると思え」

テオドールの瞳が、驚愕に見開かれていた。それを尻目に、ワタシは踵《きびす》を返す。ライナーさんは気配を察したのか既に視線をこちらに向けて、戻りますかと聞いてきた。ワタシはそれに頷いて、貴賓室にしか見えない牢屋から外へ出る。

……廊下に出たら、不思議と空気が美味しかった。あの場所は空気が澱《よど》んでいた気がする。いや、ワタシの気持ちが澱んでいたのかもしれない。ふぅ、と吐き出した呼吸は、自分で思っているより疲れた感じだった。

さて、小腹が空いたし、甘いものでもシュテファンに作ってもらおうかな！

◇◇◇

突然だが、この世界には和食の概念がない。

ええ、白米さんがないがしろにされていた時点で、ある程度理解はしていた。ただ、調味料は存在したんです。食材も。お醤油とか味噌とか、和食必須系だと思われる調味料が普通にあったので、ワタシはそれらを利用したご飯を色々と所望している。出汁《だし》の概念も軽くはあった。そりゃそうだ。西洋料理にはブイヨンが存在するし。

最初の頃は、ワタシが調理場に顔を出す度に、気づいた誰かが「シュテファン！」って大声でシュテファンを呼びつけて、お前が面倒ごとの対処をしろ！　みたいなスタンスでした。ところがどっこい、いつから変わったのか知らないけど、最近では非常に好意的に迎えてもらっている。

というか、小腹空いたので調理場覗《のぞ》いただけなのに、「今回は何を作るんですか、ミュー様！」って顔キラキラさせて、料理番全員で出迎えるのマジ止めて。

いやもう、本当にね？　何でワタシをそこまで出迎えるの？　料理長が期待の眼差しで見てくるのとか本気で勘弁してもらいたい。ワタシ、そこまで料理は得意じゃないですよ。自分の好きな食べ物を好きな風に作るぐらいしかないもん。第一、発想もそこまでない。お家ご飯しか知らない……。

そりゃ、この世界のヒトにしたら珍しい料理なのかもしれないけど……。この道三十年とかいう感じのベテラン料理長（筋骨隆々とした熊の獣人）さんが、真面目な顔して瞳だけは少年のように輝かせて、ワタシを出迎えるの何か間違ってません？

「ミュー様、先日言われていた通り、醤油に色んな素材を漬け込んだり煮込んだりしたもの、作っておきましたよ？」

「わーい、シュテファン、ありがとう。で、どれがどれ？」

「はい。これは乾燥させた鰹《かつお》を削ったものを入れて煮詰めました。こちらは、言われた通りに干した椎茸《しいたけ》をそのまま漬けておきました。こちらは、小魚を乾燥させたものを丸ごと入れて煮詰めました。それと最後に、乾燥させた昆布を漬け込んだものが、こちらです」

「いっぱいできたねー。どれが美味しいかな〜」

ワタシの前に、シュテファンが色んな瓶《びん》を持ってきた。そのどれもが、醤油です。ワタシが今回作りたかったたのは、出汁醤油。これ、和食に使うとマジで美味しいと思うのが個人的感想。ただ、レシピがよくわからないので、自宅で一度チャレンジしたことのある感じで説明してみた。

　あと、この世界に（というか、この国に？　かな。内陸の国だし）鰹節とか干し椎茸とか煮干しとかの概念もなかったので、それも作ってくれと頼んだ。乾物を作るのは、そういうの専用の竈《かまど》みたいなのがあるらしい。正確には、魔法で水分蒸発させて、ちゃちゃっと燻製《くんせい》が作れるんだとか。魔法便利だな。すごいな。

　シュテファンは小皿に醤油をちょっとずつ入れてくれる。そんなワタシたちを、料理長が興味津々で見てる。料理番の皆さんも見てる。怖い。そんな見ないで。ワタシはただ、ワタシ好みのすまし汁が飲みたかっただけなんや……。色々説明したけど、出汁が足りないのか、醤油辛かったり塩辛かったりしたんだよぉ……。

「ミュー様、こちらは？」

「醤油に出汁の味を足すことで、旨味成分がプラスされるという出汁醤油さんです」

「これも、貴方の故郷の調味料ですか？」

「うい。……この間お話ししたすまし汁やかやくご飯は、出汁醤油の方が美味しくなると思います」

「なるほど。私も味見をしても？」

「どうぞ」

　ぺろぺろと順番に味見をするワタシの隣で、料理長も真面目に味見してる。そりゃ、料理長の方が舌はしっかりしてるんじゃね？　ワタシ、料理は素人《しろうと》だもん。あ、でも結構美味しい。流石シュテファン。真面目に一生懸命頑張ってくれてる。嬉しすぎて涙出る。これで美味しいすまし汁できたら、飲ませてあげるからね！　……まぁ、作るのはシュテファンだけど。

個人的には、鰹節が入ってるヤツが一番好みかもな〜。干し椎茸はちょっと甘みが濃い感じがする。でも、煮物とかはこれが美味しそう。煮干しも悪くはないけれど、魚のクセは出てるな〜。昆布のやつはやっぱりうどんに合いそう。あぁ、うどんも欲しい……。小麦粉はあるんだし、今度頼んでみよう。パスタあるし、何とかなるんじゃね？

料理長が他の料理番さんたちと真面目に話をしている横で、ワタシは気に入った鰹節の醤油を持って、火元へ。魔法が込められている火種を使って、好きな温度に調節できるというコンロは、素晴らしいの一言。ただ、まだ量産はできないらしくて、お城とか金持ちの家ぐらいなんだって。コレが一般家庭にも普及したら、世の中のお母さんたちは家事が楽になりそうだよね。頑張ってもらいたい。

「シュテファン、きのこですまし汁作って。お醤油はこの鰹節入りのヤツで」

「了解しました。……何人前ですか？」

「んー、もうこんな時間だし、アディに持ってくから、二人分と……料理長とかが味見できる程度でよろしく」

「……わかりました」

ぼそりと付け加えた一言に、シュテファンは苦笑しながらも頷いた。

現在、出汁醤油をあーだこーだと議論している料理長たちですが、きっと、料理ができあがったら反応するだろう。それぐらい予想している。なので、シュテファンもわかっているのか、普通に頷いた。

なお、今何時と言われたら、晩ご飯終わって寝るちょっと前、と答えておこう。何でこんな時間になってるのかというと、何だかんだでアーダルベルトと遊んでたら、うっかりおやつのときにそろそろ完成しそうと言われた出汁醤油のことを忘れてたから。でも思い出したから、今日のウチに片付けておきたかった。しかし、本来なら料理番さんたちも明日の仕込み終わったら寝るはずなのに、何故か全員普通にそこにいるので、マジ怖い。ナニコレ。

前に作ってもらったことがあるので、シュテファンは手際よくすまし汁を作ってくれる。出汁に使うのは昆布と煮干しにしたらしい。うん、ワタシが持ってきた醤油が鰹節ベースだから、足すのは別の出汁の方が美味しいモンね。正直、食材が全部ワタシの知ってる感じの名称なのが笑う。異世界なのにキノコの名前が日本で馴染んだアレですよ。椎茸にシメジにエリンギにマイタケ。笑えてくる。

ゲームのときは気にしなかったんだけどねー。ここが異世界だという認識で考えると、不思議で笑える感じだ。ゲームだったら、プレイヤーも作り手も日本人だからわかりやすいように同じ名称ってので納得するけど。……そういう意味でも、やっぱりここは『ブレイブ・ファンタジア』に酷似した世界だなぁと思う。

ふわんと良い匂いが漂ってくる。具材はキノコオンリー。味は各種出汁と出汁醤油と塩とお酒を少量。たったそれだけの、実にシンプルなスープだ。でもワタシはそれが飲みたかったのだ。

素朴な和の味が楽しみたかったんです。それだけです。

あと、夜になると冷えるのは当たり前だから、温まりたかった。この世界に四季と言うほど明確な季節の移り変わりはないらしいけれど、一応季節はある。んでもって、今はもう、八月も終わりに差し掛かっている。夜が冷えても仕方ない。

「ミュー様、味見をお願いします」

「はーい」

シュテファンが差し出してきたスープを受け取る。なお、当たり前みたいにワタシの背後にはライナーさんがいて、大丈夫ですってゴーサインは出してくれている。え？　今まで気配なかった？　うん。ライナーさん、さっきまでは調理場の外側にいたから。今は毒見のために中まで来てるから。

流石に、近衛兵のライナーさんが来ると料理番さんたちが緊張しちゃうんだよね。それも踏まえて、用事がないときは外で待っててくれる。流石ライナーさん。お気遣いのできる紳士は違うね。

シュテファンが作ってくれたすまし汁。ぐっじょぶ。流石、本職の料理番は違うね！　本来の腕がどうかは知らない。シュテファンは一応若手だから、まだ見習いレベルらしい。それでも、ワタシに付き合わされてる率が一番高いので、ワタシの意思を汲《く》み取るのは上手だし、異世界料理も気にせずさくっと作ってくれちゃう程度には柔軟性が高い。

そうやって褒めたら、本人は照れたように笑って「ただの料理バカなんです」って言ってたけど。どうもシュテファン、そこそこの魔法使いの家柄の出身なのに、料理に目覚めて家出同然で料理店に弟子入りして、たまたま食べに来てたユリウスさんに見出《みいだ》されてお城に勤めてるんだって。意外にフットワーク軽かった。びっくり。

「どうですか？」

「おいしー。バッチリー。二人分よろしく～」

「はい。すぐに準備しますね」

シュテファンに用意してもらったお盆を持って、まだ執務室で仕事をしているだろうアーダルベルトのところへ向かう。持ちましょうかってライナーさんに言われたけど、近衛兵さんにそんなことはさせられません。それぐらいはワタシが自分でやります。自分の分もあるし。

ライナーさんがノックしてワタシが来たことを伝えたら、二つ返事で入室が許可されました。まぁ、いつものことですが！　別に面白いことは持ってきてないぞ、アーダルベルト！

「陣中見舞い」

「何だそれは」

「出汁醤油の試作品ができたから、すまし汁リベンジ」

「ほぉ？　あの薄味のスープか」

「薄味言うな。出汁と素材の旨味のコラボレーションだから」

全く。肉食で濃いめの味付けの文化の奴らは、ことごとく出汁と旨味の素晴らしさを理解していない。あ、お察しの通り、ワタシは関西圏の出身です。実家は薄味が基本でした。出汁と素材の旨味でレッツゴー。母の得意料理の一つは蒸し野菜。なお、使用するのはせいろ。せいろで蒸すと、野菜の甘みがぐっと際立ちます。レンチンじゃできない美味しさです。マル。

渡した器を、アーダルベルトは受け取って、しばし匂いを嗅ぐ。これ、クセらしい。まぁ、毒見役いなくて自分がそれやってる人間だったら、無意識にやるよね。食べる前に匂いを嗅いで、自分に害がないかを確認するんだと。大概の獣人の性質らしいので、別に失礼と思われたりしないとか。

いつものふかふかソファに座って、すまし汁をいただく。スプーンでスープを飲む要領ですね。何か、すごい違和感があるけど、気にしない。キノコたっぷりのすまし汁、マジうまー。やっぱりプロの料理は違うわ。うんうん。

「美味いな」

「だろ？」

「ほとんど調味料の味がしないが、薄味なのに物足りなくない」

「そこが旨味さんと出汁さんの素晴らしさだ。無駄に塩分多い食事してると、内臓壊すぞ」

感動しているアーダルベルトに、軽く蘊蓄《うんちく》をたれておいた。一般人が知ってる程度の知識だから、ちょっと調子乗ったとか言わないで。別に栄養学は学んでません。ただ、親の口癖とか普段の食生活から鑑みただけです。

まぁ、獣人の内臓が、その程度でどうこうなるほど柔《やわ》だとは思わないけどね！

むしろ、危ないのはワタシだ。

美味しい食事にうっかり騙《だま》されて、豪華なご飯をもぐもぐしてたら、気づいたらメタボまっしぐらとか嫌じゃないですか？　だからこう、口が和食を求めてるってのも事実ですが、料理長にそれとなく健康にも良い出汁の素晴らしさを広めてみた。旨味を引き出すだけで、調味料が少しですむんだから、素晴らしいじゃないですか。

……ぐーたら生活も嫌いじゃないけど、家にいたときみたいに雑用で家事とかするわけじゃないし、健康のためにランニングとかするべきかな。腹筋なら部屋でもできるよね。でも、なるべくアーダルベルトには気づかれないようにしなければ。うっかりばれたら、獅子の覇王様と一緒に訓練という、死の鍛錬《デスマーチ》がワタシを殺しに来る。

「そういえば、テオドールが調書に協力し始めたぞ」

「へー」

「お前、何を言ったんだ？」

「別に？」

本当に別に、何も、特別なことは言ってないよ、アーダルベルト。ワタシはただ、文句を言いに行っただけだ。お前が気に入らない、と前面に押し出して、八つ当たり気味に愚痴を吐き出しただけなので。あいつが何で自白するようになったかなんて、ワタシは知らぬのだ。

いや、マジで。テオドールの考えてることなんて、知らないし。

「どうせお前のことだ。お節介を焼いたんだろう」

「焼いてない。文句言っただけ」

「それを、世間一般ではお節介と言うんだ」

「違う。ワタシのアレは、ただの愚痴と文句」

そこを間違えられては困るのできちんと主張しておく。お節介とか、誰かのためにとか、そういう面倒くさいのは嫌いだ。突き詰めれば全て《ワタシがそうしたい》という自己満足でしかない。ワタシは自分の感情でしか動かないよ。大義名分？　それって美味しいんですか？　みたいな人種だもん。

すまし汁で身体も温まったし、あとはお風呂入ってぐっすり寝るだけだね！

◇◇◇

カスパルもテオドールもきっちり自白したことで、今回の一件は何とか終わりが見えたらしい。一応、聞き出した限り、爆発物の場所はワタシが記憶していた部分で全部だったとか。良かった良かった。彼らのアジトも判明して、とりあえず、武器没収の上で流刑に落ち着いたんだって。もちろん、カスパルとテオドールも一緒に。辺境の砦《とりで》にぽいっとするらしい。

まぁ、結局その辺に落ち着くよね。というか、やっぱりワタシの知ってる通りの結末か。

なお、ゲームでは爆発物の一部は解除が間に合わずにどかんしちゃう。幸いにも人の少ない場所だったので死人やけが人は出ていない。それでブチキレたアーダルベルト（と完全に黒微笑モードでプッツンいっちゃったユリウス宰相）が、テオドールに詰め寄って爆発物の場所を洗いざらい吐かせる、というのがゲーム。それを思えば、今回未然に防げたのは、ワタシ、ちょっと誇

って も良くね？

トルファイ村のときは、実働部隊は別のヒトだったし、ワタシはごろごろしてるだけだったので。でも、今回のクーデター未遂では、結構良い仕事したくね？　未然に防いだし、捕まえたし、爆発物の場所も特定したし、カスパルも説得したし！　おぉ、ワタシ今回、ちゃんと仕事できてる。すごい。ワタシ偉い。ワタシやればできる子！

え？　自画自賛がもの悲しい？　やめて。わかってるから。

何でそんなアホな自画自賛をしてるかと言うと、まぁ、誰もワタシのところに来てくれないから、ですよ。アーダルベルトが忙しいのは知ってる。ライナーさんはいつも通り専属護衛してくれてるけど、それ以外の人たちも忙しそうでな。誰も構ってくれんのだ。

というか、最大の理由は、ここ一週間ほど、アーダルベルトとマトモに顔を合わせていない、ということでしょうか。

いや、わかるよ？　皇帝陛下は忙しいよね？　特に、実弟がクーデター未遂やらかした後始末は大変だろうし。わかってるんだけど、執務室に近づこうとしたら「陛下はお忙しいので邪魔はしないでください」っていう意味合いの微笑みで、ユリウスさんとかに阻まれるんですが。近衛兵さんは通してくれようとするけど、ユリウスさんと女官長が通してくれない。あの二人無理。勝てない。怖い。

まぁ、どうせワタシは無駄話をするために、じゃれるために行くだけなので、そういう風に言われちゃうと引き下がるしかないですけど。ライナーさんが慰めてくれるけど、ライナーさんは基本的にワタシ贔屓《びいき》（でも優先度はアーダルベルトの方がもちろん高い）なので、依怙《えこ》贔屓入ってるのがわかるので、素直に頷けない。仕方ないのでシュテファンにおやつ作ってもらってたら、そっちも忙しそうで、頻繁に行くのはご迷惑そうなので諦めた。

つーわけで、このところワタシは、もっぱら、大人しく自室か中庭でごろごろしている。

……くっ、今回結構頑張ったと思うけど、やっぱりワタシは、無駄飯食らいの引きこもりだった！　いや、わかってた。全然役に立てないのはわかってたけど、やっぱりちょっと、悔しいです！

何でこう、異世界転移してんのに、ワタシには召喚補正みたいなのついてないんですか⁉　普通、こういうのって能力値がチート化してるでしょ！　少なくとも、どこかに、チート補正付いてるはずじゃないですか？　それなのにワタシ、戦闘能力も特殊技能も付加されてないんです。誰だ、こんな状態でワタシを放り込んだのは！　責任者出てこーい！

……いや、出てこないの知ってるけど。これで出てくるなら、割と初期の段階で出てきてるはずだ。吹っ飛ばされて数日は、召喚したナニカに心の中でひたすら罵声を浴びせてたので。

「……暇だ」

ぽつりとうっかり呟いてしまった。ごめんね、ライナーさん。気遣うような顔をしないで。むしろワタシは、こんなワタシのぐだぐだごろごろ生活に、貴方を付き合わせている方が申し訳ないです。本当に。優秀な近衛兵なのに、ニートの護衛とかさせて申し訳ありません。

うーん、健康のために、ランニングでもするかな。中庭結構広いし、軽くランニングとか。もしくは、ウォーキングでも良いな。運動不足で運動音痴なワタシがいきなりランニングは身が持たないだろうから、中庭を軽くウォーキングしよう！　うん、そうしよう！

　そうと決まれば、準備をしなければ。

　服はいつもの侍従服《コレ》で良いか。ジャージはパジャマにしちゃってるし。……いやだって、この世界の服より、ジャージの方が楽なんですよ。マジでごめん。上質の布で作られてるのわかるんだけど、デザインなのか何なのか、ワタシの安眠にはジャージの方が向いてます。ほぼスウェットなので。

　靴も本当はスニーカーとかあれば良いけど、いつもの布靴で。革靴を履けと言われないだけマシですね。そもそも、この靴はワタシが我が儘申し上げて、中敷き代わりに布を大量に仕込んである。そのおかげで、普通の布靴よりも足に衝撃が伝わらない。まぁ、この世界の人たちは頑丈なので、こんな情けないことに全力投球《オーダーメイド》するのはワタシぐらいです。知ってた。知ってる。

「ライナーさん、ワタシ、中庭でウォーキングしようと思うんですけど」

「うぉーきんぐ、とは何ですか？」

「あーえっと、ちょっと早歩きで延々と歩き続ける運動です。ランニングは走るので、体力のないワタシにはキツイかなーと思って」

「それはわかりましたが、何故ミュー様がそのような鍛錬めいたことを？」

「け、健康のために！」

　不思議そうなライナーさんに、ちょっとどもりつつもそう答えておいた。間違ってない。運動不足を解消するために、美味しいご飯のせいでちょーっと気になり始めた二の腕とか太ももとかお腹周りのために、あと、生活習慣病が地味に怖いから、という理由を諸々合わせたら、ちゃんと健康のためだ。間違ってない。大丈夫だ。

身体能力のスペックが高い獣人にはわからないかもしれないけど、ワタシは普通の人間なので。自分の健康管理ぐらいはしないとね。衣食住は保証されてるし、運動ぐらいちょっとしないと。うん、ワタシ間違ってない。

と、いうわけで、ライナーさんと一緒に中庭にレッツゴー。お供しますって言われたので、一緒にウォーキングすることになりました。ごめん。本職軍人さんに、こんなぬるい運動させて。でもワタシには、この、明らかに広すぎる中庭（だって、中庭だけで学校のグラウンドレベルの広さは余裕であるよ？）をウォーキングするだけでも、結構良い運動なんです。

意識して早歩きすること、三十分。中庭の中央にある時計塔の時間がそれぐらいしかたってないので、間違ってないでしょう。うぁー。日頃の運動不足がたたるわー。たった三十分、ガチでウォーキングしただけで、足が。足が、痛い……。

良く考えたらワタシ、遠方に出るときは馬（覇王様に強制的に同乗させられる）もしくは馬車だし、急ぐときは担がれてた。

そら、運動不足になるわ。ライナーさんまで、急いでるときは姫抱っこするからな……。アーダルベルトなんて、面倒だとか言って、説明もせずにヒトを担ぎ上げて、そのまま歩くからな。良く考えたらワタシ、荷物のように運ばれるのがデフォルトだった！　何てこった！

「ミュー様、飲み物を用意させましたので」

「……ありがとー、ライナーさん」

　できる男は本当に違う。

　氷の入ったフルーツジュースを渡されて、なるべくゆっくり飲む。こう、冷たいのを一気にごくごくやっちゃうと、胃腸がびっくりするからダメだって言われた覚えがあるんだよね。まぁ、それでなくても、冷えたの一気飲みしたら、お腹壊しそうだし。あー、でも、このフルーツジュース、マジうめー。数種類入ってるミックスジュースだー。流石お城。出てくる食べ物は常に美味い。

　待て。せっかく運動したのに、ここでまた美味に負けたら、カロリー消費プラマイゼロじゃね!?

　いや、待て。大丈夫だ。だってこれは、フルーツジュース。果物を搾《しぼ》った、一番シンプルなジュースだ。きっとおそらく、砂糖の類はほとんど入っていない。この甘みは果物の甘みだ。大丈夫。美味しさの割にカロリーは低い。低いと思う！

　あっぶねー。言い聞かせないと息抜きのジュースすら罠《トラップ》に思えてくるわー。ご馳走怖いでござる……。与えてもらえるからって嬉々として食べるだけじゃダメね。意志薄弱ですみません。美味しい物大好きです。そしてダイエットにはあんまり興味ないです。でも健康には興味あるので、頑張ろう。

　そんな風にライナーさんと二人でジュース飲んでくつろいでいました。そしたら。

「何だ、こんなところにいたのか」

「アディ？」

お忙しいはずの皇帝陛下が、ひょっこり現れました。どしたの？　何か急用でもできたか？　こっちにはないぞ？　暇なら遊んで、とは思うけど。

首を捻りつつもジュース飲んでたら、当たり前みたいにコップ奪われました。いつもいつも思うけど、ワタシの食べ物飲み物奪うの、いい加減にしないかな⁉　それ、ワタシの！　ライナーさんが、ウォーキングを（ちょっとだけ）頑張ったワタシにって用意してくれたフルーツジュース‼

「何でアンタはそうやって、ワタシの食べ物や飲み物をかっさらうかな⁉　返せ！」

「美味いな。何でこんな美味いのが俺の食卓には並ばんのだ」

「ヒトの話聞けよ！　不服そうな顔するなよ！　むしろ、今一番不服なのはワタシだよ！　もうほとんどないじゃん⁉」

憮然《ぶぜん》としつつ文句を言うアーダルベルトからコップを取り返したけれど、中身はほぼ一口しか残ってません！　何てことすんだよ！　絶品フルーツジュースを味わってたのに！　ひどすぎる！

あと、何でアンタの食卓に並ばないでワタシに差し入れられてるかなんて、ワタシが知るわけないだろう。料理長に聞いてくれ。美味しかったのに……。シュテファンにまた作ってもらおう……。

「まぁ、それは良い。ライナー、詰め所で打ち合わせがあるそうだ。行ってこい」

「……ですが陛下、ミュー様の護衛は」

「いらん。俺が連れて行く」

「承知しました。それではミュー様、失礼します」

「あ、うん。ライナーさん、お仕事頑張ってくださいねー」

お辞儀をして去って行くライナーさんを見送るワタシたち。……っていうか、皇帝陛下が直々に伝言するとか、おかしくね？　あと、普通に護衛役を引き継ぐとかも色々間違ってない？　エーレンフリートがいないのも、その打ち合わせとやらがあるからなの？　ねぇ、それ、おかしくない？

いや、この覇王様《ラスボス》に護衛が必要ないのは知ってるけど。

むしろ誰より護衛とかお目付役が必要なのはワタシだ。知ってる。非力。無力。むしろ吹けば飛ぶ。魔物が普通に闊歩《かっぽ》するこの世界で、ワタシ、安全なお城の中ぐらいしか一人で歩けないよ！　何てこった！　下手したら、村人よりも弱いかもしれない！

え？　村人に戦闘能力はないだろうって？

あのね、こういう魔物が出てくる世界の村人さんというのは、農作業とかで体力あるので下級の魔物が出たら、農具で攻撃して追っ払うぐらいはしちゃうんですよ。つまり、ワタシの戦闘能力は、そこらの農民以下なのだ！　……うん、威張ることじゃない。知ってた。

「とりあえず、お前に用がある。来い」

「どこへ？」

「お前の部屋だ」

……そう言ってから、当たり前みたいにヒトを担ぐの、止めねぇか？　ヲイ。お前はワタシを荷物と勘違いしすぎだと思うんだが。なお、以前、背中に頭が来るように担がれると、進行方向と逆向くから気持ち悪いと文句を言ったら、今度からは前向きに担がれました。担ぐのを止めるという選択肢はなかったらしい。お前他に対処方法ないのかよ。

文句も兼ねて鬣を引っ張ってみますが、非力なワタシが引っ張ったところで意味はない。何遊んでるんだって言われるのがオチです。知ってた！

「そういやアディ、一つ聞きたい」

「何だ」

「この間ワタシ大学生だって話をしたときに、エーレンフリートもライナーさんも聞いてたよな？」

「そうだな」

「大学生が、十九歳以上だって話も、したよな？」

「あぁ」

よし。ワタシの記憶は間違っていなかった。大丈夫だ。

だがしかし、それならば、どうしても納得いかない部分があるんだが。

「何でライナーさん、まだワタシのこと子供だと思ってるの？　エーレンフリートは興味ないからスルーしたんだろうけど！」

そう、これだ。

あの会話を聞いていたなら、ワタシが十九歳以上だと理解できるはずだ。それなのに、ライナーさんの中のワタシ、相変わらず十五歳以下なんです！　これ、どういうこと⁉　理解不能だ！

「ライナーの中でお前は、優秀なために年長の学校に通っている子供、になっている」

「ワタシは飛び級制度《スキップ》について説明などしていないぞ！」

「こっちの学舎では普通だ。優秀な人間はどんどん上のクラスに進む」

「だからって、ワタシの年齢、そこまでして子供だと思うの⁉」

「仕方ないだろう。お前、どう見ても子供だからな」

「ひでぇ！」

知りたくもなかった事実でございました。……ライナーさん、何気に貴方もひでぇっす……。

◇◇◇

アーダルベルトに担がれて連れて行かれた先は、ワタシの部屋でした。

でも、入った瞬間に広がった光景は、明らかにワタシの部屋じゃない。何だこの、ファッションショーを始めましょう！　みたいな感じの光景は。着替えをするための試着室っぽい、カーテンで区切られた空間。等身大のマネキンっぽい洋服立てや、ハンガーの数々には無数の服。髪飾りやブローチなどの小物も大量に揃えられています。

あの、コレなぁに？

「……アディ？」

「お前の衣装の仕上げだ」

「…………待て。ワタシは確かに服を所望したが、動きやすいものを希望しただけであって、こんなリアルファッションショーな状況を求めた覚えはない」

「……それについては、あいつが悪い……」

「……は？」

あいつ、とアーダルベルトが示した先にいるのは、女官長と侍女たちと、もう一人。今まで会ったことがない女子が一人。女子。女子と言うより、幼女。典型的な魔女スタイルだが、外見年齢がどう見ても七歳ぐらいなので、大きな帽子も長いマントも、小さな身体をすっぽり隠す。より一層パワーアップしている、ロリコンホイホイ《ようじょ》というイキモノだった。

「……待て。待て、アディ。まさか、ワタシの衣装に、アレが関わってるのか？」

「………戦闘能力の低いお前を考慮したデザイナーが、アレに魔力を練り込んで防御性能の高い服を作ってもらった、らしい」

「待て……。アレが噛んでくるということは、ワタシの服のデザイン、ちょ、ま……ッ！」

明後日の方向を見るアーダルベルトの腕を引っ掴んで、揺さぶってみた。お前、目を逸らすな！　これはドウイウコトだ!?　何で、あの女がワタシの衣装に関わっているんだよ！　あの魔女スタイル見たらわかるだろ!?　あの女はリアル厨二病患者で、それも末期患者なんだぞ!?　ワタシ、厨二病は眺めるぐらいしか嗜みはないの！　厨二病オーラ出てる衣装は着たくない！

　二人で小声でわーわーやってたら、件の幼女がこっちに気づいた。気づくな。そして今すぐ消えてくれ。あと、ワタシの衣装に魔力練り込んで防御力上げてくれたのはお礼言うけど、お前、デザインに絡んでないだろうなぁああああああ！

「初めましてじゃのぉ、ミュー殿。ワシはラウラという魔導士じゃ」

「……初めまして。ワタシの衣装に魔力を練り込んでくださったようで、ありがとうございます。ところで聞きますが、ワタシの衣装のデザインに口出ししてねぇだろうな、この厨二病の外見幼女《ロリババア》！」

「……何じゃ、口の悪い娘っこじゃのう。デザインにはほとんど口は出しとらんわ。色ぐらいじゃ」

「色!?　アンタが口出ししたってことは、もれなく黒か紫か紺色に金か銀の縫い取りとかの、絶好調厨二病カラーじゃねぇの!?」

「イカス作品になっとるぞ☆」

「アディぃいいいいいいい！」

　ニヤリと笑う幼女。見た目は幼女。中身はババアだ。

　ラウラは妖精族の魔導士。妖精族の寿命は人間よりも圧倒的に長く、エルフのそれ以上。んでもって、そのために外見の成長も、そらもう、遅い。遅すぎるぐらい、遅い。見た目は幼女のラウラも、実年齢は普通に三桁行ってるらしい。当人曰く、ユリウスさんよりは若い、とのこと。

待て。ナイスミドルのイケオジエルフ宰相と比べんな。比較対象間違ってるわ。

　妖精なので、耳が尖ってるのと、普段はしまわれているが、背中に透明の羽がある。あと、全体的に小柄。それだけなら、実にキュートなイキモノだ。ワタシも喜んで、愛でよう。だがしかし、ゲームのときから思っていたけれど、厨二病拗《こじ》らせた外見幼女の魔導士なんて、誰も愛でられない。愛でる気が起きない。でも腕はすご腕。

「何でこいつに関わらせた⁉」

「俺が知らん間に、デザイナーと手を組んでやがったんだ」

「皇帝権限で止めろよ！」

「止めようとしたら、仕事サボるとか言いやがった」

「ラウラぁあああああああ！」

　思わずワタシは怒鳴った。

　相手が年上だろうが何だろうが、関係ない。そんな職権乱用で暴走する迷惑な外見幼女なんて、必要ない！　ゲームのときから思っていたけど、本気でマジで、迷惑な厨二病拗らせやがって！というか、何でワタシの衣装に厨二病要素入れたん？　いらんやろ！

「その希少な髪と瞳を際立たせる、素晴らしい出来映えじゃぞ」

「信じられるか……ッ！」

「そうそう。お主は普段アクセサリーは付けんようじゃが、アミュレットの類も用意してやったのでな。自衛のためにいくつか付けておけよ」

「聞けよ！　そんな厨二病満載のアクセサリーとかいらんから！」

ずらりと並べられたアクセサリーはレッツゴー厨二病だった。ただし、ゴスロリ系だった。うん、自分が幼女だから身に付けられない、ゴスロリ系を一気に押し込んで来やがったな、この外見幼女。

あのね？　ゴシックロリータが似合うのは、金髪碧眼の美少女とか、巨乳とか、メイドルックが似合いそうな美脚の持ち主とか、そういう人種ですよ。全てにおいて平均点＋ズボン穿いてるだけで性別に疑問符抱かれてるようなワタシに、着こなせると思うか？　あと、着たくない。

ワタシがラウラと喧嘩をしてる間に、女官長さんたちの準備ができたらしい。にっこり笑顔で試着室と化しているカーテンの向こう側に連行された。待って、女官長。ワタシまだ、あの外見幼女と決着付けてないから！

「ご安心くださいませ、ミュー様」

「……何が……？」

「ラウラ様のご趣味が一般人からかけ離れているのは、皆が承知しております。ですので、なるべく普通のものを用意しております」

「……女官長」

「陛下の参謀となられている御方に、そこまで奇天烈《きてれつ》な衣装など着せられません」

きっぱりと言い切った女官長に、思わず感謝した。素晴らしい。流石仕事できるお姉さんは違うわ。いやもういい年のおばちゃんなんだけど。きびきびとしてるし、実際の年齢よりむっちゃ若く見えるんだよね。仕事が生きがいで頑張ってる女史は本気で恰好良いです。……行儀悪いことするとすっげー怒られるけどな！

で、その女官長さんがギリギリセーフを出した衣装は、本気でマトモだった。すごい。あの厨二病の外見幼女が絡んでるのに、普通にマトモな衣装だった。女官長もデザイナーさんもすごい。仕事できるヒトにマジで感謝した。あの外見幼女もちゃんと仕事したら良いのに。

なお、ワタシに用意された衣装は、白いブラウスに黒のベスト、黒のスラックスだった。普通。

「……おぉ、普通だった。女官長、デザイナーさん、ありがとうございます」

めっちゃ心の底からお礼を言った。確かに黒だけど、変な縫い取りも特に見当たらなかった。強いて言うなら、ベストの胸元に、国の紋章である吠える獅子の横顔が縫い取られてたぐらいだろうか。それぐらいは許容範囲です。大丈夫。

白いブラウスはシルクだった。値段聞きたくない。襟はちょっとフリル。女子をイメージしたのだろうか。袖の部分には金のカフスボタンがあった。でも、特に目立たない、小さなボタン。あと、良く見ると、白い布地に白い糸でアラベスクみたいな文様が縫い取られてた。職人技すごい。

スラックスには特にこれといった特徴は見当たらなかった。強いて言うなら、添え付けのベルトの金具が、ちょこっとだけゴシックっぽい。でも、ベルトの金具は、ベストを着てしまえば見えないので、セーフ。ゴシックとお洒落の間ぐらいのデザインなので、大丈夫です。うん。

あ、スラックスの裾に、黒い糸で縫い取りがしてある。これもアラベスクっぽい。そうか。そういう飾りは、目立たないように同色の糸でやってくれてるんだ。ありがとうございます。

ベストはまぁ、スーツの中とかに着るタイプのアレですね。ちょっと肩とかが細く作ってあって、胸元のＶ字が随分と深いやつ。ブラウスの銀色のボタンが見えるようになってる。それ以外は、胸元のポケットに獅子の紋章が縫われている以外は、至ってシンプル。

アーダルベルトの瞳の色と良く似た鮮やかな赤のリボンタイは、ちょっとゆったりめに結んでくれた。ピアス穴は空いてないので、小ぶりのイヤリング（シルバーの台座にリボンタイと同じ赤い石が埋まってる）が付けられる。これはアミュレットらしいので、できればなるべく付けておいてほしいとか。うい。身を守る防具なら、諦めて装備します。

靴は、革靴は却下！　と叫んだので表面に革を縫いつけた布靴になっている。コレも色は黒。形はローファーみたいな感じだけど、踵《かかと》にヒールはほとんどない。ぺた靴だ。すみません。これも我が儘言いました。完全にオーダーメイドです。ごめん。ワタシ、ヒールのある靴だったら、色々泣く。

靴下は真っ白。ただし、ワンポイントで黒いアラベスク文様が刻まれてる。…………さっきから飾りがひたすらアラベスク文様なのは、あの外見幼女の趣味ですか？　視線で問いかけたら、そうですと言いたげに頷かれた。そうか。今のブームはアラベスクなのか、あの外見幼女。

「髪型はどうされますか？」

「このままで良いです」

女官長の問いかけに、素直に答えた。ワタシの髪型は、いつも首の後ろで一つ括りにするだけ。

侍女さんたちは、結い上げたり編み込んだりしたがるんだけど、そういうの頭皮が引っ張れるし、うっかりひっかけて崩したら怖いので、苦手なんです。そういうわけで、単純に括るだけ。

ちょっと物足りなさそうな面々に、コレが良い、とごり押ししておいた。そうしないと、ワタシ、このままだと髪飾りにもアミュレットの類付けられる。頭が重いの嫌です。

その代わりのように、ブレスレットと指輪の類を装着するんで、諦めてくださせぇ。

「できたか?」

「うーい」

カーテンの向こうからアーダルベルトが呼ぶので、ひょこっと顔だけだしておkを伝えた。んで、そのまま外に出る。ブラウスの襟がフリルなのと、リボンタイが赤いこと。アクセサリーをそれなりに付けていることを除いてしまえば、男装と言われても無理のない恰好だった。でも、ワタシにはこれが動きやすい。ロングスカート無理っす！　ヒールの靴も無理っす！

「ふむ。似合うな」

「そう?」

「子供で凹凸がない分、相変わらず性別が迷子だが」

「お前ちょぉぉぉおっとお話ししねぇか?」

褒めたと思った次の瞬間に、すっげー失礼なことを言うの止めませんか、ねぇ⁉

思わず胸ぐら掴みかかる勢いで近づいたら、ぽす、と頭を撫でられました。いや、ワタシ今、怒ってるんで。ものすごく怒ってるんで、そんな頭ぽんぽんされたぐらいでは機嫌は直りません。

くらぁ、聞いてんのか、そこの覇王！

「礼を言う」

「……はい？」

いきなり何ですか。話の流れが読めませんが。

「テオドールが、マトモに会話に応じてくれた。幾ばくか話もできた」

「……あ、そう」

「お前のおかげだ」

「いや、それは多分気のせい」

きっぱりはっきり否定しておこう。ワタシは、過剰な期待などいらぬのだ。そういったものは不必要だ。アーダルベルト、そこは間違えちゃいけない。ワタシは何もしていないのだ！

そう力説したら、苦笑された。笑うなよ。一般人のワタシにできることなんて少ないからな。ちょっと愚痴って八つ当たりしたぐらいで、テオドールが心を入れ替えたとかあり得ないでしょ。あいつが何か感じたとしたら、それはきっと、今まで頑張ってきたアーダルベルトとか、カスパルのおかげだ。そうに決まってる。

「またお前に助けられたな。トルファイ村に続き、今回も無用な死傷者を出さずにすんだ」

「うーん、むしろ何も起きない日常が欲しい」

「ははは。そうだな。俺もそう思う」

「アディも？」

「当たり前だ。ただでさえ国主なんぞ多忙だ。余計な騒動はいらん」

「ダヨネー」

これでしばらくは落ち着くだろう。ワタシはホッとしていた。クーデターは未遂に終わった。その後始末も終わった。少なくとも今年の間は、大きなイベントはないだろう。多分。なかったと思う。

つーか、何も起きるな。たまには平和が欲しい。

そんなワタシの祈りがカミサマに届いたかどうかは、まだ、わからぬのであります。

◇◇◇

閑話　料理番シュテファン

僕の名前はシュテファン。ロロイの森のエルフ、シュテファンです。今は、ガエリア帝国のお城で料理番をしています。

本来、僕は魔導士になるはずでした。

僕の家は、先祖代々優秀な魔法使いを輩出している家柄です。両親も兄姉も、弟妹たちも魔導士になるために修業をしていました。その中で僕は、決して魔力が低いわけでも魔法の適性がないわけでもないのですが、つい、他のことに興味を惹かれてしまいました。

料理です。

特に、エルフに伝わっている民族料理だけでなく、時折行商にやってくる商人たちが教えてくれる、様々な種族の様々な地方の料理に心を奪われました。同じ食材でも、違う調理法で全く異なる料理が生まれる。そして、それを食べた人が美味しいと喜んでくれる。そんなことに僕は憧れました。

もちろん、家族には猛反対されました。そもそも、我が家はそれなりに名家なので、魔法使い以外の職業になることなど認められません。僕が魔法を使う才能を持っていないのならば許されたかもしれません。いえ、やはり許されないでしょう。魔法が苦手な人間は、魔法に携わる別の職業――魔道具の作成や魔法の理論の構築――に就くのが普通とされていました。ええ、僕の料理人になりたいという願いは、異質だったのです。

それでも諦めきれずに家出同然で飛び出し、馴染みの商人さんに連れられてガエリアの王都にたどり着き、そこで料理人見習いとして生活をしていました。

そんな僕が、たまたまお忍びで食事に来られたユリウス宰相と知り合ったのは、僥倖《ぎょうこう》としか言えません。同じエルフの誼《よしみ》ということで気軽に会話をしていた御方が、まさかこの帝国の宰相閣下だったとはつゆ知らず。驚いた僕に、ユリウス宰相は、お城で働かないかと声をかけてくださいました。

驚きましたが、ものすごく嬉しかったので二つ返事で頷きました。僕がお世話になっていた料理店の店長も、可能性があるなら試せと豪快に笑って送り出してくださいました。今でも休みの日には遊びに行き、お手伝いもします。実家を飛び出した僕にとっては店長の店が実家みたいなものです。

そうして僕が料理番として過ごして、数年がたちました。周りはほとんどが獣人ですが、ユリウス宰相がエルフだからか、僕がエルフでも誰も気にしません。というか、お城の人たちは、種族なんて気にしない人々ばかりです。代々の皇帝陛下がそうなのだとか。すごいなと思います。

少しでも料理が上手になりたくて、一生懸命働いていました。そんなある日、転機が訪れます。アーダルベルト陛下が、一人の人間の少女を、参謀に据えられました。

彼女は不思議な人でした。僕と変わらない年代に見える外見は人間ならば間違いなくまだ子供。それなのに陛下の参謀としてそこにいる。聞くところによると、異世界からの召喚者だそうです。独特の口調で喋り、皇帝である陛下を相手にしても一歩も引かない姿に驚きを隠せませんでした。

そして、そんな彼女の要望を叶えるようにと料理長に言われたのです。

彼女、ミュー様は、白米が食べたいと言われました。普段の食事に何一つ文句はない、と。とても美味しいと。ただ、故郷の主食は白米で、せっかく米があるのに食べられないのは拷問だとか。幸い、普段使わないとはいえ調理方法は知っています。言われるままに白米を調理したら、ものすごく喜ばれました。

そのときにミュー様が考案した丼というメニューは、瞬く間に広がりびっくりしました。でも美味しいので問題ないです。異国どころか異世界の料理ということで、個人的に毎回わくわくしています。

毎回。

そう、ミュー様は、暇があれば調理場に顔を出して、僕に新しい料理を教えてくれます。最初は遠巻きに見ていた先輩たちも、料理長も、今では一挙手一投足を必死に見ている感じです。でもミュー様は「料理の素人のワタシが料理長にものを教えるとか無理くね⁉　ワタシはシュテファンと楽しくお料理教室して、普通に食べたいものを作ってもらうだけで十分です！」って叫んでましたけど。ミュー様、それ謙遜しすぎです。

とても珍しい黒髪黒目というだけでなく、動きやすいからと侍従服を身につけているミュー様は、幼い外見も相まって、男女のどちらであるのかわかりにくいです。それは別に、彼女が女らしくないとかではなくて、性別というものとは別の場所にいる感じです。男の子でも女の子でもあるようで、どちらでもないような、けれど誰もが目を惹く朗らかさが彼女にはあります。

言いませんけど。僕みたいな一介の料理番が、そんなこと言えるわけないじゃないですか！

だって、いくらミュー様が気さくでも、その背後には陛下がいらっしゃるんですよ？

あ、いえ、別に陛下とミュー様が付き合ってるとは思いません。それはないと思います。お二人の関係はこう、仲の良い兄弟のような、友達のような、そういう雰囲気です。あのお二人のやりとりを見ながら、そこに恋愛感情を見出せる方々は、ある意味すごいと思います。なお、コレは僕だけではなく、料理番全員の共通認識です。

先輩料理番Ａ「お二人は仲良いけど、どう見てもただの友達だろう？」

先輩料理番Ｂ「むしろあれ、同性の友人って言ってもおかしくない関係だと思う」

先輩料理番C「それならむしろ、ミュー様とライナー殿が男女の仲と言われた方が理解できる」
料理長「陛下はミュー様を荷物のように担いでおられたぞ。アレでどうして男女の色恋に見える」

という感じでした。

一部微妙なコメントがあったので、後日先輩たちが近衛兵のライナー殿に確認したら、キラキラした笑顔で「むしろ俺はミュー様の保護者な気分でいます」と言われたらしい。ライナー殿、若く見えるけど三十路越えてるので、確かにその通りだと皆で納得しました。それからは、ミュー様の背後をライナー殿が歩いていると、皆が「父子だ……」と呟いてました。聞かれたら怒られますよ？

そんなミュー様に頼まれて、現在僕は「ウドン」なる麺を作ることに苦心しています。小麦粉と塩と水で打った麺だと言われるのですが、どうもパスタとは勝手が違うので、四苦八苦しています。パスタよりも太い麺だそうです。あと、僕たちには良くわからないのですが「うどんに大事なのはコシ！　麺を打つときは、むしろ袋に入れて踏みつけるぐらいでおk！」ということでした。……あの、料理番として、食材を足蹴《あしげ》にするのはどうかと思うんですが。

何故「ウドン」を作ることになったかというと、先日作成に成功した出汁醤油のせいです。それで作ったすまし汁はミュー様から及第点をいただきました。ところが、そうしたら今度は「うどんが食べたいんだよぉお！」という訴えが出ました。ミュー様、毎回毎回思いますが、頑張って作ろうと努力しますので、半泣きになりながら訴えるの止めてください。まるで子供を泣かせてるみたいです。……言えませんが。

それでも、ミュー様の教えてくださる料理を作るのは楽しいです。全く新しい料理に挑戦する。それも、ちゃんとそれを食べたことのある人間がいるんです。再現をするのにはもってこいの環境です。最初こそ渋っていた料理長も今では大歓迎してますので、僕も何も心配せずに作業ができますから。

この「ウドン」がちゃんと作れたら、きっとまた、ミュー様は陛下と二人でお召し上がりになるんでしょうね。お優しいミュー様は、いつも自分の分と陛下の分を注文されます。もっとも、陛下の分をご用意しないと、ミュー様の分が半分以上陛下の胃袋に消えてしまうのだとか。そのやりとりが目に浮かぶ度に、料理番一同お二人を、兄弟のように仲が良いと思うのですけれど。

そういえば、先日はミュー様のおかげで、僕までまるで英雄のようになりました。

先日、陛下の弟君であるテオドール殿下が城内に侵入し、クーデターを企てるという大事件がありました。それが穏便に解決したのは、それをいち早く見抜き、変装して潜入していたテオドール殿下の身柄を捕らえたミュー様の功績に他なりません。爆発物の位置まで的確に《予言》され、城内にも城下にも被害は一切ありませんでした。

そのときに、僕はほんの少しだけ、お手伝いをしました。変装しているテオドール様を見つけるために、エタンドの魔法を使ってほしいとミュー様に頼まれたのです。実家が魔法使いの家系である僕は、エルフというのを差し引いても魔法が得意です。ユリウス宰相に太鼓判をもらったとミュー様は笑っておられましたが、ユリウス宰相は、何を思って僕を名指しされたのでしょうか。

とにかく、僕はミュー様のお手伝いとして、エタンドの魔法を使い、テオドール様がお使いだった変装の魔法を解除しました。

けれど、僕がしたことは、それだけです。テオドール様の居場所を割り出したのも、エタンドの魔法が必要だと判断したのも、全てはミュー様の功績です。褒められるべきはミュー様であるのに、何故かミュー様は笑顔で「シュテファンのおかげで助かったよ。ありがとう」と言われました。何故でしょうか。僕には、褒められるほどの功績など、なかったと思います。

そんな疑問を抱いたのは、僕だけだったようです。

というか、ミュー様が行く先々で「頑張ったのはシュテファン！　シュテファンがいなかったら、テオドールの正体見抜けなかったしね！」などという風に仰っていたそうです。待ってくださいミュー様、それ、逆風評被害です。僕にはそんな功績はありません。

そう思っているのに、ユリウス宰相にも料理長にも褒められました。さらに勿体ないことに、アーダルベルト陛下にまで、お褒めの言葉を頂戴しました。一時期、僕はまるで英雄であるかのように、すれ違う人々に褒められました。違うと言っても、誰も信じてくれませんでした。

——ワタシは何もしてないよ。シュテファンのお手柄だって。

——ミュー様、それは違います。僕は少しお手伝いをしただけで……。

——シュテファンがエタンド使えたからテオドールが捕まった。それだけ、それだけ～。

いつもの笑顔で、そんなことを仰る。本当にミュー様は、ご自分の功績には興味がないようです。

……僕は少しだけ嬉しかったです。実家を捨てたことによって、僕は魔法で身を立てることはなくなりました。それでも、魔法の鍛錬を怠《おこた》らずにいたのはユリウス宰相のお言葉があったからです。

――非戦闘員の中に身を守る術《すべ》を持つ者がいる。それだけで、上に立つ人間は安堵《あんど》できるのだよ。

その言葉の意味を、僕がしっかりと理解することはないと思います。ですが、僕は大恩あるユリウス宰相に、少しでもご恩返しができたと思います。そう思いたいです。

僕は料理番です。料理で人を幸せにしたいと願っています。それは本当です。けれど、生まれ持ち、ある時期までは必死に磨いた魔法が、誰かの役に立てたことを喜んでいるのも、本当なんです。

ミュー様には、感謝をしてもし足りません。料理番としての僕も、魔法を嗜んでいる僕も、どちらも認めてくださいました。どちらにも居場所をくださいました。ありがとうございます、ミュー様。

ですからどうか、末永く、これからもよろしくお願いします。

三章　新年会でエスコート？

Hito wo Katte ni Sanbou ni Surunjyanai Kono Haou.

「……何でワタシはこんなことをしてるんだ……」

「お前が読めるが書けないと自白したせいだな」

「だからって、延々と文字の書き取りさせる⁉」

「早く覚えろよ」

「覚えられるか！　こんな飾り文字みたいなぐねぐねしたのぉおお！」

　バシバシと机を叩いて訴えたワタシですが、ええ、綺麗さっぱり無視されました。わかってるけどな。お前はそういう男だよ、アーダルベルト。

　エーレンフリート、その「陛下のジャマをするな。騒がしい。大人しく書き取りしてろ」っていう眼は止めろ。殺気はなくても蔑みを感じる。ライナーさん「ミュー様ならすぐ覚えられますよ」っていう謎の期待を微笑に込めるの止めて。ワタシアホなので、そんなすぐに異国文字覚えられません！

　何で書き取りしているかと言えば、先日うっかり、アーダルベルトに識字率について話したのが発端。その流れで、異世界から召喚された身の上であるワタシはどうなのか、という風に話が進んだ。

んで、結論は、「読めるけど書けない」というわかりやすいオチ。

というか、会話内容と同じように見た文章も自動翻訳されてるんじゃないかと思う。ゲームのときは彼らが日本語を喋っていても気にしなかったけど。確か、名前はドイツ語から取られているらしいから、言語もドイツ語っぽくてもおかしくないはずなんだけど。普通に日本語です。もしかしたら違うかもしんないけど。

んでもって、文法は問題ないんです。ええ、無問題《モーマンタイ》なんですよ。だって、この国の文章、そのままローマ字で表記するだけだから。単語ごとにスペースで区切るのは英文と同じですね。でも、難しい文法を考えずに、喋ってる言語の通り、ローマ字で書けば良いのです。

え？　それなら簡単だろう？　何で悩んでるんだって？

問題の、アルファベットが変則すぎて覚えられねぇんだよ‼

変則というか、もはや記号。デザイン性に富んでおられますね！　って叫びたくなるような文字なんですわ。……えーっと、ちょっと待て。確か、考察サイトで、作中に出てくる文字を分析してる人がいたな。何て言ってたかな。思い出そう。

そうそう、えーっと、「ほぼフラクトゥールだと思う」とか言ってた。確か、ドイツ語の古い表記方法とか何とか。アルファベットはアルファベットなんだけど、「何？　このデザイン業界の人たちが喜んで使いそうな文字！」「つまりは現実で使うには不向きだな！」「解読したヤツ、お疲れ！」みたいなやりとりがあった、ということで察していただきたい。読めないし、書けないよ。

ワタシがコレを読めるということは、多分、召喚特典で翻訳機能が付いてるんだろう。通訳補正がかかってるのは、チートじゃないと思います。それは必要最低限であって、チートではない！　断言する！　むしろ、こんなのがチート特典だとか言われたらワタシは召喚の元凶をぶん殴るからな！

とはいえ、ちゃんと書けるようになれとアーダルベルトに言われたので、仕事してる彼の執務室で、一生懸命アルファベット（多分フラクトゥール表記）を覚えようと四苦八苦しています。記号や。これは記号なんやで……。どないしたら覚えられるんや……。

まぁ、書いて覚えるしかないので、ひたすらに、書き続けますよ。渡されたノートに、ただひたすら、延々と、書く。始めから終わりまで書いて、また始めから。慣れてきたら、単語の見本を見ながら、単語も書く。そういう、気の遠くなる、でも小学生とか中学生のときにやったことある！　みたいな作業を繰り返しています。

「アディ……」

「何だ」

「これ、ただひたすら単語を書き写すだけなのはつまらないから、こう、もうちょっと子供心をくすぐるだろう方式を考えて」

「はぁ？」

「子供でも飽きずに頑張ってできる感じなら、教科書として使える。例えば、物語にするとか！　それならワタシ、頑張って書き写せる！」

「それはお前の主観に過ぎないだろうが」

「でもでも、ただのアルファベットの羅列の模写より、面白そうな話の模写の方が、気分は高揚する！　ワタシは！」

「お前の話だろ、結局」

食い下がってみたけど、無理でした。ちっ。

いやでも、ワタシ、間違ったこと言ってないと思うな。結局のところこれ、勉強じゃないですか？　やりたくもない勉強を無理矢理詰め込まれたって、誰も楽しくないよ。ワタシは読めるので、書くだけというのも大変暇ですが。それでも、見知らぬこの世界の童話とかが題材だったら、書き写さないと次のページに進めないという縛りがあれば、結構頑張れると思うんだが……。

うむー。小学校のひらがなとかカタカナの練習、どんなのだったかな……？　漢字の場合は、まず読めなかったから、読めるようになるのが前提だったしなー。ひらがなやカタカナは、読めるけど書けないの典型だったし。そも、ワタシ、ローマ字ってどうやって覚えたっけ⁇

……思い出した。アクションゲームのボスがクイズ出してきて、その答えが虫食いのローマ字だったんだ。

アレ？　ちょっと待とう？　ワタシ、そもそも、ひらがなも、ゲームするのに必要だからで覚えてねぇ？　カタカナは、一応学校で習ったと思うけど、ゲームが進歩したら、ゲームにもカタカナ出てきて、普通に馴染んだよね？　アレ？

漢字に関しては、ちゃんと本から学んでる。……ただし、こう、色々と偏った方向に知識が植え付けられる系の書物（萌えと妄想の産物である薄い本系）が教科書だったので、世間一般的に難読と言われる熟語すら読めたけど。書けない。いや、難読とされる系の熟語は、画数がアホみたいに多いので、書けなくて普通です。あーゆーの書けるのは、漢検とか持ってる人間ぐらいだろ。

「アディもこうやって、ひたすら書き写して文字覚えたのか？」

「あぁ」

「……単調作業面倒くさいよぉ……」

「お前は色々と飽きるのが早すぎるぞ、ミュー」

「飽きるというか、最初からやる気ゲージはマイナスです」

「ヲイ」

いや、だって仕方なくね？　だってワタシ、別に文字が書けなくても苦労してないもん！　そもそも、書類を作るようなこともないだろうしね！　とりあえず、自分の名前（こっちの世界での呼び名のミューの方だけど）は書けるようになったんだからな！

それでも、仕事してるアーダルベルトの側にいるので、口では文句を言いつつもこれでもちゃんと文字を書いております。まぁ、書いたら覚えるっていうのは間違いじゃないよね。そういう感覚があるのも事実だ。それはわかってるんだけど、それだけじゃないのも知ってるからなぁ……。むぅ。

そうやって考えると、世の中の先生という人種は本当に大変だと思う。ワタシはまだ、大人だ。

大人のワタシだから、ぶちぶちと文句を言いながらも、とりあえず自分の中で納得して、延々とアルファベット（フラクトゥール表記）の書き取りをしているのだ。これが、ただの子供だったら、絶対に反抗期を起こしている。

「アディ、真面目な話、子供に文字を覚えさせるなら、もうちょっとやる気が起きる方向に改革はした方が良いと思う」

「いきなりどうした」

「いや、この間、教育機関系考えてるって言ってたから。子供には楽しく勉強させるのが一番だよ」

「……ふむ。一理あるな。文官たちに案を募集しておくか」

「むしろそういうのは、賢いヒトじゃなくて、アホとか勉強嫌いに聞いた方が良いかもね。遊び感覚でできるなら、子供もやると思うよ」

　がりがりとひたすらアルファベットもどきと戦うワタシ。こんなデザイン性オンリーみたいな文字なんて、どこかに楽しみを見出さないと、書くのも読むのも覚えるの超大変だと思うよ！子供が親しめるゲーム感覚で学べる教材を考えよう。考えてあげて！

「そういえばミュー」

「うい？」

「お前、ダンスは踊れるか？」

「………………ハイ？」

ぐいーっと首を右肩にくっつくくらいに傾げてみた。意味がわからなかったのです。えぇ、意味不明すぎて、何言ってんだろう、こいつ？　っていう顔で見返してしまったのは、ワタシが悪いわけじゃないと思う。だから、条件反射みたいにワタシを睨むの止めよう、エーレンフリート。それ以上殺気や悪意を向けたら、アーダルベルトにバレて怒られて、君が自滅するフラグや。

っていうか、今、何言った？　ダンス？　ダンスってあの、優雅に軽やかに、に見せかけて、実はめっちゃ体力とか根性とかを要求される、あの、ダンス？　社交ダンスですか？　ウインナワルツですか？　申し訳ないけど、ワタシにできるのは、体育の授業でやったマイムマイムぐらいだ！　それももうほとんど忘れている！

「踊れるわけないだろー。ワタシの故郷では、一般人にダンスの素養はない」

「こっちでも別に一般人にダンスの素養はない」

「なら、いきなりどーしたし」

「あと三ヶ月もしたら年が明ける」

「そうだね。もうすぐ十月になっちゃうもんね。いやー。早いねー」

いや本当に。ワタシがこっちにきてから、もうそろそろ半年が過ぎようとしているわけですよ。うわぁお。ワタシ、戻れる気配がちっともないんですが、どういうことですか、カミサマ？

……流石にまだ、こっちの世界に骨を埋める覚悟は決まらないなー。元の世界に還りたいです、カミサマ。新作のゲームとか漫画とかアニメとか気になるし。あと、このあり得ない状況を経た上での『ブレイブ・ファンタジア』シリーズの再プレイとかもやってみたいでござる。特にⅢ～

V。

「そうか。そんな気はしていたが……。そうなると、女官長に手配を頼まなければならんな」

「……アディー、何かこう、ワタシを無視して嫌な状況が起こりそうな気がするのは気のせいか？」

「何をもって嫌な状況と言われるかは知らんが、とりあえず、一通りのダンスができるようには仕込むぞ。新年会までに」

「はぁ⁉」

お前何言ってんの⁉　寝言？　寝言言ってるだけだろう？　そうだろ、なぁ、アーダルベルト⁉

何をどう考えたら、ワタシがダンスなどを踊るという状況になるのか。そもそも、踊れるようになるとか絶対にあり得ないぞ。もう既に、三ヶ月しかない状態で、どうすんの⁉　っていうか、何で、ワタシが踊れるようになる必要があるの⁉

「何でそうなんの⁉」

「お前も新年会に列席するからだ。流石に、最初の一曲ぐらいは踊れんと話にならんだろう」

「いやいやいや！　何でワタシがそんな祭典に参加予定なの⁉　踊らないし！」

「……お前、自分の存在がどういう風になってるか、わかってるか？」

「……ハイ？」

真顔で、呆れたみたいに言われました。え？　あの、待って？　ライナーさんも、エーレンフリートも、いつの間にかそこにいたユリウスさんまで、同じように真顔で頷いてるんですが。あの、どういうこと⁉

いやいやいや、ワタシごとき一般市民が、皇帝陛下の新年会なんぞに参加する理由、どこにもありませんよねぇえええええ⁉

「……トルファイ村の件だけなら、引っ込めておけたんだがな」

「……え？」

「テオドールの一件が噂として広がった以上、お前を隠しておくわけにもいかん」

「それと新年会でダンス踊ることの理由を簡潔に述べよ！」

「この状況で、陛下がミュー様を伴わずに新年会に参加されようものならば、列席者から文句を言われるからです」

「ユリウスさんん⁉」

すご腕の宰相様が、ワタシの状況を遠慮なくぶった切ってくれた。何のことだ。ワタシにはわからぬ！　テオドールのアホの暴挙を未遂で防いだことが、何故ここまで大事になるのか！　解せぬわ！

それなのに、そう思っているのはワタシだけのようです。嘘だ。間違ってる。アーダルベルト、アンタだってそう思うだろう？　ワタシのような庶民が、格調高い新年会に参加できるわけないって！

「女官長は淑女教育のプロだ。安心して教わってこい」

「おっ前それ、ただの死刑宣告じゃねぇか！　ざっけんなー！」

覇王様の首を掴んで揺さぶりましたが、無情な宣告は覆りはしなかったのでした……。ひでぇ。

◇◇◇

「ミュー様、背筋を真っ直ぐにしてくださいませ。ダンスには姿勢が大切でございます」

凛《りん》とした声がワタシの背中にぶつかる。はい、と素直に頷いて、頭を糸で引っ張られているのをイメージしながら、姿勢を直す。何とか、保つ。そうやって真っ直ぐ立つだけでも、普段猫背気味でぐーたらしているワタシには、非常に、途方もなく、苦しいのであります！

ワタシは今、お城にあるちょっと広めのお部屋で、ダンスのレッスンを受けていた。ただし、初級も初級なので、まずは立ち方から。基本のステップを踏むとか、腕の位置を覚えるとか、それ以前の問題です。真っ直ぐ綺麗に立つこと。それが一番初めですと微笑んだ女官長のお顔は、大変お美しく見惚《みほ》れましたが、同時に、むっちゃ怖かったです。

いやーっ！　その微笑みの向こう側に「腕が鳴りますわ」っていう魂が見え隠れするの勘弁してぇえええええ！

麗しき女官長、ツェツィーリアさんは、淑女教育のプロとアーダルベルトが称した通りの、スパルタマダムに変身しておられた。そんな変身はいらぬのです、ツェリさんんん！

踝《くるぶし》まで届くだろう女官服は、古き良き大英帝国のメイド服を思わせます。そう、英国の格調高き、メイド服です。同じメイド服でも、絶対領域確保の若者しか着られないようなアレとは違います。ストイックかつ格調高い美しさを保つ、修道女と変わらぬ凛とした美しさを保つ衣装です。

それを着た、妙齢の（実年齢はおばさん突破してるらしいのですが、とてもそうは見えぬ麗しのマダムです）女官長、ツェツィーリアさん。彼女は獣人で、猫と虎のハーフなんだとか。耳や尻尾の形は猫なのですが、秘めた戦闘能力は虎だとか。そっちは別に知りたくなかった……。

愛称はツェリさん。うっかり舌噛みそうになったワタシに、「呼びにくいのでしたら、ツェリで構いませんわ、ミュー様」って微笑んでくださった笑顔は、本当にステキでした。

でも、今、ワタシの前で貴方が見せている、やる気に満ちあふれた笑顔はいらないけどね！

急遽《きゅうきょ》新年会の参加が決定されたので、せめて一曲は踊れるようになるために修業真っ最中である。

だがしかし、ド素人のワタシに、何ができるというのか。とりあえず、言われた通りに姿勢を維持しているが、正直、既に辛いっす……！　ツェリさん、ツェリさんん！　ワタシの足が、背中が、腰が、色々とビキビキ言ってるんで、ちょぉぉおっと休憩させてもらえやしませんかねぇえぇ！

「それでは、一度休憩にしましょうか、ミュー様。慣れない姿勢で、お疲れでしょう」

「ツェリさん……ッ」

「飲み物と甘い物を用意させてありますわ」

「ツェリさん、ありがとう！」

飴《あめ》と鞭《むち》が完璧ですね、女官長！　上手に転がされてるのはわかってますけど、もう、素直に喜んでおきます。今日のおやつは何かな？　シュテファンが、チーズケーキ作るとか言ってたけど、それかな？　それかな？　紅茶も良いけど、この間のフルーツジュースも飲みたいなー！

　わくわくしながら隣室へ向かうワタシに、ライナーさんが微笑んでくれている。待って、ライナーさん。その、「お稽古を頑張った子供に向ける微笑み」は止めてもらいたい。ワタシは子供ではないのだ。確かに、行動は子供かもしれぬが、見た目も子供かもしれませぬが、あの、一応ハタチなんですよぉおおお！　……言えないけどな。

　っていうか、何でアーダルベルトはワタシの実年齢を隠したがるんだ。……まぁ、大学生だったって言っても、大学生が十九歳以上だっていう話をしていても、全く信じてもらえないワタシの童顔、どういうことなんでしょうかね⁉　元の世界ではそこまではなかったので、この世界における、日本人的童顔に対する扱いが、ひどすぎると思うのです。むぐぅ。

「休憩が終わりましたら、次は腕の位置と初歩のステップをいたしましょう」

「……うい」

「ミュー様？」

「はい、わかりました」

　いつもの調子でへろっと返事をしたら、横目で微笑みながらすごまれた。普段はまだ割と見逃してもらっているが、今のツェツィーリアさんはワタシの先生だ。淑女教育のプロと言われる女史が、その状況でワタシのへろへろ具合を見逃してくれるかと言えば、あり得ない。なんちゃって敬語で頑張ってみる。……苦手なんだが。

　色々と怖いのは事実だが、とりあえず、美味しい飲み物とおやつを堪能しよう。机の上にあるのは、ハーブティーとチーズケーキだった。シュテファンの新作かなぁ？　シュテファンの新作だったら、ワタシの食べたい要素を微妙に反映してくれるから、地味に楽しみなのだけど。ハーブティーなのは、ひょっとして、ワタシの疲労を回復させる意図があるんだろうか？

なお、この世界において ハーブティーは、マジでＨＰを回復させるアイテムです。

つーわけで、ただのお茶なのに、飲んだら元気になれます。そりゃ、多少ではありますが。それでも、ちゃんと回復するという事実に、へろへろのときにハーブティー飲んで、元気になって、目が点になりました。あ、これ回復アイテムじゃん。ちゃんと回復するじゃん。そう思った瞬間のワタシの微妙な心境を、どうか理解してほしい。

「美味しいー」

「お口に合いましたか、ミュー様」

「はい！　このチーズケーキも絶品」

「そちらは料理番のシュテファンがミュー様にと持ってきました。……随分と仲良くおなりですね」

「シュテファンはワタシの我が儘を聞いて、美味しい食べ物作ってくれるので、好きですよ」

にへっと笑ったら、ツェツィーリアさんは、まるでいとけない子供を見るかのように眼を細めて、優しく微笑んでくれました。……よぉおし！　これはもう、彼女にもワタシの年齢が子供だと思われてるってことでファイナルアンサーですねぇええ！　わかってた。わかってたけど、色々辛いわ！

本当、ワタシの実年齢を把握してるの、アーダルベルトだけなんですよね。他は全員、子供だと思ってる。だって、ツェツィーリアさんの眼が、「今から頑張れば十分立派な淑女になれますわ」って微笑んでるんですよ。これ絶対、十五歳以下《ローティーン》の少女だと思われてるに百円！

「ライナーさんも食べませんか？」

「ミュー様、いつも申し上げますが、俺は護衛ですから」

「でも、ワタシ一人で食べるの寂しいので、ライナーさんも、ツェリさんも一緒に食べてください」

「……ミュー様」

「ライナー殿、諦めましょう。ミュー様はそういう御方ですわ」

微笑むツェツィーリアさんに敗北したのか、ライナーさんも諦めたようにため息をついた後にワタシの隣に座った。なお、今のやりとりを聞いていた有能な侍女さんたちは、ささっと二人分のお茶セットを用意していました。素晴らしい。というか多分、予測されてたんだろうなぁ……。

ワタシは庶民なので、一人でもぐもぐするのは性に合わないのです。同じ空間にいるなら、一緒に食べる方が絶対に美味しい。ワタシ間違ってないもん！

それでも、ハーブティーもチーズケーキも普通に美味しかったので、二人とも笑顔で食べてくれていいます。シュテファーン！　今回の新作も、マジで美味しかったよー！　オレンジとかレモンとかの柑橘《かんきつ》系の酸味が利いてるのが、また、絶品です！　ありがとう。ワタシのリクエストが反映されてた！　レモンチーズケーキとかマジで美味しいからな！

シュテファンは頭が柔軟なので、見たことも聞いたこともない料理でも、ワタシが食べたいと言ったら、創意工夫で作ってくれる素晴らしい料理人だ。あれで若手なんだから空恐ろしい。でも、熟練の人たちにはできない柔らかな発想っていうのは、十分武器だと思うな。

で、ワタシが伝えて、シュテファンが何となく作って、それを先輩や料理長が改良して完成する、というのが最近のスタンスらしい。なお、初期はワタシとシュテファン二人で完結していた。それに比べれば、今の料理の完成度と再現率はパネェ。ありがとう。そのうち、和菓子もリクエストさせてもらいたい！

「このチーズケーキ、いつもと味が違いますね」

「ワタシが、レモンとかオレンジ混ぜて！　っておねだりしました」

「ミュー様は、本当に色んなことをご存じですわね」

「故郷にはあったんですよ～」

感心したみたいなツェッツィーリアさんに、へろっと笑いながら答えた。嘘じゃない。スイーツの世界も日進月歩で、店ごとのオリジナルがいっぱいあって、ワタシが食べたことのあるチーズケーキにも、色んなタイプがあったのだ。今回のは冷やして固めるタイプのチーズケーキだけど、半生とろとろバージョンも美味しいと思うので、今度進言してみよう。

こういう話をすると、アーダルベルトが真顔で「お前、むしろ料理を改良する方に全力を注いでないか？」って言ってきたけど、気のせいです。そもそもワタシは、自分が食べたいものをおねだりしているだけなので。料理の改革とか難しいことなど知らぬ。ワタシは自分のやりたいようにしかやっておらぬではないか。

そうしてしばらくお茶を楽しんで、休憩は終了しました。目の前のツェッツィーリアさんの表情が、穏やかな女官長から、淑女教育のプロへと変身していくのを見るのが、心臓が痛いです。怖いです。えぐえぐ。頑張れば良いんでしょうが……！

「それではミュー様、基本の姿勢でございます」

「うい……」

言われるままに、右手を伸ばして斜め前へ。左手はくの字を描くようにして、目の前に誰かがいるのに触れるように固定。……固定。……しばらく固定。………あの！　このじっとしてるの、結構辛いんですけど、マダムぅううう！

でも、腕が下がりそうになると、にっこり笑顔で「腕が下がっておりますわ」とか言われて、元の位置に戻される。腕がぷるぷるする。どうしても肩に力が入ってしまう。そうしたら、今度はやはり、「肩の力は抜いてくださいませ。肩は上げないでくださいね」とか言われるんですが、そんなの、無理に決まってんじゃないですかぁああああ！

そもそも、オタク女子大生のワタシの腕が、長時間この姿勢をキープできるほどの筋肉を備えていると思う方が、間違っているのです！　異議を申し上げます！　できるわけがないの！　そもそも、ワタシにダンスなんて無理なんだよぉおおおお！

「ミュー様、ダンスは一日でできるものではありません」

「……はい」

「新年会まで時間はありませんが、頑張りましょう」

「……はい」

へろへろになってるワタシに笑顔でその台詞とか、ツェツィーリアさん、鬼に見えますで……。

◇◇◇

ぽいっとワタシが放り投げたのは、無数のデザイン画だった。

ばらばらと絨毯《じゅうたん》の上に散らばるデザイン画。それは、全てが華やかなドレスだった。フリルがあったり、ラインが美しかったり、レースがついていたり、リボンが飾られていたり、まぁ、色々だけれど、共通点はダンスを踊るための豪奢《ごうしゃ》なドレス、ということだ。

何でそんなモノのデザイン画がワタシの前にあるのか。理由は簡単だ。先日ワタシの服を作ってくれたデザイナーさんが、新年会用のドレスのデザインを見せてくれた、というわけだ。だが、いらん。断る。断固として拒否する！

「断固拒否する！」

だって、こういうドレスってコルセットが基本なんだろ⁉　腹周りとか胸をぐぇぇぇぇぇ！ってなるぐらいに締め付けられるアレを付けるのが前提なんだろ⁉　しかもこんなに裾がふんわり広がってたら、踏んづけて終わるわ！　オマケに靴は、その裾を踏まぬように高さを増やしたハイヒールなんでしょうが！　無理ゲーすぎるわ！

「ミュー、デザイナーが泣いてるぞ。渾身《こんしん》の出来だったというのに」

「知るか。第一、ワタシがそういったドレスを着るか着ないかの二択なら、アンタはどう答える」

「着ないだろう」

「わかってるなら、デザイナーさんがデザイン作る前にそういう話してあげたらどうなんだよ！」

べしっと目の前で平然としているアーダルベルトの頭を殴った。頭を殴れた理由は簡単で、ヤツはソファに座っていて、ワタシはイラッとしてデザイン画を放り投げるときにソファの上に立ったからです。大丈夫。靴は脱いでます。ワタシ、そこはちゃんと考えてる。いくら何でも、土足でソファの上に乗ったりしませんからね！

……え？　そもそも、いい年した大人は、ソファの上に立たない？　……聞コエナイナー！

あぁ、もちろんエーレンフリートの殺気が飛んできますが、アーダルベルトが横目で見た瞬間にしぼみましたよ！　ははは！　お前も学習しないな、エーレンフリート！　これはワタシたちのじゃれあいの一つでもあるのだ！

「だが、新年会にはちゃんとした正装が必要だ」

「ワタシはこんな動きにくそうなドレスは着ない。ハイヒールも履かぬ！」

「しかし、新年会には参加決定で、ダンスも練習中だろう。お前、何で踊るつもりだ」

「どっちにしろ、この衣装とこの靴じゃ、ワタシは踊れんわ！」

腹の底から叫んだ。それは事実だ。非常に情けないことですが、ワタシはヒールの付いた靴を履いて踊れる自信がありません。むしろ歩くことすら難儀するのです。だから今だって、特製仕様《オーダーメイド》の、革靴に見えるけど革張ってるだけのぺたんこ布靴を愛用してるわけですよ？　そんなワタシに、ただでさえダンス素人のワタシに、ヒールで、あの身動きしにくそうな服で、踊れと？　無理ゲーだ。

ちらりとアーダルベルトが横目でライナーさんを窺《うかが》った。ライナーさんは、にっこり微笑んだけど、器用に目線だけは明後日の方向に逸らした。……うん、ライナーさん、むしろはっきり言ってくれた方がダメージは少ないです。ワタシのダンスのレッスンを見ている貴方のその態度、非常に心が抉られます。自業自得ですが。わかっていたことですが。

言い合うワタシとアーダルベルトに圧倒されたのか、デザイナーさんは固まっていた。申し訳ない。至尊の皇帝陛下相手だろうが、ワタシの態度は改まらぬのである。というか、ワタシはこれが許される唯一の存在なので、そこんところはわかってもらいたい。あと、ワタシに関しては、礼儀作法とか期待するのも止めてほしい。一般庶民に難しいこと言わないでください。

っていうか、新年会に参加するのは決定事項なのか……。ダンスの上達が芳《かんば》しくないとかを理由に、うやむやにできないかと思ってたんだけどなぁ……。こうして正装を作るためにデザイナーさんが呼ばれてる以上、アーダルベルトはワタシをお披露目する気なんですね。いらぬわ！

「……それならいっそ、お前男装するか？」

「はいぃぃ？」

「陛下？」

しばらく考えた後にアーダルベルトが口にした一言に、ワタシは眼をまん丸にして首を捻り、デザイナーさんは瞬きを繰り返しながら、ただただアーダルベルトを見ていた。ライナーさんは慎ましく沈黙を守りいつものポーカーフェイスとも言える微笑を浮かべているが、その隣のエーレンフリートはぽかんとしている。そりゃそうだ。アンタいきなり何を言ってるのかな？

そもそも、ワタシは女子ですが。今現在ズボンを穿いているので、男装してると言われたらそれまでかもしれませぬが。この世界ではズボン＝男装かもしれませんが、日本人のワタシにはズボンぐらいじゃ男装には入りませぬ。キリッ！

ただ、アーダルベルトは大真面目だったらしい。そらもう、大真面目だ。……ただし、大真面目だからってマトモかと言われたら、ワタシは違うと声を大にして言いたい。こいつは時々感性が色々とぶっ飛ぶのだ。流石は覇王様と思う感じで。

「男装ならば、今の服装と変わらん。靴だけは革靴を履いてもらうが、ドレスでヒールの靴を履くよりは、格段に動きやすいだろう」

「ですが陛下、ミュー様は女性です。由緒ある新年会に参加される女性が、男装をされるなど……」

「別段構わんだろう。男装して跡目を継いでいる女子などは、普通に我らと同じようにタキシードか燕尾服《えんびふく》だ。こいつもそうさせれば良い」

「ワタシは普通に女子だからな。男になりたいわけでも、男に見られたいわけでもないからな！」

大事なことなので、全力で主張させていただきました。

何しろ、今現在もこの、上半身はフリルの付いたブラウスで女子＋下半身はズボンなので男子という曖昧《あいまい》な恰好をしているせいで、初対面のヒトにはほぼ首を捻り「男の子、ですか？」みたいな瞳を向けられるのが日課です。解せぬ。髪の毛括ってますが長さあります。顔は童顔ですが、普通に女子の顔をしています。それで何故、ワタシを男子と空目するんですか。ひでぇ。

なお、それに対して「凹凸がないからだろ」と言いやがったアーダルベルトの脳天には、渾身の一撃（ただし微塵《みじん》も効いてない）を喰らわせておきましたがな！

デザイナーさんがまだ食い下がろうとしている。普通、女子が男装でダンスするとか、コントにしか見えないよね。日本だったら余興の一つとして受け入れられただろうけど、この異世界でそれが可能かと言われたら無理じゃね？　しかも客は貴族なんだろ。無理くね？　ねぇ？　無理なんじゃね？

そんなワタシを見て、アーダルベルトは首を左右に振った。何でお前はそこで否定するんじゃ。ワタシもデザイナーさんも普通のこと言ってない？　いや、ドレス着たくないけど。ヒール履きたくないけど！　私情入りまくりだけど！

「そもそも、お前は異世界からの召喚者であり、予言の力を持つ参謀として広まってるんだ。多少奇抜なことをしても赦される」

「ヲイ待て。その前提で行くと、奇抜行動が全てワタシの自発的なモノになるやないけ！」

「だが、ドレスを着たくないと言ってるのはお前だぞ」

「望んで男装しようとは言っとらんわ！」

ちょっと待て。それは非常に問題があるだろうが！　だって、その理屈でいくと、ワタシは非常識の塊みたいにされるわけですよ？　納得いかーん！

………エーレンフリート、普通の顔で「そもそも非常識だろ」と言いたげにワタシを見るな。

ライナーさん、微笑みが生温いのは「ミュー様の常識は俺たちの常識とは違いますから」とでも言いたいんですか？　あと、デザイナーさん。出会って間もない貴方まで、微妙な顔して、否定しきれないみたいな顔して、ワタシを見るの止めてくださーい！　心がガリガリ抉られるんで‼

どうして皆さんそんな反応するんです⁉　そりゃ、ワタシは異世界人なので、この世界の常識には疎いのかもしれませんが。それでも、ワタシは一般庶民なのですよ⁉　非常識の塊の奇天烈とか思われてるのは、非常に不愉快でござる！

「あぁ、いっそ俺と揃いで誂《あつら》えるのも良いな」

「……アディ？」

「俺は黒、お前は赤だ。同じデザインか対になるデザインで、第一礼装というのはどうだ？　多少派手さを加えるために、長いマントも用意すればそれなりに見れるだろう」

実に楽しそうに覇王様がアホなことを言いやがりました。

はぁ？　お前何言ってんの？　そもそも、ワタシは男装しないって言ったよね？　というか、新年会に参加するのも嫌だって、少なくとも、ダンス踊るのは却下だって言ってるのに、何で一人で嬉々として話を進めようとしてるのかね！

とか思ってたら、まさかのデザイナーさんが眼をキラキラさせて食いついてきた！

「それはつまり、陛下のご衣装と揃えたものをミュー様にお召しいただくということでしょうか？」

「そう言っている。そうすれば、名実共にこいつが俺の参謀だと示すことにもなろう。どうだ？」

「大変素晴らしいと思います。また、そのような意味があるのならば、ミュー様が普段男装されていること、召喚者であることを含めて、貴族の皆様もドレスでなくとも納得されるかと」

おぃいいいい！　さっきまでドレス派だったんじゃないのか、デザイナーさんんん⁉

まさかの、嬉々として話を弾ませる展開に、思わず呆気《あっけ》に取られた。なお、ライナーさんとエーレンフリートも呆気に取られてたので、ワタシの反応は間違っていないはずだ。ヲイ、アーダルベルト！　お前がアホなことを言い出すから、デザイナーさんの中のスイッチを押しちゃってるだろう！　今すぐ冗談でしたとか言え！

「アディ！」

「諦めろ。どちらにせよ、お前には正装で新年会に参加する義務ができている。それならば、少しでも動きやすい衣装にしてやろうという俺の優しさを受け入れておけ」

「嘘吐《つ》け！　お前絶対、お揃いの第一礼装？　とやらを着たワタシを皆に見せて、驚愕するのを見物して楽しみたいだけだろ！」

「流石は我が参謀殿。考えはお見通しか」

「笑って言うことかぁあああ！」

べしべしと隣に座っているアーダルベルトの肩（同じように座ってたら、頭になど届かぬのです）を叩いてみるけれど、意味はない。むしろ、「ははは！　相変わらずお前は非力だな。むしろくすぐったいぞ」とか言われる始末です。知ってたけどな！　それでも感情が高ぶると殴りたくなるんだよ、関西人的に！　ツッコミ的に！

っていうか、第一礼装ってつまり、燕尾服とかタキシードとかのことじゃね？　アーダルベルトの黒は納得として、ワタシが赤を着るってどうなん？　軍服ならカラフルでもまだ納得するけど、燕尾服及びタキシードで赤って、どうなん⁉

「赤と黒で陛下とミュー様のお色ですので、何の問題もないかと思われます」

にこやかに微笑むデザイナーさんによって、ワタシのささやかな疑問は完全粉砕されました。そういう扱いになるんかい！　あぁ、そうね。お揃いで作るって言ってたもんね。お揃いで作って、対になるようなデザインにして、色がお互いのイメージカラーってことですか！　もう完全に見世物決定ですね、こんちくしょう！

「……これ、決定事項？」

「決定事項だな」

「何でワタシに拒否権ないの？」

「テオドールのときに派手に立ち回ったお前が悪い。トルファイ村のときみたいに裏方に徹してれば、俺も引っ込めておいてやれたんだ」

「……むぐぅ」

既に何度目になるかわからないやりとり。アーダルベルトの意見は変わらない。テオドールの事件で、ワタシが「ひゃっはー！　今回はワタシもお役に立ててるぜ！　無駄飯食らいから脱却するためにも、頑張って行動するぜ！」って張り切ったせいで、貴族たちが見せろ見せろと煩くなってるんだとか。……えー、それワタシ、何も悪くないと思うのに……。お仕事しただけなのに、解せぬ……。

それでもまぁ、決定事項と言いつつも、ワタシが悪いと言いつつも、「引っ込めておいてやれた」という可能性を口にする辺り、アーダルベルトはワタシに甘い。彼はきっと、ワタシを裏方で自由にさせておくつもりだったのだろう。小煩い貴族たちと接さなくても良いように、と。

やれやれ。相変わらずワタシに激甘ですね、覇王様。んでもって、それが身に染みてわかっちゃう以上、これ以上は我が儘も駄々も止めようと思っちゃう程度には、ワタシは貴方が大好きですよ。あくまで友人としてですがな。恋愛的な意味は微塵も存在しない。そんなのあったら気色悪い。

……腹括って、ツェツィーリアさんの指導の下、ダンスと礼儀作法ちょっとは覚えますか。

◇◇◇

「ミュー様、一つ申し上げておきたいことがございます」

静かにツェツィーリアさんがワタシに告げたのは、日課になりつつあるダンスの練習の合間のことだった。心を入れ替えてというか、とりあえず覚悟を決めて頑張ってダンスに励んでいるワタシです。色々と未熟ではありますが、本日からは個人レッスンではなく、パートナーとなる男性と一緒に踊るというステップまで進めました。

……え？　遅い？　それで新年会に間に合うのか？　いやいやいや、ド素人でやる気もなかったワタシが、一人で姿勢や基本のポジションやステップと戦うのではなく、とりあえず本番を想定して相手役とダンスの練習をするという状況が、頑張ってる証じゃないですか！　誰も褒めてくれなくても、ワタシは自分を褒めるぞ！　あぁ、褒めてやるとも！

……たとえ、残り時間が二ヶ月を切っているという現実が控えていようとな！

間に合うのか？　なぁ、間に合うと思うのか⁉　と毎晩毎晩、本日のレッスンを振り返った後に、夕飯の席でアーダルベルトに八つ当たりのように問いかけるワタシが、最近の城内の名物でございます。なお、そんな不安満載で「もう無理！」ってなってるワタシに対する覇王様は、「とりあえずやるだけやれ」という方向でございますが、ナニカ？

あぁ、うん。知ってたけどな。お前はそういう男ですよね、アーダルベルト。だがしかし、一つだけ言っておきたいんだ。お前は、土壇場でも努力すればどうにかできるハイスペックかもしれない。けれど、ワタシはただの一般人なんだ。そういう奇跡はほとんど起きぬのだよ！　死ぬ気で努力したって、それなりにしかならないの！

っという状況を踏まえて、静かに、厳《おごそ》かに、何か重大なことを言おうとしているツェツィーリアさんに、ワタシがびくりとするのは無理のないことだと思うのですが。最後通告ですか、マダム？　本日、やっと対人練習になったと喜んでいたワタシに、これじゃダメとか言うんですか、ねぇ？

「ミュー様はちゃんと上達されております。このまま頑張られれば、新年会に一曲踊りきるくらいは可能になると思いますわ」

「本当ですか、ツェリさん！」

「えぇ、本当です。……ただ、申し上げたいことが、一つだけ」

「……何ですか」

あのー、ワタシ、持ち上げておいて落とすのは勘弁してもらいたいのですが。ドキドキしながら女官長の顔を見る。彼女は非常に申し訳なさそうな、色んな意味で可哀想という心の声が聞こえるような表情で、告げた。

「ミュー様が男装で踊られると聞きましたが、その場合、ステップに誤魔化しが一切利きません」

……………な、なんだってぇえええええええ⁉　それはつまり、ワタシに、このワタシに、ド素人のワタシに、完璧に踊れとか、そういう意味なんですか、ツェツィーリアさんんん！　どんな無理ゲーですか！　見破られない程度の失敗なら許されるんじゃないんですか。ワタシは社交界デビューすらしてないんですが！

愕然としているワタシを見て、女官長は麗しのマダムの美貌を曇らせて、困った顔をしていた。

……ワタシの正装が、ドレスではなくアーダルベルトとお揃いの男の第一礼装だということを伝えたのは、ついさっき。何でって、デザイナーさんが仮縫いに来てたからね。それを聞きつけたツェツィーリアさんに聞かれたので、ダンスの師匠である彼女に伝えない理由もないので、お話ししました。

もしかしたら怒られるかもと思いましたが、目を見開いた後にコロコロと笑っておられたので、すげぇと思います。良く考えたら、彼女はアーダルベルトを子供の頃から見ている女官長様である。幼い頃から色々とハイスペックだった覇王様が、時々羽目を外すのを可愛がっていたのだろうか。……いや、ゲームのアーダルベルトにそういう側面はなかったので、ワタシの悪友のアディの姿から想像しただけなんですが。今度聞いてみたいと思います。

「ミュー様、当日が男性の第一礼装というのでしたら、今とほとんど変わらぬ状況だとご理解くださいませ。つまり、足下が丸見えです」

「……あ」

「ドレスの場合、その膨らみの中に足は隠れてしまいます。もちろん、あまりにも下手であれば周囲は気づきます。けれど、多少誤魔化すことは可能です」

「…………」

淡々と告げられた事実に、ワタシはその場に崩れ落ちた。も、盲点すぎた……！　ヒールの靴なんてすっ転ぶから不可能だと初めから決めつけていたが、長いドレスなど動きづらいだけだと叫んでいたが、確かに言われてみたら、足下全然見えませんねぇえええええ！　動くときに翻《ひるがえ》った裾から、靴が見えるぐらいじゃね？　激しい踊りじゃないんだから、そんなに足が見えるわけがねーじゃん！　何で今まで気づかなかった、ワタシ！

反対に、今のワタシのようにズボンを着ているとしたら、足は丸見えだ。足先どころか、下半身全部が見えているのだから、動きがおかしければ一発アウト。失敗しているのがバレバレになりますね。……え？　ド素人が初の新年会で、人生初の本番でダンス踊るのが、ノーコンティニュー&追加アイテム補助なしとか、どんな鬼のような所業なんですかぁあああああ！

でも、だからって今更、ドレスに変更なんてできるわけがない。ドレスの場合、ヒールで歩くことすら困難なワタシが、ちゃんと動けるわけがないのだ。それに、ドレスだって動きづらい。よって、どちらの道を選んでも、ワタシに待ち受けているのは無理ゲーオンリーだったのです。

何てこった！　あり得ないよ！

っていうか、既に色々と詰みすぎてて、もうどうして良いのかわからないよ……！

まず、ド素人のワタシが人前でダンスを踊らなければならない。さらに、それはこのガエリア帝国の皇帝陛下主催の新年会で、やってくるのは目の肥えたお貴族様たちだということ。そして、ドレス＋ヒールのコンボだと歩くことすらままならないので、男装すること。ついでに、その男装はアーダルベルトとお揃いで、どう考えても見世物になるということ。

これらを踏まえた上で、ワタシが新年会を乗り切れる方法があるなら、誰か教えてくれ。マジで。

一般人のワタシにこんな無理ゲーとか、カミサマ間違ってますからね！　そりゃ、ダンスの練習は頑張りますよ!?　ツェツィーリアさんにも大変お世話になってますしね！　だけどね、だけどワタシだって、どうせなら、努力してどうにかなるレベルの状況にしておいてほしいんですよぉおおおお！　これは明らかに、ただの無理ゲーだから！　難易度調整間違ってるわ！

ショックのあまりその場に蹲《うずくま》ったままのワタシの頭を、宥めるようにツェツィーリアさんが撫でてくれた。ついでに、ぽんぽんと肩を叩いてくれたのはライナーさんだ。ありがとうございます。お二人の優しさは大変嬉しいです。身に染みます。えぇ、本当です。

　でもね、ツェツィーリアさんは「ですから頑張りましょうね！」っていう意気込みが背後に見えて、今のワタシにはとても恐ろしい美貌のイキモノにしか見えんです。んで、ライナーさんは、「ミュー様なら何とかできますから」みたいな謎の信頼感を発揮するの止めてください。ワタシのスペックの低さを知らないとは言わせないからな！

「ミュー様、落ち込んでいても仕方ありませんわ。本日の練習を、始めましょう？」

「はい……。ところで、ワタシの相手をしてくれる奇特なヒトはどなたで？」

「そちらにいらっしゃいますわ」

「……ハイ？」

　ダンスの先生がもう一人増えるのだと思っていたワタシの耳に、よくわからない言葉が入り込んできました。そちら、とツェツィーリアさんが示したのは、いつものように穏やかに微笑んでいるライナーさん。本日も、近衛兵の制服が良くお似合いで、めっちゃイケメンオーラ出てますよね。えぇ、温厚な騎士という感じがダダ漏れで素晴らしいです。

　で、ドウイウコトですかね？

「ミュー様のお相手をさせていただけるとは光栄です」

「ライナーさん、踊れたんですか」

「一応我が家は下級貴族ですから。それに、士官学校で習いますよ」

　当たり前みたいな答えが返ってきましたが、驚きすぎて返事ができませんでした。まず、ライナーさん貴族だったんですか。何ですかその設定。それなのに近衛兵やってるんですか。それとも、近衛兵だから下級貴族なんですか。そこら辺詳しく聞きたいんですが、時間はないですよね。あと、士官学校でダンスとか教えてくれるんですか？　戦うためのお勉強とかじゃないんですね。一般教養に礼儀作法が足されてるんですか。ワタシ、その手の学校には絶対に通えないと思いました。…………まぁ、そもそも体力と運動神経の問題で、近衛兵になる人たちが通うような学校は、絶対に無理ですがね！　死ぬわ！

そんな風に驚いているワタシをそっちのけで、ツェツィーリアさんとライナーさんは準備を整えてしまった。言われるままに、ライナーさんと向き合って腕を組む。ワタシの腰には当然、ライナーさんの腕がある。……何だろうか。普段移動手段として姫抱っこされてるときにすら感じなかった、負の感情が背中にむっちゃ突き刺さるのは。

いや、気のせいですね。気のせいだと思います。だって、ここにいるのは、ワタシとツェツィーリアさんとライナーさんを除いたら、控えている侍女や女官のお姉さんたちだけですからね！お城で働くような素敵なお嬢さんたちしかいないんだから、きっとワタシの気のせいです！

そんな風に思い込みながら、教わった通りの動きを繰り返す。ツェツィーリアさんの手拍子に合わせて、足を動かす。ライナーさんと組んだ手は、離さないように必死。足下が気になって顔が下がると、容赦なくツッコミを入れられます。うい、気をつけます、マダム！

…………っていうかやっぱり、気のせいじゃなかった！

背中にむっちゃ突き刺さる、恐ろしい気配。殺気ではない。憎悪でもない。けれど、明らかに不愉快だと訴えてくるような、突き刺さる負の感情。生まれてこの方、感じたことのないナニカですけれど、非常に心臓に悪いというか、怖いんですけど！

色々と考えて、一つの可能性に思い至った。今の今までスルーしてたのは、普段ライナーさんと一緒にいても、そんなことがなかったからだ。むしろ、普段の方が接触多いし、移動のときに姫抱っこされたりもするのに、そのときは何もなかった！　それなのに、何で今なの！

「……ライナーさん、つかぬことをお伺いしますが、ライナーさんって、モテます？」

「……どうなんでしょうか？　あまり、女性の方と接する機会もありませんし」

にっこり微笑むライナーさん。いや、そこは気づこう。どう考えても貴方、モテてる。モテまくってる系だと思う。んでもって、そのせいで今、ワタシは、女性陣の嫉妬の嵐に晒《さら》されて、ものすごくいたたまれないのです！

考えてみたらモテないわけがない。顔よし、性格よし、腕よし、のライナーさん。そこに加えて下級貴族だとしたら、家柄までそこそこおkってことじゃないですか！　近衛兵で、それもアーダルベルトの信頼の厚い側近で、誰にでも温厚で優しく、さらには美形とか、モテない方が不思議だった！　普段の彼がただの優しいお兄さんだからワタシうっかり忘れてたよ！　この人イケメン枠だ！

「そもそも俺とエレンは仕事人間ですからね。女性と過ごす時間もありませんので。それがどうかされましたか？」

「……いえ、何でもないです……」

予想の斜め上の発言をされてしまった。

あのね、ライナーさん。多分貴方に他意はないとは思うんですが、その発言はワタシの脳みその腐った部分がヒャッハーしちゃうので、勘弁してください。貴方が仕事人間だってのは別に構いません。何でその話をするのに、わざわざ今ここにいないエーレンフリートを出してきちゃうんですか！　当事者がニコイチ宣言しないでください！　色々と萌えすぎて困るから！

え？　それはお前の脳ミソがオカシイからだって？　知ってますよ。でもワタシ腐女子なので、そこは諦めてください。それでも、いつもの特技で顔面は真面目な方向になってるんですから、褒めてくださいよ。えぇ、褒めてくれたって良いじゃないか。何でダンス踊りながら、イケメンから同僚とニコイチみたいなこと言われてまで、平然としてろっていうのさ。無理だい。

なお、その後ダンスの練習が終わるまでの間、ワタシは針の筵《むしろ》だったことを、ご報告いたします！

◇◇◇

「そうだ。シュテファンに会いに行こう……！」

佳境に入り、鬼のように詰め込まれるダンスの練習に疲れたワタシは、息抜きにシュテファンを襲撃することにした。そして彼に、美味しいおやつを作ってもらうのだ！　今日は女官長が忙しいので、ダンスの練習は一日お休みなのです。いや、自分で復習はするけどね。相手役のライナーさんはワタシの専属護衛なので、常に一緒に行動してるし。

でも、ちょっと疲れたので、癒やしを求めたって良いじゃないですか……。ワタシの好きな食べ物を作ってくれるシュテファンは、それだけじゃなく、優しい笑顔のエルフなので、もう色々と癒やされますからな。心が。煩悩が。そしてお腹も満たされる。素晴らしいじゃないですか。シュテファン一人でとても大活躍です。主にワタシのテンションアップに。

そんなワタシの気まぐれに、ライナーさんはいつものように付き合ってくれます。背後を歩くライナーさんに見守られ、ワタシは調理場に向かいます。美味しいおやつをゲットしよう。んで、ライナーさんと食べよう。余分があったら、後でアーダルベルトに持って行ってあげよう。

ちゃんと仕事している覇王様に対して、ワタシがよくやる陣中見舞いは、シュテファンに作ってもらった食べ物を運ぶという方法だ。それを口実に無理矢理休憩を取らせるのも可能です。どやぁ。

いや、アーダルベルトもユリウスさんも仕事が大好《ワーカーホリック》きすぎて、休憩忘れるんですわ。

そんなわけで、おやつの差し入れで突撃して、一緒に食べたり食べるの見てたりする間は、きちんと休憩になります。適度に休憩を挟まないと、思考回路も判断力も鈍るからね。ワタシ間違ってないよ。あと、ツェツィーリアさんが褒めてくれたから、継続して良いと思って、定期的にやらかしてるよ。誰にも怒られてないから、きっとコレは正しい行動なのです！

「シュテファンー、何か美味しいのあるー？」

ひょこっと顔を覗かせたら、シュテファンは瞬きをした後にいつもの笑顔を向けてくれました。あぁ、癒やされる。外見十代後半《ハイティーン》のエルフの美少年とか、ただの癒やしです。しかもシュテファンの笑顔は優しい笑顔だ。心が洗われるようです。ありがとう。

「ミュー様、お疲れ様です。今日はダンスの練習はお休みと伺いましたけど？」

「うん。だから、何か美味しいの食べたくて、久しぶりに調理場覗きに来た！」

威張ることじゃないのはわかってるけど、マジでここ最近ダンス＋礼儀作法の練習で忙しすぎて、ワタシ、調理場に顔を出せなかったんですよね。顔を出せないということは、希望の料理を伝えるのに苦労するってことですよ。まぁ、ダンスの合間の休憩には、シュテファンお手製のおやつがたくさん並ぶんですけどね！

きょろきょろと調理場の中を覗きながら入っていく。ライナーさんは外で待ってます。料理番さんたちが緊張するからね。シュテファンと並んで材料を見物しながら、美味しそうなモノを物色したい。……そして、ワタシは見つけてしまった。立派な形と大きさをした、素晴らしい物体を！

秋の味覚の王道、サツマイモ発見～！

「シュテファン、あのサツマイモ食べよう！　めっちゃ美味しそう！　焼き芋にぴったりだ！」

「サツマイモ……？　あぁ、あの先日新しく手に入った野菜のことですか？　ミュー様は、アレをご存じなんですか？」

「…………え？」

ごろりと転がっているサツマイモを指さして、ワタシは嬉々として訴えた。だってどこからどう見ても、日本で見たことあるサツマイモなんですよ。秋になったら軽トラでおっちゃんが、「いしやーきいもー、おいもー」とか鳴らしながら売ってる焼き芋の材料の、アレにしか見えないんですよ。それなのに、ワタシのその発言にシュテファンは驚いたような顔をして、さらに言えば、料理番さんたちもこっちを凝視していた。何ですと？

え？　だって、ここにあるってことは、仕入れたんでしょ？　仕入れたってことは、これが食用だって知ってて、ちゃんと料理できるってことじゃないの？　サツマイモさんはジャガイモさんと同じく優秀なお芋さんだと思ってるんですが、違うんですか？　……ワタシ、もしかして、また、面倒くさい状況を作り出しました、た……？

「あの、そもそもアレ、サツマイモで合ってる？」

「料理長、合ってますか？」

「合っています。遠方からやってきた商人が仕入れてきた野菜だそうです。この辺りでは見かけませんので、どうやって調理するかを相談していたところですが」

キラリ、と料理長の目が光った。止めて。止めよう。そのワタシに対する過剰な期待は。あと、熊の獣人の貴方が目を光らせたら、マジで怖いので勘弁してください、料理長！　……料理長は料理が大好きな職人気質《かたぎ》のおやっさんタイプで、決して中身が恐ろしいわけでも寡黙《かもく》なわけでもないけれど、熊ってのはそれだけで威圧感あるから、無理！

というか、お願いなので、料理番さんたちはワタシを凝視するの止めてください。何でや。そもそも、購入したなら調理方法とか聞いてたんじゃないのか。何でワタシを見るんだ。ワタシはただ、この美味しそうなサツマイモさんで、焼き芋を作りたかっただけです。昔懐かしい、落ち葉に埋めて作る感じの焼き芋がしたかっただけなんや……。

「ミュー様は、こちらのサツマイモを食されたことがあるのですか？」

「……ありますけど」

「では、主にどのような料理に使われていますか？」

「どのようにって……。サツマイモは芋なんだから、ジャガイモとかカボチャとかと同じ感じで料理したら大丈夫だと思いますけど。サツマイモは火を入れたら甘くなるけど」

真剣な顔で問われたので、とりあえず知ってる感じのことを伝える。

いやあのね？　異世界に来て、サツマイモはどんなモノか、なんてプレゼンするとか誰が考えるんですか。ワタシは考えなかったぞ。ワタシの意見を聞いて、料理番さんたちは何かぼそぼそと会話をしている。焼くか煮るか炒めるか、みたいな話をしている。いや、サツマイモさんは結構万能なので、割とどんな調理方法でもおkですが？　揚げても美味いし。

おかずにもおやつにもなるサツマイモさんは素晴らしいと思う。あと、焼き芋さんはワタシの中で主食扱いなので、サツマイモさんは万能選手だと思ってる。……まぁ、汎用性の高さではジャガイモさんに軍配が上がると思うけどねぇ。どっちも好きです。

とりあえずシュテファン、これ、焼き芋にしたいんだけど。

「その焼き芋というのは、どうやって作るのですか？」

「芋に金属の串をぶっ刺して、落ち葉の山を燃やして、火が消えた頃合いに中に放り込んで余熱で調理する。以上」

「……野営料理みたいな感じですね」

「庭掃除で溜まった落ち葉でおやつが作れる一石二鳥だよ！」

少なくとも、我が家における焼き芋とは、庭の落ち葉を一生懸命掃除した後に与えられる、ご褒美みたいなものだった。というか、途中から気がついたら、むしろ焼き芋をするために落ち葉をかき集めていた。掃除が主体じゃなくなったときに、祖父ちゃんたちは色々と思うところがあったみたいだけど、ワタシたち孫一同はそれが楽しかったので良いじゃないか。……祖父ちゃんの家は田舎で、庭が無駄に広かったのです。

そういう料理ならば中庭で、と料理長に言われたので、籠にサツマイモと金属の串（主に肉とか魚を焼くときに使っていたらしいが、サイズがちょうど良いので拝借した）を入れて、中庭に向かう。なお、そのサツマイモがそこそこ入った重い籠は、調理場を出るまではワタシが持っていたのですが、一歩外に出た瞬間にライナーさんに奪われました。女性に重いものを運ばせるわけにはいきません、らしい。おぉ、ワタシ、そんな風に女性扱いされたの初めてなので、ビックリですわ。

え？　シュテファン？　シュテファンは、火種とかできあがった焼き芋を入れるお皿とかの、細々したものを持ってますよ。そっちの方が軽いかもしれないけれど、落として割るかもしれない可能性のあるものは、ワタシは持たない。腐ってもお城です。食器一つだって値段はオカシイので、ワタシは持ちたくありませぬ。

そして、中庭の一角、アーダルベルトがバーベキューやらかすときに使っている場所で、落ち葉を積み上げて火を熾《おこ》す。もちろんやるのはシュテファンです。ワタシは見ているだけだ。だってワタシ、魔法使えないし。シュテファンは、火種に魔法で火を付けて、落ち葉の中に放り込んで、燃やし始めている。魔法って便利で良いね。ワタシも使いたかった……！

「ミュー様、火が消えましたよ」

「よし！　じゃあ、この金属の串を刺したサツマイモさんを、その中へ！　しばらく放置！」

「具体的にどれくらいですか？」

「…………わかんにゃい。とりあえず、火が通るまで？　でも、焼くと焦げるから、こう、おき火でじっくりじわじわと火を通さないとダメだって」

うろ覚えの知識ですが、多分間違ってないです。え？　作ったことあるんだろうって？　違う違う。ワタシの仕事は、主に落ち葉を大量に集めることだから。火を付けるのも、サツマイモを放り込むのも、祖父ちゃんの仕事だったんだよ。子供に火は危ないってことでね。……従兄弟《いとこ》たちはマッチを面白がって、火を付けようとして火傷して、すっげー怒られてましたからな！

とりあえず、適度に放置して三人で喋りつつ時々中身を確認して、できあがりました、焼き芋！

金属の串は熱くなっているので、軍手のような厚手のミトン（鍋つかみだと思うんだけど、頑丈でグローブっぽいので、別の用途かもしれない）でシュテファンがサツマイモを取り出している。試しに半分に割ってみたら綺麗に火が通っていたので、持ってきていたお皿にのせてもらいました。

えーっと、ワタシとライナーさんの分と、アーダルベルトとエーレンフリートの分。あと、執務室にいるかもしれないから、ユリウスさんの分も。合計五本をお皿にのせて、ライナーさんに持ってもらいます。残った数本は、シュテファンに進呈。料理番さんたちと食べてください。

……そして、美味しいお料理に役立ててください。

「それじゃシュテファン、ワタシはコレ持ってアディのところ行ってくるから！」

「はい。こちらは皆でありがたくいただきますね」

「いや、そもそもそのサツマイモ、そっちにあったものだからね？」

まるでワタシが何かを与えたように言われましたが、違うって。思いっきり誤解だろ、シュテファン。それでも、とりあえずできたての焼き芋をアーダルベルトに届ける方が優先されるので、ワタシはライナーさんと二人で執務室に向かいます。きっと、執務室には仕事《ワーカーホリック》が大好きな人たちしかいないでしょうからな！

「アディー！　陣中見舞いだぞー！」

ノックはしたけど返事は待たず。ばぁん！　という効果音がしそうな勢いでドアを開けたら、室内には予想通りの仕事《ワーカーホリック》が大好きトリオがいました。……まぁ、ワタシの背後で焼き芋の入ったお皿持ってるライナーさんも、十分そのお仲間ですけどね。ただ、ワタシが無理矢理休憩に巻き込むので、彼はこの三人ほどではあるまい。

「……お前、ノックをするのは良いが、返事がある前にドアを開けるのはどうなんだ？」

「だって、どうせ入るし。そして、強制的に休憩のお時間だぞ！　さぁ、焼き芋を食せ！」

「ヤキイモ？」

「そのまんま、焼いた芋。なお、芋はサツマイモなので、甘いよ！　おやつだよ！」

首を捻るアーダルベルトと暢気《のんき》に会話をしていますが、その背後ではエーレンフリートの冷えた瞳がワタシを見ています。大丈夫。気にしないフリするから。なのでお前もそろそろそれを止めなさい。またアーダルベルトに怒られて凹《へこ》むぞ？

ユリウスさんは仕事にならないと悟ったのか、さっさと書類を片付け始めています。毎度のことで申し訳ない。あと、貴方も強制的に休憩に巻き込まれるので、大人しく焼き芋食ってくださいね？

「……私は他にも仕事があるのですが」

「適度な休憩は大切です。あと、このサツマイモは初めて買った食材らしいので、是非とも味見をしてください」

「ミュー、これ、芋なのに甘いぞ」

「もう食ったのか!?　しかも一口で半分いっちゃうのかよ！　お前相変わらず大食いだな！」

もっしゃもっしゃと焼き芋をお食べになっている覇王様は、ちょこっと残った焼き芋を手に、不思議そうな顔でした。お前の一口、本当に大きいですね！　あと、一人一本なんで、ワタシの焼き芋を狙おうとするでない！　取るな！　ワタシが食べたくて作ったんだ！

ライナーさんとエーレンフリートも仲良く食べている。二人並んでほのぼのと食べているので、放置しておこう。あ、お好みでバター、塩、マヨネーズ、蜂蜜など、好きなモノかけてくださいね。ワタシは何もかけないのが好みですがな。

「サツマイモは火を入れたら甘くなる芋だよ。美味しいだろ？」

「……あぁ。ユリウス、我が国で栽培できるか調べろ。甘味が手に入りにくい庶民にも、手軽に楽しめる甘味になるかもしれん」

「承知しました」

「いや、今は休憩時間なんで、大人しく休憩しろよ。仕事の話は中止ー！」

ぺしぺしとアーダルベルトの肩を叩くけれど、何かスイッチ入ったらしいので、焼き芋食べながら二人は延々と仕事の話をしていた。この野郎。ワタシがせっかく休憩を（強制的に）取ってもらおうとしているのに……！

まぁ、焼き芋がお気に召したのなら、良いですよ。サツマイモが栽培できるなら、サツマイモの料理も広がるだろうし。おかずも良いけど、スイーツも良いよね。パイとかスイートポテトとか食べたいなー。今度頼んでみよう。とりあえず、焼き芋美味です。懐かしい味です。うまうま。

◇◇◇

「お二人とも、大変お似合いでございます」

感無量、と言いたげなデザイナーさんに、アーダルベルトは鷹揚《おうよう》に頷いていた。ワタシはと言えば、姿見に映った自分の姿に、がっくりと肩を落としている。いや、似合ってても嬉しくないです、デザイナーさん。だってこれ、男物じゃないっすか……。

デザイナーさんの渾身の作品らしい、アーダルベルトとお揃いの衣装が完成しました。ので、今現在ワタシとアーダルベルトは、衣装を着るだけでなく、その他の装飾についても調整するために、着せ替え人形と化しております。

いや、それはもう、諦めたから良いんだけどね？　強制的に男装させられるのも、諦めたからね。硬い革靴も、本番までに頑張って慣らしたらちょっとは動きやすくなるだろうから、我慢するしね。何かこう、高校時代に制服のローファーと戦ったのを思い出すなぁ。いや、あれは本革じゃなくて、革っぽいナニカでしかなかったけど。気分はそんな感じであります。

んで、完全に男装してるというのに、お似合いと言われるワタシは、どうしたら良いんでしょうかねぇぇぇぇ!?

こちとら、これでもハタチの乙女なんですが。確かに、普段はズボンを穿いているので、こちらの世界の基準で言ったら男装してると言われても仕方ないですけど。それでも、完全に男物を仕立ててもらって、それを身に纏って、デザイナーさんに似合うと太鼓判押されるとか、どういうこと？　何も嬉しくないよ！　アーダルベルト、お前満足そうに笑ってんじゃないよ！　俺の見立ては間違っていなかった、みたいなドヤ顔すんじゃねぇよ！

ワタシたちが着ているのは、いわゆるモーニングと言われる衣装に似た服だ。モーニングって何って？　結婚式で、新郎新婦のお父さんが着てるアレだよ。別の場所で見たことがある光景を思い出すなら、内閣の発足のときの集合で男の人が着てるアレだよ。タキシードや燕尾服と同じ第一礼装なんだと。詳しいことは知らぬ。でも確か、モーニングが最上位だったはず。多分。詳しいことは知らぬ。

で、アーダルベルトが黒で、ワタシが赤なんですが。シャツは二人とも白ですけど。基本デザインは同じで、アーダルベルトの衣装の縫い取りは銀で、ワタシの衣装の縫い取りは金。カフスやタイピンなどの飾りに使用されている金属も、それぞれ銀と金。誂えられている宝石まで、オニキスとガーネットにされてるんですよ。どこまで徹底するつもりやねん！

それだけならまぁ、モーニング風衣装ってことで、まだ我慢しようか。そこにさらに、コスプレ風味な要素が追加されているので、ワタシはがっくしとしてしまっている。だってそうでしょう？　ただでさえ色々とツッコミ満載な、赤色第一礼装《モーニング》なのに、そこに追加要素《オプション》があるんですぜ……？

何が追加要素かと言いますと、衣装と同色の、帽子とマントが追加されております！

この帽子は、大正浪漫の学生さんが被ってるみたいな、学生帽っぽいデザインです。側部に国の紋章である獅子が刻まれています。薄っぺらい感じなので、被ると言うより、頭の上にぽんと載せる感じですかね？

マントは肩の位置で両端が留め金に留められているオーソドックスタイプ。ばさっと翻したら、そりゃもう、恰好良いんじゃね？　……スタイルと身のこなしが恰好良いヒトがやればな！　ワタシがやったって、ただただ、子供が遊んでるようにしか見えぬわ！　あと、下手したら絡まる！

で、帽子はまだ許そう。百歩譲って、この帽子を被るんじゃなくて、胸元に持ってお辞儀したたらさぞかし恰好良いだろうとか思ったので。アーダルベルトに後でやらせよう。目の保養ぐらいしたって許されるだろ。見た目はワイルドイケメンなんだ。たまには悪友モード以外を見せてくれ。ワタシの煩悩を満たすために。

　問題は、マント！　マントの形とか付け方とかじゃなくてね？　色が問題なんですわ！　え？　黒と赤なら服と同じ色だし大丈夫くね？　いやいやいや、表は同色なんですけど、ね？　裏地が、それぞれ赤と黒なんですわ……。つまり、アーダルベルトのマントは、表が黒で裏地が赤。ワタシのマントは、表が赤で裏地が黒。ねぇ、もうこれ、どんな羞恥プレイですか？　コスプレですか⁉

「ミュー、何を一人で百面相をしている」

「うっさい。黙れ。ワタシはこんなオモシロ衣装を着たかったわけじゃない……！」

「デザイナーの力作だぞ？」

「それは理解した。材質もめっちゃ良いのだし？　サイズもぴったりだし？　動きやすいし？」

「なら何が問題だ？」

　ワタシの答えがわかっているくせに、そういうことをしれっと言うでないわ！　じと目で睨んでいるワタシに早く言えと楽しそうな覇王様。お前な、ワタシを玩具にするのいい加減に止めよう？　ワタシの反応で楽しむのいい加減止めよう？　ワタシ、お前の玩具違うんですぜ？

「こんな完璧男装を似合うと称される乙女の気持ちも理解しろ」

「似合ってるなら良いじゃないか。お揃いだぞ」

「……何でお前はそんなに嬉しそうなんだ」

げしげしと素足でアーダルベルトを蹴りつけるけれど、効果はありませんでした。え？　革靴どうしたって？　もちろん脱いでから蹴ってますよ。当たり前じゃないですか。デザイナーさんが作ってくれた＋皇帝陛下仕様で超高級素材使用の衣装を汚すわけにはいかないじゃないですか！　へたれと言わないで。ワタシは一般庶民ですから！

ペアルックで喜ぶようなのは、頭に花が咲いてるようなリア充バカップルか、幼さ炸裂の幼児とかそれを可愛がる親バカとかの領域なんですよ。ワタシのような引きこもり系オタク女子大生兼腐女子には、ワイルドドイケメンなゴーイングマイウェイ覇王様とのペアルックを喜ぶ要素はありませぬ。しかも完全に男物やぞ！　それを喜ぶとか、乙女として間違ってるわ！

……まぁ、男装で貫くということで、靴は革靴だけどヒールなし。モーニング風衣装はマントが絡むことを除けば非常に動きやすい。あと、男装なので髪型もシンプルにポニーテールで終わっているので、楽と言えば楽ですよ。なお、飾りはポニーテールを結わえているゴムの上にはめ込まれている、金属の輪っかオンリーです。何て言うのかなんて知らぬ。金色の三㎝ぐらいの輪っかで、細かい彫りと小さなガーネットが埋め込まれている。そこも徹底すんのかい、と思ったけど黙ってた。余計な装飾増やされても困るし。

「どうせ新しい衣装を作るなら、ちゃんと似合う方が嬉しいだろう？」

「ほほぉ？　お前はワタシに男装が似合うと断言して、かつ、それゆえにデザイナーさんと結託して嬉々として話を進めていたということだな？」

「普段から男装なんだ。似合ってるぞ」

「全然褒めとらんわ！」

思わず頭突きかましたいぐらいにはイラッとしましたけど、相手はアーダルベルトです。最強の獅子の獣人である覇王様です。ワタシのような非力な人間では、ダメージを与えることなどできません。というかむしろ、ワタシが代わりにダメージ喰らいますわ。わかってる。ちくせう。

「陛下、ミュー様、お支度が整いましたら、別室でお願いいたします」

「ツェリさん？」

「あぁ、すまぬな。女官長。すぐに行く」

「ふみゃ⁉　だからお前は、当たり前みたいにワタシを担ぐな！　マントが絡まる！」

いつも通りの美しい微笑みで告げるツェツィーリアさんの言葉に、アーダルベルトは速攻でワタシを担ぎあげて、別室へと歩き出した。この野郎！　何も知らないデザイナーさん＋その関係者の皆さんが、目を丸くしてるじゃないですか！　着飾っているのに、移動手段がお前に米俵のように担がれるとか、どんなコントだ、くらぁ！

じたばた暴れても無駄なのはわかっていました。えぇ、わかってるがな。んでもって、運ばれた先は、いつもワタシがダンスの練習をしている部屋です。え？　何で？　何でこの部屋なんですか、ツェツィーリアさん？

「衣装が整ったのでしたら、さっそく本番に備えて練習でございますわ、ミュー様」

女神の如《ごと》き慈愛に満ちた微笑みで、女官長はワタシに絶望を叩きつけてくださった。嘘だろ。

マジかよ。勘弁してくれ。

　そんな風に青ざめるワタシを無視して、アーダルベルトは担いでいたワタシをいつものようにあっさりと降ろす。そうして、多少乱れたマントをぱんぱんと叩いて整えてくれる。そういうのは優しさかもしれんが、その後に、当たり前みたいにワタシの前に立ち、ダンスの基本ポジション取るの止めねぇ？　ワタシ、まさか、お着替え人形として《2時間拘束されて》弄ばれた後に、ダンスレッスン《完全なる苦行》待ってるとか思ってなかったんだけど⁉

　それでも拒否権もなければ、勝てる相手も見つからず、ちらりと視線を向けた先では、ちょっとだけ同情してるらしいライナーさんが、応援するように微笑んでいる姿が見えた。なお、その隣のエーレンフリートは、ワタシなど眼中になく、第一礼装で武装している主の姿に感動しているのか、顔がキラキラしている。……お前、本当にアーダルベルト好きね。それで良く、普段仕事できてるよね？

「……アディ、正直なこと言って良いか」

「何だ？」

「アンタがデカすぎて、ライナーさんとやってた練習がちっとも役に立ってない気がするのは、ワタシの気のせいかな⁉」

　一応、基本のポジションを思い出して手を組み、身体を寄せてみるのですが、相手は巨漢の覇王様なんですよ。ライナーさんも確かに大柄だったけど、まだ許容範囲です。例えるなら、身長百九十cm近いモデル体型の男性と、余裕で二百cm越えしてるマッスル系アスリートとの違い。向き合ってしまえば、大人と子供というより、巨人と小人《こびと》みたいになるんですけど！　これで踊れと⁉　苦行が増すわ！

「しかし、本番でお前が踊るのは俺が相手だぞ」

「決定事項からそれを外せ」

「むしろ、俺と一曲踊れば、他と踊るのは免除できる雰囲気に持っていける」

「よし、アディ！　お前が暇な時間は、ワタシのダンスレッスンに付き合うんだぞ！」

お前にもちゃんと特典があるぞ、と言いたげに告げられた言葉に、ワタシは速攻前言を撤回しました。調子が良い？　ええ、当たり前じゃないですか。こんな美味しいポイント、見逃すワタシではありません。ただでさえダンスが不慣れなワタシが、一曲踊るだけで完全に解放されるというのならば、その一曲に全身全霊をつぎ込むのは当然です。それも相手がアーダルベルトならば、無理矢理時間確保させて、ダンスレッスン強行させるのもやぶさかではないですよ！

ツェツィーリアさんの手拍子に合わせて、くるくると踊ってみる。途中で何度も足を踏みそうになるのは、アーダルベルトとライナーさんの歩幅が違うからだ。向こうも、ワタシの歩幅が小さいことと、体形の違いで組んだ腕の位置を掴みかねているのか、ぎこちないのはお約束。大丈夫。それを練習でカバーするのが、悪友という間柄じゃないか。ワタシは頑張るよ、アディ！　だからお前も頑張ってくれ！　主にワタシをリードする方向で！

「ミュー、多分だが、お前が文句を付けていたマントにも利点が見つかったぞ」

「何ぞ？」

「下手をしたら踏みつけそうになる長さだが、それ故に、上手く調整したら足が隠れる」

「よし、アディ！　それも練習する方向で！」

え？　無駄な方向の努力してないで、普通に踊れるようになれ？　何言ってるんですか。既に今の状態で、ワタシの許容範囲《キャパシティ》はいっぱいいっぱいなんですよ。本番に向けて、少しでもドーピングできる可能性があるならば、意地でも頑張るに決まってるじゃないですか！

……失敗は、なるべくしたくないのですよ。ワタシが笑われるだけならば、構わぬのです。こちとら、礼儀作法など知らぬ、一般庶民の召喚者です。ワタシが笑われるだけならば、まぁ、良いと思えるのですよ。

でもね。ワタシは、「覇王アーダルベルトが信頼を置く参謀」なんですよ。公の場に出るときのワタシの行動には、ことごとく、アーダルベルトに責任が発生するのです。当然じゃないですか。彼はワタシの保護者や後見人のような役割ですよ。ゆえに、ワタシの失敗は全て、彼を貶《おとし》めることに繋がるのです。……そういうのは、勘弁してもらいたいなぁと思うんですよ。うん。

「明日から本番まで、毎日練習だな」

「おう！」

なお、獅子の覇王様との体力差を忘れていたワタシが、練習終了後にぶっ倒れたのは、多分皆さん予想通りの結果だったのだと思われます。くそぉ。

◇◇◇

遂に来た。やってきた。ワタシにとっての悪夢。ある意味での晴れ舞台。ある意味では完全なる地獄の幕開け。

皆様、ガエリア帝国の、皇帝陛下主催の新年会、祝賀の宴が始まりましたよ！

うぁあああああ！　ただいまワタシ、絶賛、緊張の渦で胃痛が痛いという状態でございます。ストレスで死ぬとか思ったことは今までなかったんですが、今は緊張という名の武器で殺される気がします。怖い怖い。怖すぎて嫌だ。この扉の向こうに貴族さんが勢揃いしてるんだろ、怖すぎるわ！

ワタシの隣のアーダルベルトは、平然としている。そらそうね。アンタにとっては、いつもの新年会でしょうからね。でもワタシには地獄の宴なの！

お揃いの黒と赤の第一礼装《モーニング》+帽子+マントなワタシたちを、側で控える近衛兵や侍女、女官、文官の皆様は、好意的な眼差しで見つめてくださっています。そりゃね、この人たちは身内だもの。ワタシとアーダルベルトがじゃれてる姿を見ても、いつものこととスルーしてくれる優しい人たちです。

でもな、この扉の向こうにいる貴族さんたちが、そうとは限らないよね⁉

綺麗に着飾った美男美女を堪能することすらできずに、ワタシは見世物の客寄せパンダになりに行くんですよ。んでもって、衆人環視の中で、広間の中央で、アーダルベルトと二人で踊るということなんですが。……一曲踊るだけでダンスから解放されるとは聞いていたが、それが、衆人環視のソロ舞台だとは聞いてなかったぞ、この野郎！

「最初にそれを告げたら、お前、逃げただろ」

「逃げるわ！　当たり前だろ。ワタシは、社交界デビュー《デビュタレント》すらまだの、一般人ですよ」

「だが、だからこそ、その場で一曲踊れば、《お前は俺の無二の参謀である》と印象づけることができるし、不慣れを理由にそれ以外のダンスを断る口実にもしてやれる」

「……アディ、正直に言おうか。ワタシを庇っているのか、ワタシで遊んでいるのか、ワタシ共々見世物になって周囲の度肝を抜きたいのか」

「三番だ」

「だろうと思ったよ！」

　ぺんっと必死に腕を伸ばしてアーダルベルトの頬をひっぱたいてみたけれど、当然ながらダメージはありません。逆に、伸ばした腕を掴まれてよしよしと宥められる始末。ちくせう。この身長差と自分の非力さが悔しくってたまらんわ。

　……そもそもが、色違いでお揃いの衣装を誂えさせたときから、アーダルベルトはうきうきしていたのだ。どうせやらかすなら、派手に驚かしてやった方が面白い、とか絶対に考えてるよな。

　そもそもワタシの存在が《規格外》であり《常識の外側》にあるというのは自明の理。世界の《未来》を《知識》として知る《召喚者》というだけでも色々とぶっ飛んでるのに、ワタシはこの世界においては希少な完全なる黒髪黒目の保有者だ。どうやったって目立つので、それを逆手に取ろうとしたアーダルベルトの考えは、わからなくもない。

　わからなくもないけれど、そのせいで注目度合いというハードルがくっそ上がるのを理解してるので、「このアホぉおお！」って殴りたくなるのは仕方ないことだと思う。異論は認めない。

舌打ちをしつつも怒りを堪えていたら、ワタシの手を掴んでいたアーダルベルトが、そっとそれを下げてきた。横目で窺えば、扉の側に控える衛兵が合図を送っている。どうやら、中に入らなければいけないらしい。そういえば、扉の向こうからファンファーレが聞こえてくる。皇帝陛下の入場なので、派手らしい。しかも何故か、ワタシは、一緒に入場らしい。

……これな、最初はワタシはユリウス宰相の隣にいて、アーダルベルトに呼ばれて側に行くとか、アーダルベルトに呼ばれて後から部屋に入るとか、色々とパターンはあったんですよ。それなのに、そういうマトモな対応を口にした周囲に対して、覇王様は宣《のたま》いました。大真面目な顔で。

——何でそんなまどろっこしいことをするんだ。一緒に入れば良いだけだろう。

お前の脳ミソどうなってんだ、と殴りかかったのはワタシのみ。ですが、ユリウスさんがすっごい哀れむみたいな目でワタシを見てくれたので、きっとワタシの反応は間違ってません。最初から目立ちまくることが確定したのですよ。しかも、お揃いの衣装ですよ？　度肝を抜くとか以前に、ワタシは注目されまくることが予想できて、胃が痛いのですが。

ただ、覇王様にとっては、ワタシは自分と同列ポジションなのです。同じ立ち位置であり、対等の友人。それゆえに、「入場だって一緒にやるのが普通だろう？」という発想になるらしい。色々とおかしいと誰もが思うのですが、それを彼に言える立場の人が、……いねぇえええええ！　という状況でした。唯一本気で文句を言えるのが、当事者代表のワタシです。が、ワタシの文句を彼が聞くわけがない。結局押し切られました。ちっ。

そんなわけで、ワタシはアーダルベルトと手を繋いで、扉の前に立つ。ただ手を繋いでいるだけですよ。えぇ、別に、恋人繋ぎでもなければ、お手をどうぞ以下略な繋ぎ方でもありません。単純に、友人同士が手を繋いでいるような、むしろ迷子を誘導するようなアレです。男装してるワタシ相手に、そういう色めいたことがあるわけがない。むしろワタシたちの間にそんなモノは存在しない。そういうのを示唆したらきっと、アーダルベルトは真顔で「は？　何気持ち悪いこと言ってるんだ？」と言ってくれる。ワタシも言う。

「アーダルベルト陛下、並びにミュー様、ご来場です」

ファンファーレのただ中だというのに凛と響き渡る声は、ユリウスさんのモノだった。それを合図に、扉が開かれる。眩《まばゆ》いばかりのシャンデリア。鳴り響く拍手喝采。第一礼装に身を包んだ様々な年齢の男女。主にいるのが獣人なのはお国柄だけど、それ以外の人種も見える。扉をくぐれば、まるで門番のように扉の両脇に控えているライナーさんとエーレンフリートと目が合った。

なるほど。いないと思っていたら、二人とも既に、会場入りしてたんですね。んでもって、「陛下が入ってくる扉を護る」という重要任務に就いていたわけですか。……うん、馴染んだ顔を見たら、ちょっとだけ気分がほぐれました。だからライナーさん、優しい微笑みで「頑張ってください」っていうの止めて。何かそれ、お遊戯会に赴く我が子を見守るお父さんに見えるんですが。

「俯くな。前を向け。俺の隣にいる以上、誰にも文句は言わせん」

「……おう。信じてるぜ、アディ」

　扉をくぐった直後に、二人して一礼する。タイミングはバッチリだ。これももちろん、ちゃんと練習をしていた。顔を上げる寸前に、耳に滑り込んできた小さな低音に、ワタシは素直に返事をした。繋がれた掌に力が込められる。護る、という意思表示だろうか。大丈夫だ。信じているよ、覇王様。……そもそも、ワタシがこの世界で信じられるのは、貴方を始めとする一部の身内だけだからね。

　ファンファーレが終わり、拍手も止み、一同の視線がワタシたち二人に向けられる。そうして、ある者は目を見開き、ある者は息を飲み、ある者はその場で多少よろめいた。……おうおう、そこまで驚いてくれなくても良いじゃないですかねぇ？　ワタシが普段から男装してるのは、周知の事実だと思っていたのだがね？

　いつもより若干小さめのアーダルベルトの歩幅に、ワタシは少し大股で歩くことで並んだ。身長が違うので、どう足掻《あが》いたって一歩の大きさが違うからな。アーダルベルトは挨拶をしない。それは後にすると言われた。最初に、一曲踊るのだと。周囲がワタシたちの恰好に驚いているこの間に、さっさとダンスにしてしまうのだという。度肝抜いてそのまま速攻流す作戦でございます。

　二人並んで、広間の中央へ。意図を察したらしい貴族さんたちが、壁際へと移動していく。誰もいなくなった広いホール。きらめくシャンデリアの下で、何の因果かワイルドイケメンの覇王様と向かい合う。しんと静まりかえったその場で、ワタシは何度も練習した動きでアーダルベルトと腕を組んだ。腰に添えられる掌は大きく、その存在を感じるだけで、ちょっとだけ安心できたのは、いつもと同じだと思ったからだろう。

「練習通りにやれば問題ない」

「失敗したらフォローよろしく」

「できる限りはな」

「あと、アンタもワタシの足を踏むなよ」

「考慮しよう」

「考慮じゃねぇよ」

　ぼそぼそと、周囲に誰もいないからこその、軽口の応酬。これはまぁ、緊張をほぐすためのお約束ですよ。周囲の視線をびしばしと感じるのだ。ワタシは今、見世物になっている。アーダルベルトも一緒だというのが、ちょっとだけマシですけどね。半分ぐらいの視線は、ワタシじゃなくて彼に向かっているしな。

　練習のときと違って、豪奢な生音演奏のクラシックが響き渡る。深呼吸をして、大丈夫と自分に言い聞かせて、真っ直ぐとアーダルベルトの顔を見る。見上げる形になるのはご愛敬だ。その鮮やかな赤い瞳に映り込む自分の姿に、第一礼装で武装している自分の姿に、ふっと笑いがこみ上げた。

　だってそうだろう？　誰がこんなことをしているワタシを想像するかね。元の世界の身内は絶対にしないし、こちらの世界の面々だって、普段のワタシを知ってるから、想像もしないいさ。

……ここまで来たら腹を括るし、無駄な足掻きはしないよ。……踊ろうか、アーダルベルト？

私の意思を察したのか、アーダルベルトが唇だけで小さく笑った。低い笑い声が聞こえたのは、きっと、ワタシだけだ。そのまま、音楽に合わせて踊り始める。ツェツィーリアさんの指導の下、二人で連日練習を重ねたステップを繰り返す。

踝を覆う長さのマントが、ワタシたちの動きに合わせて揺れる。ダンスはワルツなので、そこまで激しい動きではない。それでも、不慣れなワタシにとっては、ステップを追うだけで精一杯だ。……ワタシが、アイドルを追っかける系のオタクであったならば、その振り付けを覚えるために苦心するという状況もあって、ダンスのステップを覚えるのも楽だっただろうに……！　生憎ワタシは引きこもり系のゲームや漫画メインのオタクだから……。

「なぁ、アディ」

「何だ」

「周囲の視線が痛いのは、ワタシのダンスがオカシイせいか？　それとも、この服装が度肝抜いてるせいか？」

「後者だ。安心しろ」

「うい」

くるり、くるり、と回転する度に視界に入る貴族さんたちの視線が、妙に突き刺さるのだ。マントで隠れるように動きを調整しているけれど、もしかしてステップ間違えてる？　と不安になったので聞いてみたら、大丈夫との返事がもらえた。この服装が色々とぶっ飛んでることに関し

ては、もう、細かいことは気にしないのだ。気にしたら負けだと思う！

でも、身内には受けてたけどな。単品でもステキとの評価を一応お姉様たちにいただけたので、大丈夫。色違いのお揃いで並ぶとさらにステキだと言われたことに関しては、スルーしておいた。すみません。ワタシ、こいつとペアルック《ペアルック》しても別に嬉しくないっす。

……一曲を踊るというのは、短いようで、実際に踊っていると、長い。緊張しすぎて呼吸が乱れないように、ステップを間違えないように、アーダルベルトのリードに抗わないように、ワタシは必死だ。相手をしている覇王様は流石に慣れたもの。所々おぼつかないワタシを、ちゃんとフォローしてくれる。おぉ、アディ、見直したぞ。普段の悪友モードで忘れがちだけど、アンタやっぱり、ちゃんと皇帝陛下だね！

「お前今、失礼なことを考えただろう」

「気のせいだ」

「ミュー」

「気のせいにしといて。あと、ワタシ、踊りながら会話する余裕ないから」

会話をぶった切った理由は、本当だ。悪い。ステップ思い出しながら必死に頑張ってるから、余計なことで気を散らさせないでくれ。うっかりアンタの足を踏んづけたら、目も当てられないから！

それでも何とか無事に一曲を踊りきったので、誰が褒めてくれなくても、ワタシが自分自身を褒めたいと思う。ワタシは、仕事を、やり遂げたぞぉおおおお！

◇◇◇

　ダンスを終えたワタシたちを、拍手が包み込んだ。二人で手を繋いだまま一礼する。無事に踊りきった安堵に浸る間もなく、ワタシはアーダルベルトに手を引かれるようにして移動する。広間の中央から、ユリウスさんが立っている場所へと移動するのだ。そこは、いわゆる主賓席と呼ばれる場所なのだろう。丸い白テーブルは、一人分の大きさに見えた。現状、アーダルベルトに嫁はいないし、こういう席に同席する相手もいないから、これはアーダルベルトのためのテーブルだと思う。多分。

　そこまで移動して、アーダルベルトは周囲を見渡す。巨漢の獅子がそういう仕草をすると、まるで獲物を探しているように見えるのは何故だろうか。とりあえず、一仕事終えたワタシとしては、目立つ覇王様の隣でちょこんと大人しくしていようと思う。

　いや、比喩でなくね？　サイズ差の問題で、ワタシがアーダルベルトの隣に並んでると、某ドングリを祈りで巨木に育て上げちゃう森のイキモノと、それに懐いて嬉々として胸に飛び込んでた幼女、みたいな感じになるんですわ。ゆえに、ちょこんと大人しく、しておくのですよ。目立つの嫌いだ。

「皆、今宵は忙しい最中、我が国の新年を祝う宴に参列してくれたこと、喜ばしく思う。今年も一年、皆と共に、国と民を護っていきたいと思う」

　朗々と語るアーダルベルトの姿は、完全武装の第一礼装姿であることもプラスされて、そらもう、恰好良い。ワイルドイケメンの本気を見た感じだ。うんうん、そうだよねぇ。アンタ、本当はそうやって仕事できるし、完全無欠で恰好良い覇王様だよねぇ。普段があまりにも悪友モードすぎて、うっかり忘れそうになるけど、アーダルベルトは仕事できるイケメンでした！

不意に、アーダルベルトはワタシの視線に気づいたのか、横目で笑った。笑って、そして。被っていた帽子を右手に持ち、そのまま胸の位置に押し当てるようにして、深々と一礼した。

おぉぉぉおおおい！　お前それ、お・ま・え・そ・れ！　ワタシのお気に入りのポーズ！

左手はくの字に似た感じで折り曲げて腰から背中へと回している。軽く左脚を引くようにして腰を下げ、優美な仕草で一礼して、また、起き上がる。騎士や貴族と思わせる仕草でありながら、顔を上げた瞬間に浮かぶ表情は不敵な覇王様のそれというギャップが、また、たまりませんな！

思わず目が点になり、うっかりちょっと口が開いたままになるワタシに、わかるかわからないかのウインクをしてみせるアーダルベルト。……はい、堪能しました。ありがとう。ご褒美ですね、わかります。ワタシ、仕事モードのアンタは恰好良くて好きだよ。その衣装も似合ってるしね。

なお、覇王様の本気恰好付けモードを見てしまった女性陣は、完全にノックアウトされている。不憫な。ワイルドイケメンが本気になったら、免疫のない人々は堕ちるしかないじゃないっすか。あと、所々、男性陣もノックアウトされてるのは、アーダルベルトに憧れてる系でしょうか。

心配になってそろっと背後を伺ってみたら、職務に忠実な番犬二号のエーレンフリートは、肩を震わせていた。貴族様たちのいらっしゃるお仕事の場でなかったら、アーダルベルトの恰好良さにその場に崩れ落ちていたのかもしれない。ライナーさんの生温い視線がそれを物語っている。

ワタシ？　ワタシは恰好良さを堪能してるけど、別に色恋とかはないね。今の喜びは、こう、ゲームで知っている覇王様の恰好良さを再確認した！　っていうヒーローに対する憧れに近い。あと、腐女子として、美形は愛でたい気持ちがある。そこに自分が恋するという要素がないだけで。

「そして、皆に改めて紹介しよう。我が参謀、幾度も我が国の危機を救ってくれた召喚者だ。名を、ミューという」

何かものすごくワタシに似合わない表現をされた気がするのだけれど、細かいことは気にしないで、促されるままに一歩前に出て、そのまま一礼した。さっきのアーダルベルトと同じように帽子を脱いで、右手で持って、胸元に帽子を押し当てて、一礼する。ちなみにこれは、わざとだ。最初は普通にお辞儀するだけのつもりだったんだけど、あえてこういうお辞儀にしてみた。あ、帽子は最初から脱ぐ予定だったけどね。脱げそうだし。

何でそんなことしたって？　周囲が驚愕めいた感じで息を飲んでいるのを見たら、理由はわかりませんかね？　お揃いの第一礼装で登場して、二人でダンスを仲良く踊っちゃうぐらいに、ワタシたちは仲良しなんですよ。お辞儀の仕草がそっくりになるのだって、以心伝心だと思ってもらえたらラッキーじゃないですか。

なお、ワタシにはそんな政治的な思考は存在しないので、これはとある誰かの入れ知恵でございます。誰かって？　それは、こういうことがお得意すぎる無敵の宰相閣下、ユリウスさんです。

あと、礼儀作法の鬼、淑女教育のプロたる女官長、ツェツィーリアさんです。

　年長者二人が、まるでオトンとオカンみたいにワタシに助言してくれましたので、それを生かそうと頑張ってます。

　二人とも年齢を感じさせない美貌だけど、アーダルベルトを子供の頃から見てる年長者だからね。ワタシのことなんて、可愛い子供くらいの扱いでしょうよ。外見のせいで実年齢を把握されていないワタシは、彼らの中では、未だ社交界デビュー《デビュタント》すら叶わない十代前半《ローティーン》という認識だろうし。……な、泣いてなんか、いないんだからな！

「本来ミューは、こういった華やかな席に出るのを好まん。だが、先日のテオドールの一件もあり、こうして皆に顔を見せる意味でも、今回は特別に参加してもらった次第だ」

　アーダルベルトの言葉に、周囲はざわめいた。

　……そらそうね。アーダルベルトはさらっと、《参加してもらった》と口にした。それはすなわち、この国において最上位であるはずの皇帝陛下が、召喚者の小娘に頼み事をした、ということになる。そしてそれを、アーダルベルトが当たり前だと思っている、というのが重要だ。

　そしてそこに加わるのが、登場シーンからワタシたちが和気藹々《わきあいあい》としている、ということだ。

仲良しアピールはずっと続けてますよ。ダンス踊ってるときだって、貼り付けた仮面のように笑顔でしたからね！　……ツェツィーリアさんの教育の賜《たまもの》で、二人揃って素晴らしいスマイルを仮面として装着できるようになりました。最初は互いの顔を見るとうっかり吹き出しそうになって、すぐさまダメ出しもらってたしね！

お貴族の皆様？　ワタシは確かに小娘で単品の戦闘能力など皆無に等しい、吹けば吹っ飛ぶようなか弱い娘っこでありますよ。ですがね、ワタシはおそらく、この国において唯一、皇帝陛下と対等の立場を許されている存在なのです。さらに言えば、《未来》を《予言》するという特殊能力を保持しております。そんな存在自体が爆弾みたいなワタシのことは、そっとしておいてくださいね？

　というか、金輪際、こんな面倒くさい＋庶民にはハードル高い集まりには参加しないからな！状況を作るんじゃねぇぞ！

　アーダルベルトの言葉に応えるように、ワタシはにっこりと微笑んで周囲を見ておいた。ちょっとだけ小首を傾げるようにしてみれば、綺麗に結わえてもらったポニーテールがふわんと揺れる。……これ、元来ちょびっと癖毛なんですが、女官さんと侍女さんの美容に対する熱意《ハイパーやる気モード》によって、綺麗なストレートにされております。……髪の手入れだけで二時間かかった事実は、忘れたい。

　せっかくの美しい黒髪なんだから、ということで無駄に頑張ってくれたらしい。いや、日本人のワタシにしてみれば、普通の地毛です。黒なんて見慣れた色です。しかしここは異世界なので、その主張は聞き入れられませんでした。なお、そんな風にお姉さんたちの玩具になってるワタシを、アーダルベルトは面白そうに眺めていたので、定期的にヤツに小物を投げつけて鬱憤晴らしはしておいた。

　そんな悪夢を思い出して若干遠い目になりかけていると、アーダルベルトに腕を引かれた。抗わずに従うと、そのまま当然のように引き寄せられて、ぴったりとくっつくハメになった。おい、何がしたい。ワタシとお前がくっついたところで、何も得るものはないぞ、アーダルベルト。

まるでワタシを護るように腕を回し、腰を抱き、視線はワタシではなく前方の貴族さんたちに固定しているアーダルベルト。その横顔は大真面目だ。仕事できるモードのワイルドイケメン様の顔だ。……それなのに、何かすごーく嫌な予感がするのは何故だろう。ワタシには、今、隣で仕事モードであるはずの覇王様が、いつもの悪友モードに見えて仕方ないのだが。この嫌な予感は外れてほしい。

結論。こういう予感は外れてくれないのでした。

「ミューはこちらの事情に不慣れだ。夜会の作法も、この数ヶ月で必死に覚えてくれた。これ以上彼女に負担をかけるのは俺の本意ではない。……分をわきまえぬ誘いをした輩は、俺を敵に回すと心得よ」

「……ヲイ」

「黙ってろ」

「……いや、お前、そんな本気で喧嘩売る感じでワタシを庇護しようとすんなし」

「ならダンスに誘われて踊るか」

「アディ、全力で奴らを脅しておけ」

「おう、任せろ」

呆れ混じりに呟いたワタシですが、小声で返された返答に、素直に自分に正直になることにしました。アーダルベルト、お前は気配りのできるステキな悪友だね！　何となく、面白がって貴族さんたちを脅してるだけだと思ったけど、そうじゃなかったんだね！　ワタシもにこにこ笑顔で援護射撃するから、思う存分やるが良いぞ！

　だって、ここでアーダルベルトの援護射撃を拒絶したら、ワタシは超珍しい希少人種《客寄せパンダ》として、貴族の皆さんに捕まるんですよ？　あり得ませんね。泣きますね。ダンスも誘われたくないし、貴族さんとお話なんてしたくないです。それならむしろ、テーブルの上に並んでる美味しそうなオードブル食べ歩きしたいです。アレ絶対美味しい。アディ、ワタシ早くあっち行きたい。お腹減った。

　にこにこ笑いながらひっそりと肘で小突いてアピールしたら、ちらりと横目で見下ろされた。視線が合った瞬間に、多分確実に、ワタシの意図は見抜かれている。「お前の頭には食欲しかないのか」と言いたそうな視線である。だがな、アーダルベルト。忘れないでくれ。ワタシは一般庶民で、ご馳走が並んでたら食べたくなる程度には、今、ダンス頑張って緊張から解放されて、空腹なんだよ！

　必死に訴えたら、ちょっと待てと視線で言われた。わかった。大人しく待つ。だから早く脅すの終わらせて、ワタシを解放してくれ。お腹減った。

「最後に一つ、皆に言っておきたいことがある」

　口元にうっすらと微笑みを浮かべたアーダルベルトの言葉に、一同注目。ワタシも注目。お前、脅し続けた後に、オチに、何を言うつもりかね？　ワタシが言うのもなんだけど、あんまり自分とこの貴族さんを虐めちゃいかんよ？

「ミューは幼く見えるが、齢《よわい》二十の歴とした女性だ。そのことを踏まえておいてほしい」

「…………ヲイ」

な・ん・で、今この場で、それを言うかね、アーダルベルト⁉

周囲は、…………控えめに言って、阿鼻叫喚だった。紳士淑女の皆様が、奇声を上げたり、絶句したり、倒れそうになったり、大騒ぎである。てんやわんやの大騒ぎである。何でそうなった。何でこうなる。んでもって、何でこうなるって予測できてた上でお前はやらかしとんじゃぁああああ！

「どうせなら、驚かすだけ驚かしきった方が楽しい」

「アディ」

「いずれどこかで話すなら、この場で告げるのが一番愉快だ。俺が」

「あぁそうかい！」

未だに腰を抱かれたままなので、ワタシはむぎゅーっとアーダルベルトの脇腹を力一杯つねってみた。なお、もちろんながら、全然ダメージはないらしい。ちっ。

驚愕しまくる一同の中で、ユリウスさんだけは平然としていた。挙動不審な侍従さんとか侍女さんとかに指示を出している。すげぇ。流石、皇帝陛下三人に仕えてる宰相閣下は違うわー。

「感動してるところ悪いが、ユリウスには事前に伝えてあるぞ。あと、伝えたときはあのユリウスが言葉を失ってコップを落としていた」

「…………何でや」

そんなにワタシがハタチであることは驚愕ですか。そんなに幼く見えますか。ちくせう。日本人の童顔の破壊力ぱねぇな、こんにゃろう。

ちらっと背後を窺ったら、エーレンフリートが石みたいに固まっていた。ライナーさんも、いつもの優美な微笑みを貼り付かせたまま、動かなかった。身内判定できそうなあの二人でもこれですか。……うぅ、シュテファンに慰めてもらうから良いもん！　ここにはいないけどな！

◇◇◇

アーダルベルトがワタシの年齢を暴露してから、会場内は大騒ぎだった。それでも、何とかちょっと持ち直して、人々はアーダルベルトに年始のご挨拶を始めていた。ワタシはそれを横目に、アーダルベルトの側を離れる。行って良いぞと合図をもらったので、美味しいオードブルを堪能しようと思ったのです。

それなのに何で、ワタシは、綺麗に着飾った淑女のお姉さんたち（全員獣人）に囲まれているのか、誰か、教えてください。

目の前にいるのは、それはそれは麗しい、多分ワタシと同年代くらいのお姉さんたちだ。全員が美しいドレス姿。こう、襟元がぐいっと開いててセクシーです。裾が広がるドレスは、ワタシが「こんなん着れるかー！」とデザイン画を放り投げた感じのアレと似ています。つまりは、このお姉さんたち、このふっくらしたスカートの下に、凶器になりそうなヒールの靴を履いてるってことっすか。すげぇな。マジで尊敬するよ。

共通点は、年代と、……全員ネコ科の獣人ってところでしょうか。犬とかウサギは見当たらないな。獅子はいないけど、猫とか虎とか豹《ひょう》とかっぽい耳をしているお姉さんたちばかりです。んで、妙にオーラが怖いんですけど、どういうことですかね？　ワタシ、この人たちと初対面なんですけど！

「お初にお目にかかりますわ、ミュー様。私たち、ミュー様にお伺いしたいことがあって参りましたの。少々お時間をいただけますでしょうか？」

「……えーっと、お腹空いているので、手短にお願いします？」

「………」

限りなく本音で告げたら、射貫くような冷え切った瞳で睨まれた。嫌だ。怖い。何でこの人たちこんなに怖いんですか。ワタシみたいなちんちくりんかつ男装してるので華やかさの存在しない小娘相手に、全員オーラ全開で迫ってくるの止めて。ワタシ、美人を愛でるのは好きだけど、M属性は存在しないので、睨まれるのも虐められるのも嫌いなのです！

あと、ワタシに貴族様的会話を求めないでほしい。そんなのできるわけないだろうが。敬語くらいなら多少何とかなったって、そもそもが礼儀作法においては付け焼き刃だ。それも、ダンスに特化して練習をしてたので、会話とかの作法なんぞ、すっからかんです。無理ゲーいくない。

「ミュー様は陛下と大変仲睦まじくいらっしゃるとお伺いしております。普段、お二人はどのようにお過ごしなのですか？」

柔らかな微笑みに、瞳だけは何かすっごい鋭いオーラを発しながら問いかけてきたのは、栗毛の虎の美女。迫力美人という感じで、いわゆる肉食系女子っぽい。いや、すごく美人ですよ。なんですけど、口調は淑《しと》やかなのに、オーラが戦場一歩手前っぽいのなんで。怖い。

とりあえず、彼女の質問に答えるために答えを探す。普段のワタシたち、ねぇ……？

………言えるわけがねぇえええええええ！！！

おそらく、絶対に、アーダルベルトに好意を抱いているだろう女性陣に対して、ワタシが答えられる内容が、微塵も存在しなかった！　喧嘩友達よろしくじゃれ合って、時に互いをぺしぺし叩き合う。オマケにワタシは移動手段としてヤツの肩に米俵のように担がれてるとか。意地汚く食べ物を取り合ってるとか。こんなの、絶対に、言えるわけがないじゃないですか！

「他愛ないことを話したり、一緒におやつを食べたりという、普通の友人としての生活です」

ワタシ頑張ったと思う。オブラートに包んで、でも嘘じゃないことを告げたんだから、ワタシ、褒められても良いと思う！

それなのに何故、お姉さんはワタシをすっげー顔で睨むんですか。美貌が台無しです。勘弁してください。というか、この人たちが何をしたいのかわからない。怖いよ、誰か助けてよ。誰も助けてくれないの何で！

「本当に、ご友人として陛下のお側におられるのですね」

ふふふと上品に笑っているのに目がちっとも笑ってないのは、猫の獣人のお姉さん。青髪と同じ色で揺れる猫耳がとてもキュートなんですが、目が怖い。オーラが怖い。ネズミを前にした猫だって、こんな目をしないと思うほどに、くっそ怖いです。誰かー、誰かー、たーすーけーてーぇええ！

「……えぇ、はい。ワタシ、アディの友人ですので。というか、多分悪友ですので」

「『アディ？』」

ぼそりと呟いて、逃げようとしたら、何かものすごい勢いで全員がハモって疑問符をぶつけてくれた。止めて。十人近い人数で、綺麗にハモるの止めて。え？　ワタシもしかして、地雷踏んだ？　ワタシがアーダルベルトをアディと呼んでるの、知られてない？　んでもって、この呼び方、もしかしなくても、お姉さんたち的に、禁句？

のぉぉおおお！　詰んだ！　確実に詰んだ！　ワタシ死亡のお知らせが見える！

微笑みの背後にブリザードを背負っている、美貌のお姉さん軍団。全員が第一礼装で武装していて、しかも華やかな美貌の方々ばかりなので、圧倒されます。ちくせう。こんな状況じゃなかったら、お姉さんたちの美貌を堪能できたのに。この人たち今、美しき刺客状態でっせ。マジ怖い。

「ミュー様は、陛下を愛称で呼ばれるほどに、仲がよろしいのですか？」

「……あ、っちもワタシを愛称で呼んでるような感じなので。ワタシの名前、こちらの世界では発音しにくいんですよね。だから、呼びやすい音で呼んでるので、それに合わせてワタシも、呼びやすく、呼ばせて、もらって、おります……」

しどろもどろに答えるワタシ。怖い。このお姉さんの集団怖い。直接的に殺気ぶつけてきたエーレンフリートより、ものすごく怖《ものつそ》い！

何で？　何でワタシ、この綺麗どころの皆さんに敵視されてんの？　何でなの⁉　誰か助けて、へるぷみー！

「何じゃ、お主、こんなところにおったのか」

「……ラウラ？」

「「ラウラ様……？」」

呆れたような声が聞こえて、ワタシもお姉さんたちもぐるりと背後を振り返った。そこには、ちまっとした幼女がいた。ただし、中身はババアだ。今日はいつもの魔女スタイルではなく、ふんわりとした裾が愛らしいドレス姿。髪型はハーフアップ＋ティアラで、幼い容貌と相まってまさに《お姫様》という雰囲気だ。しかも、いつもは邪魔だからと消している透明な妖精の羽が、今日はキラキラとシャンデリアの光を反射している。超一流のアクセサリーに早変わりしていた。

呆気に取られているワタシたちを無視するように、ラウラはワタシの手を掴んだ。小さな、もみじのように小さな、幼女の掌。見た目は可愛いロリ美少女なのに、中身は厨二病拗らせたガッカリ残念魔導士。今日の衣装が厨二病じゃなく、普通に一般的に完璧な礼装なのは、多分、新年会という場所を考慮したからだろう。或いは女官長にダメ出し喰らったか。

「こんなところで遊んでおらんと、さっさと食事をするぞ。お主、空腹であろう？」

「あ、うん。お腹ぺこぺこ。……ところで、このお姉さんたちは？」

「後で説明してやろう。……それではお主等、すまぬがミュー殿はワシが借りていくぞ」

にっこり笑顔ですごみを発しながら、ラウラはお姉さんたちの発言を待たずにワタシを引っ張り出した。連れて行かれる先は、人の少ないテーブル。オードブルも飲み物もちゃんと用意されているそのテーブルの傍らには、心配そうにワタシを見ているライナーさんがいた。……ライナーさん、ワタシの年齢ショックからは、復活したんですかね？

「ミュー様、ご無事でしたか？　本来ならお迎えに行くべきだったのですが……」

「ライナーを責めるでないぞ、ミュー殿。あの娘らはライナーより身分が高いのでな。割り込むことができぬのじゃ」

「ラウラは割り込んで良いの？　あと、ライナーさんの身分って？」

「ワシはワシじゃからな」

「俺の実家は子爵家なんです。彼女たちは伯爵家以上の家柄ですから」

威張るラウラと、困ったように笑うライナーさん。おk、理解した。ラウラはアーダルベルトの元パーティーメンバー兼国の魔導士を束ねるバケモンだから、彼女たちより立場が上。ライナーさんは、近衛兵としてアーダルベルトの信頼はあるけれど、実家は子爵家だから家柄の上なお嬢様たちには無礼ができない。よって、ワタシの救出をラウラに依頼した、と。

ライナーさん、ぐっじょぶ。流石できる紳士は違います。ステキです。惚れ惚れします。大好きだ。

このテーブルに料理が用意されているの、ワタシのためですか？　ひっそり隅っこだけど、入ってきた扉の近くということでいつでも逃げ出すことは可能。小さなテーブルは二人分ぐらいのサイズなので、明らかにワタシ＋誰か程度の分量。恐らくは、専属護衛のライナーさんの分。……え？　護衛に食事は出ないだろう？　いやいや、ワタシの隣にいる以上、一緒に食べないという選択肢は存在しない。仮にコレがエーレンフリートでごねたとしても、ぶん殴ってでも口に食べ物放り込むしね？

「で、あのお姉ちゃんたち、何でワタシを囲ってたの？　超怖かった」

「まぁ、概ねお前さんの服装と、陛下が暴露した年齢のせいじゃのぉ」

「……は？」

シンプルなコーンスープをうまうましながら問いかければ、ラウラがやれやれと言いたげに答えた。どういう意味だよ、意味不明なんだけど。ワタシのこの、アーダルベルトとお揃いの男装が、何か意味あるの？　あと、ワタシの年齢が影響してるって、ドウイウコト？

ライナーさんは視線を逸らしている。……え？　ライナーさんが言いよどむほどに、やっぱい状況だったの？　え？　え？　ラウラ、詳しい説明を寄越せし！

「会場を見渡してみるがよいぞ。……赤を着ておるのは、お主だけじゃ」

「……アレ？　本当だ。赤いドレスのお姉ちゃんいないね」

「赤は陛下の色じゃからな。何となく誰もが遠慮して、それを着ることがなくなって久しい」

「…………ハイ？」

ラウラの発言に、何かこう、ものすごく嫌な予感がしたのは何故だろうか。赤がアーダルベルトの色だというのは理解できる。赤毛に赤い瞳の獅子。赤い鬣も見事なアーダルベルトは、まるで燃える炎のように、滾《たぎ》る血潮のように、夕闇を染め上げる落日のように、その印象を赤という色に集約している。実際、ゲームでも彼のイメージカラーは赤だったしな。

問題は、その色を誰もが遠慮して着ていないという事実。んでもって、そこにアーダルベルトとお揃いの衣装で、彼の色と言われる赤を身に纏っているワタシ。さらに言うならば、アーダルベルトが着ているのはワタシの色と認識される黒だ。……ヲイ。死ぬほど嫌な予感しか、しないんだが。

「互いの色を纏ってお主らが現れた瞬間、誰もが悟ったじゃろう。お主は間違いなく、陛下にとって唯一無二の存在である、とな」

「……」

「それだけならば、彼女たちも大人しくしていただろう。事実、お主を幼い少女と思っている間は、彼女たちは微笑ましそうに見ておったのじゃ。……しかし、お主、歴とした成人女性じゃろ?」

「……あ、ラウラは知ってたんだ」

「ワシは偉大な魔導士じゃぞ。それぐらい見抜けんでどうする」

胸を反らして威張っても、幼女の姿じゃ全然迫力ないぞ、ロリババア。今日は普通に可愛いお姫様仕様だから見逃すけどな。あと、貴重な情報源でもあるし。

しかし、つまりこれは、ワタシにとって、非常にありがたくない状況だということでは、ないのかな？　彼女たちはつまり、確実に、ワタシを恋敵としてロックオンしているのだろう。アーダルベルトの隣にいる＋お揃いの衣装＋色は互いのイメージカラー＋ダンス踊った＋最初から超仲良しオーラ振りまいてる、という連携技《コンボ》の結果だ。付け加えれば、対象外と思っていたワタシが実は成人女性ということで、彼女たちの危機感を無駄に煽った、ということだろうか。

アーダルベルト、てめぇ、後できっちり問い詰めてやるから、覚悟しやがれやぁあああ‼

どう考えても、あの覇王様がこの状況を予測していないわけがない。あいつは頭が良いのだ。本能型に見えて、実際には理性型だ。お揃いにやたらうきうきしてたのも、そういう方面で度肝を抜けると理解していたからか。ワタシの年齢を暴露したのも、その一端か！　てめぇ、ただでさえワタシには地獄の新年会を、余計に地獄にするんじゃねぇよ‼

「色々と理解が及んだようじゃな。文句は後で陛下に直々にの」

「……おう。思いっきり文句言っちゃる」

「ミュー様」

「つーわけでライナーさん、そっちのお皿取って。お代わり」

「あ、はい」

宥めようとしてきたライナーさんを遮って、ワタシは別の皿を所望する。こうなったらやけ食いをしてやるに限るのです。シュテファンたち料理番の渾身の作品を、お腹いっぱい食べることがワタシの慰めです。えぇ、そうですとも。こうやって隅っこでご飯食べてるのに、時々視線が突き刺さるのなんて、ワタシは知らぬ！

まぁ、視線だけですけどね。アーダルベルトが思いっきり脅してたから、落ち着いている人たちは近寄ってこない。不意に視界に入った光景では、ワタシを取り囲んでいたお姉さんたちが、何か身内らしき人たちにお説教されてるっぽかった。よし、これならとりあえず、今回は安全だろう。多分。そうであってくれ。

空腹を満たしたワタシが、視線でアーダルベルトに許可を乞い、速攻会場を離脱したのは無理のないことだと理解してほしいものです。

◇◇◇

「お前、ワタシに何か言うことあるよなぁ、アディ？」

無事に新年会を終えて控え室に引っ込んできたアーダルベルトを出迎えたワタシは、素晴らしい笑顔で開口一番すごんで見せた。にぃぃっこりという感じの効果音が聞こえそうな笑顔だと自覚はしている。ワタシの後ろでライナーさんが苦笑しているのがわかる。エーレンフリートが不愉快そうに眉を寄せながらも何も言わないのは、ワタシの状況を彼も理解していたからではないだろうか。あと、一緒に戻ってきたらしいユリウスさんが労るような表情をしていたので、ワタシは何も悪くはない！

「無事に新年会を乗り切れて良かったな、ミュー」

「全然無事じゃねぇわ！　ライナーさんが気を利かせて、ラウラを援護に使ってくれなかったら、ワタシは今頃、ご令嬢の集団に虐められて大変なことになってたわ‼」

「安心しろ。そうなってたら俺が回収しに行ってる」

「そんなんしたら悪化するだろ！」

べっしーんと手にしていたお盆——さっき、シュテファンが疲れが取れるようにと甘味を大量に乗せて持ってきてくれたトレイです。返すつもりだったけど、武器になると思って残しておいた——でぶん殴ってやったけど、いつものごとく、ダメージはゼロ。音はしてもダメージなどございません。知ってた。知ってる。でもむかつくから、もう一発べしっとやっといた。

ワタシの態度に、アーダルベルトは楽しそうにくつくつと笑っている。ちくせう。全部わかった上で行動してたこいつにとって、ワタシの反応も、ワタシが巻き込まれた状況も、予想通りだったんだろう？　悔しすぎるし、ヒトを虫除けに使ったこともムカツクんだけど！

「……まぁ、一つ言い訳を聞いてくれるか」

「何だよ」

「お前に赤を着せたのも、俺が黒を着たのも、お前が俺にとって唯一無二の存在だと示すための策であったのも事実だ。事実だが、単純にそうしてみたかっただけでもある」

「アディ」

「お前の年齢を口にしたのも、そうすれば侮られることはないと思ったからだ。子供だと思われていては、軽く見られることもあろうと思ってな」

「アディ」

「その結果、気づいたら俺の婚約者候補を狙ってる女性たちが、すごい勢いで釣れてしまったという、副産物だ」

「余計悪いわぁあああああ！」

べし、べし、べし、と何度もお盆でアーダルベルトを叩く。お盆がべこべこになりそうだけど、気にしない。シュテファンはこんなことじゃ怒らない。料理長が怒ったら、アーダルベルトが悪いって責任転嫁するから。ううん。元凶はこいつだから、ワタシ悪くないもん！

つーかお前、何でそういうとこだけ頭悪くなってんだよ！　いつものお前なら、そういうの全部読んだ上で行動してるだろ⁉　何で今回に限って「だってやってみたかったんだ」を優先させた結果、色々な連携技《コンボ》が決まって大変残念な状況が作り出されちゃった、になってんだよ！

巨漢の獅子が「てへぺろ？」みたいなオーラ出してても、全然可愛くないし、癒やされないからな！　お前ちょっとは反省しろよ！　ワタシはこう、ただでさえ新年会という地獄の宴に精神ガリガリ削られてたのに、やっと終わった、解放された、と思った瞬間の美しき刺客の登場に泣きそうになってたんだからな！　しかも、ライナーさんじゃ助けられなくて、わざわざラウラ探して呼んできてくれてたんだぞ！　ライナーさんにも謝れ！

ユリウスさん、ユリウスさん！　貴方のところの皇帝陛下、本当にぶん殴りたいぐらいにアホになってるんですけど！　この人こんなアホじゃなかったよね⁉　教えて、宰相閣下！

「陛下は本当に、ミュー様が絡まれると子供のようですねぇ……」

「ユリウスさん、そこ、微笑ましく言うところじゃないから！」

「だが、この衣装も似合うと思わないか、ユリウス？　ミューはドレスで着飾るより、こういう実用的な服装の方が似合うと思う」

「お前はこの期に及んで、ワタシの性別を綺麗さっぱり無視した、褒め言葉になってない褒め言葉を口にするんじゃねぇ！　ちっとは反省して、ワタシに謝れ！」

　まるで何かを懐かしむように微笑むユリウスさんには、いつもの敏腕宰相閣下の姿がない。ちょっと！　貴方まで、新年会が終わった反動で気が抜けたとかですか⁉　そこは、このバカ皇帝を諫《いさ》めるシーンであるべきなんですよ、ユリウスさん！

　あと、アーダルベルト！　お前本当にぶれないな！　ワタシはハタチの乙女だと言ってるのに自分とお揃いの完全男装が似合うとか笑顔で告げるな！　ヒトの性別を否定するな！　……エーレンフリート、お前がアーダルベルト至上主義なのは知ってるし頷くのも納得するけど、それ以外に何があるっていう顔は止めろ。ライナーさんも、似合ってますよって微笑んでくれても何も嬉しくないっす！

「まぁ、冗談はさておきまして。陛下がミュー様とのお揃いに無駄にうきうきされており、まるで社交界デビュー《デビュタント》を控えた少年のようであったのは事実ですよ」

「ユリウス」

「ユリウスさん、こいつそんなにｗｋｔｋ《ワクテカ》しとったんですか」

「わくてかとは？」

「ワクワクテカテカの略です。簡単に意味をまとめると、ものすごく何かを楽しみにしている、という感じです」

「概ね間違ってはおりませんね。……しかし、ミュー様の世界の言語は変わっておりますね」

「……そうですねぇ」

というかスラングが大量に発生する世界だし、娯楽に溢《あふ》れているせいで、その分野にのみ通用する言語が多数存在するのが、我が故郷である日本だと思っております。すみません。こちらの世界のヒトに、ｗｋｔｋは聞かせるべきじゃなかったかもしれない。でもうっかり口から出ちゃったんで、許してください。

自覚症状がなかったのか、アーダルベルトは納得いかないと言いたげに首を捻っている。捻っているのだがしかし、その背後に佇《たたず》む近衛兵二人が、まるでアーダルベルトの言葉を否定するように、首を左右に振っていた。二人揃って。そう、二人揃ってだ。

アーダルベルト至上主義のエーレンフリートが否定するってことは、お前、よっぽどうきうきだったんじゃね？

でも、ワタシはそれを見ていないのだ。つまり、ワタシのいないところでは、新年会を心待ちにして、一人でうきうきしてたということだろうか。ヲイ、お前、仮にもガエリア帝国の皇帝陛下が、それでどうする。しかも、ワタシと色違《ベ》い《ア》お《ル》揃《ツ》い《ク》というそれだけが、そんなに嬉しかったのか？

「……友人と新年会に参加するのは初めてだったんだ」

「……あぁ、なるほど」

ぼそりと呟かれた言葉に、ワタシは納得した。

新年会なんて、アーダルベルトには何度も経験した年中行事だろう。それなのに、今回妙にうっきうきだったのは、ワタシと一緒だったから、らしい。良く考えなくても、多分、ワタシはアーダルベルトにとって初めての友人なのだ。その友人と新年会に出て、しかもお揃いの服で、周囲にあからさまに仲良しですとアピールするなんていうミッションが控えていて、喜びすぎたらしい。

小学生か、お前は！

いや、わかるよ？　皇太子様に普通の友人なんて存在しないよね？　一番近しい場所にいるのが、近衛兵二人だろうってことは理解するし。その二人にしても、アーダルベルトとは主従の絆で結ばれているわけだしね。皇太子時代だったら、パーティーメンバーたちと友情が築けたかもしれないけど、彼らも今では国の要職に就いていて、対等の立場じゃないしね？

わかるんだけど、お願いだから、ワタシに唐突に「ないわー」と思わせるの止めてくれんか。お前、完全無欠の覇王様モードどこやったの。悪友モードだけでも「ないわー」ってなるときあるのに、そこにオチ付けるんじゃねぇよ。色々と悲しくなるから。

……あぁ、新年会では、あんなに恰好良かったのに。帽子胸に当ててお辞儀した姿とか、マジで素晴らしかったのに。優美な仕草で一礼し、浮かべる表情は不敵な覇王様とか、マジでシャッターチャンスすぎて、何で今ワタシの手元にカメラがないんだと本気で思ったぐらいなのに。その後の茶目っ気たっぷりにウインクしてきたのも、大変素晴らしかったのに。

全部終わって控え室に戻ったらただの悪友モード（ｖｅｒ小学生）とかいらんわ。バカタレ。

「それにな」

「まだ何かあったのか」

「お前と新年を迎えられるとは思わなかった」

柔らかな笑みを浮かべて告げられた言葉に、ワタシは言葉に詰まった。あぁ、確かに。ワタシもそう思うよ。唐突にこの世界に落っこちたワタシだ。いつ消えるか、いつ戻るかなんて、誰にもわからなかった。こうして年を越すことになるなんて、新しい年の始まりを彼らと迎えるなんて、思いもしなかったよ。

じっと見つめ合っているワタシたちを、三人は不思議そうに見ている。申し訳ないが、この感覚はきっと、ワタシたちにしかわからんのだと思います。近い場所にいて過ごしたせいか、それとも最初から波長が合っていたのか。何となく、でわかる部分が多いのですよ、ワタシたち。

伸ばされたアーダルベルトの腕が、ぽんぽんとワタシの頭を撫でた。いつもと同じ仕草。そこに込められた感慨を、ワタシはちゃんと受け止めている。わかっていると言う代わりに、ぺしぺしとアーダルベルトの腕を叩いておいた。大丈夫だ。通じてる。ワタシはちゃんと、わかってる。

少なくとも、今はまだ、ワタシはここにいるよ、アーダルベルト。

戻りたいとか戻りたくないとか、そういうことを考えるのも面倒なんです。だって、何者かによって或る日突然《あるひとつぜん》この世界に落っことされたワタシです。同じように、何者かによって或る日突然《あるひとつぜん》元の世界に戻されるかもしれない。でもそれはいつかわからないので、ワタシにできるのは、日々をしっかり生きることだけなんですよ。んでもって、それをアーダルベルトは理解しているのだ。誰よりも。

「とりあえず、新年明けましておめでとう。とりあえず、今年もよろしく、アディ」

「あぁ、今年もよろしくな、ミュー」

期間限定かもしれないけど、とは心の中だけで呟いておく。それに気づいているだろうに何も言わない程度には、アーダルベルトもわかっているのだと、思うのだ。

思えば、怒濤のような月日でした。こっちに飛ばされたのは五月。トルファイ村の災害があって、平和にまったりしようとしていたらテオドールの事件が起こって。全部終わったと思ったら、今度は新年会に向けて怒濤《どとう》のダンスレッスンですよ。しかも新年会は、覇王様とお揃いの男装とか、ワタシの人生色々間違ってるな。

この世界に吹っ飛ばされなければ、ワタシはただのオタク女子大生だった。腐女子だけど。この世界に来て、何か気づいたら参謀とか予言の力を持つとか色々言われるようになった。でも、最大のイベントは、アーダルベルトと友人になったことだと思う。ゲームの完全無欠の覇王様とは違うけど、ワタシはアディが大好きだ。大切な友人だと思えるほどに。

だから、今年もよろしくと挨拶をする。新しい年になった。ワタシがいつまでこの世界にいるのか、永遠にそうなのか、誰にもわからない。それでも、今日はここにいるのだから、明日もいるかもしれないのだから、大事な友人である彼の手を取って、一緒に笑う日々を生きるのは、当然だと思っている自分がいるのだ。

「あ、新年会終わったんだし、もう、ワタシに地獄のミッション待ち構えてないよね⁉」

「安心しろ。何もない」

「これをきっかけに、女官長からの強制淑女教育ルートとか存在しないよね!?」

「安心しろ。お前に淑女ができるわけがないし、そんなお前は気色悪いから、命じたりしない」

「何か色々と引っかかるけど、それでもありがとう、アディ！」

言われている内容はアレですが、とりあえずお礼を言わせてもらおう。おかげでワタシは、平凡で平穏でごろごろする日常を、取り戻せたようですからな！　良かった良かった。

◇◇◇

閑話　女官長ツェツィーリア

私の名前はツェツィーリア・ヴァーンシュタインと申します。ガエリア城にて、女官長の職を拝命している者でございます。どうぞ以後、お見知りおきを。

私の職務は、女官や侍女を束ね、城の仕事を――あくまでも女官や侍女の職務に関する範囲ですので、政治的なことや武術的なことは無関係でございます――恙《つつが》なく回すことにございます。

もはや結婚適齢期をとうの昔に過ぎた身ではありますが、未だに独身。ですが、私は職務に全てをかけると決めておりますので、そのようなことは些末事でございます。実家も兄が継いでおりますので、私が未婚のまま一生を終えたところで、誰にも迷惑などかかりませんし。

城での私の日常は、ほぼ同じことの繰り返しでございました。

現在の皇帝陛下であるアーダルベルト陛下には、未だ奥方と呼ぶべき御方はいらっしゃいません。先帝の皇妃であらせられる皇太后様は、陛下が即位されたそのときに、いらぬ争いごとの源になってもならぬから、と自ら離宮へと移り住まれ、こちらに訪れられることはございません。それゆえ、高貴な女性の方々がおられれば増えるであろう仕事も存在せず、私の日常は、ある意味では平和であり、ある意味では単調でございました。

それがある日唐突に変化したのには、大変驚きました。

陛下が、あの陛下が……。職務以外に興味がないのではと疑うほどに仕事一筋で、民と国のために滅私奉公で働く以外の思考回路を放棄されているような陛下が。並み居る貴族令嬢の秋波を全力で無視し、娘を婚約者にと推してくる貴族たちを一刀両断するような陛下が。ある日突然、少女を《持ち帰って》しまわれたのです。

ええ、《持ち帰った》でございます。私、それに関しては異論を認めるつもりはございません。社交界デビュー《デビュタント》もまだであろう少女を肩に荷物のように担ぎ上げ、必死の抵抗なのか己の背中を叩き続ける姿を周囲に見られているのですから、立派に《持ち帰った》だと思うのですよ。陛下は大変楽しそうに彼女を担いでおられましたが、それを見た城勤めの者たちは、全員が揃って我が目を疑ったものです。

陛下、貴方はいつから、いたいけな少女を荷物のように扱う方になられたので、と。

なお、私は初めから少女であると認識しておりましたが、少年と思っていた者も多いようです。

それに関しては、彼女が男装をしていたので、仕方ないことだと思います。後日伺ったところ、彼女の世界では、女性も普通にズボンを穿くそうです。……異国にもそういった風習はないように思いますので、彼女はやはり、異界からの召喚者であると納得もいたしました。

陛下が《持ち帰って》来られた少女は、ミュー様というお名前です。異界から召喚されてきた彼女を、私たちは労《いたわ》しく思っておりました。聞けば、彼女は身分制度もほとんど存在しないような世界の出身だとか。様々な規律に縛られるガエリア城での生活は、さぞかし苦痛であろうと心中を慮《おもんぱか》ったものでございます。

それが杞憂《きゆう》であったことに気づいたときは、「むしろ少しはそういった方面も認識してくださいませ！」と苦言を呈したくなりましたが。

ええ、ミュー様は、全力でそういった方面を無視しておられました。そもそも、身分制度の頂点に君臨されている皇帝陛下に対して、気さくな同年代の友人に対するような態度でございます。とはいえ、それは陛下が許可されていることですので、誰も何も言えません。付け加えるならば、歴とした男女であるはずですのに、お二人のお姿は同性の友人がじゃれているようにしか見えません。……当初は頭が痛かったのですが、最近はむしろ、それがお二人と思うようになりました。

それというのも、ミュー様には裏が少しも存在しないのです。わかりやすいほどに感情表現が素直な御方です。その天真爛漫とも言える性質のせいでしょうか？　あの方は、他人の懐にするりと入り込んでしまわれるのです。そうして、いつの間にか身内のように気さくに話す間柄となり、こちらが気づいたときにはもはやそれが普通、といった次第でございます。かくいう私もその一人です。

一度それとなく、ミュー様に一般的な礼儀作法をお伝えした方がよろしいのでは、と陛下に申し上げたことがございます。職務意識ではなく、あくまでも私の善意です。城に仕える者たちは、ミュー様の性質を理解しております。ですが、時折訪れる程度の方々には、彼女の行動が不愉快に映るのではないか、と。いらぬ混乱を避けるためにも、最低限の作法は学ばれた方が良いと思ったのです。

けれど、そんな私に返された陛下の答えは、否。必要ない、とただ静かに仰った陛下の瞳は、どこか遠い場所を見ておられました。

──ミューにそんなものはいらん。

──陛下、ですが……。

──いらぬのだ、女官長。……我らの都合で、あの娘を変貌させることは認めん。

それほどでございますか、と問いかけそうになったのを、ぐっと飲み込んだ私でございます。それは不敬になりましょう。女官長にすぎない私が、皇帝陛下の心中を勝手に察し、そこに踏み込もうとするのは、あまりにも不敬でしかないのですから。

それでも、問いかけそうになったのです。それほどに彼女が大切でございますか、と。それほどに彼女の存在は、貴方様の中で大きくなっているのですか、と。ありとあらゆる影響を受けることを拒むほどに、今の彼女を愛おしく思っておいでですか、と。……なお、私の思考に、他意はございません。誰が見てもわかるほどに、陛下はミュー様を溺愛されております。溺愛と申し上げましたが、気を許しているという方が近いのでしょう。

ただし、親しい者の目から見れば、男女の情愛など一切存在しないことが理解できますが。

何故そこに至らないのですか、と拳を握りしめて私が悔しさを覚えたことも、事実でございます。婚姻に見向きもされない陛下が、年が離れているとはいえ、歴とした少女を誰よりも大切に思っている。その状況に、期待してしまう私が悪いのでしょうか。いえ、悪くなどありません。実際、女官や侍女は未だにお二人の関係に夢を見て、《いずれ来るだろう幸せな未来》を思ってうっとりしております。……私は、その未来が絶対に訪れないだろうと思っておりますが。

一度その事実を認めてしまえば、お二人の行動全てを微笑ましく見守ることも可能でございます。ミュー様に限定すれば、不敬罪などという単語は存在を失うのです。陛下に対する彼女の態度は、あくまでも友人に対するものでしかございません。そして陛下もそれを受け入れておられます。むしろ、喜んでおられます。……ミュー様と他愛ないやりとりをされているときの陛下は、まだ自由を手にしておられた皇太子時代のような顔をして、笑っておられますから。

その陛下に、ミュー様へのダンスの手解《てほど》きを命じられたときには、天地がひっくり返ったのかと思いました。比喩ではなく。あのミュー様に、何故ダンスを教えろと仰せになるのか、私にはわからなかったのです。ですが、陛下もまた、苦渋の決断としてそれを選ばれたのだと知りました。

……誰にとっても災難であったのは、ミュー様が有名になりすぎたということでございます。

トルファイ村を災害から救い大小様々に危機を回避せしめたのは、ミュー様の《予言》によると皆が知りつつあった頃。何度目になるかわからぬテオドール殿下の謀反の企てを、ミュー様は事前に察知し、未然に防いでしまわれたのです。事が事ゆえ噂が広まることを陛下ですら止められませんでした。

その結果、何が起こったのかと申し上げれば、単純なことにございます。それほどの奇跡を成し遂げた参謀殿にお目にかかりたいと、その年の祝賀を行う新年の宴に、彼女ほど相応しい客人はいないと、貴族たちの声が高まったのでございます。あまりにも高まりすぎて、陛下も彼女を伴うしかなかったのです。

……まぁ、悲壮な決意で彼女を連れて行くと決められた後は、揃いの第一礼装《モーニング》の作成に喜びを隠しきれずにおられましたが。

そんな陛下の思いなどご存じないのか、ミュー様は当初、「ワタシには無理です！」という叫びを常に発しておられるような状態でございました。無論、私とて承知しているのです。何の基礎も存在しないミュー様に、いきなり淑女教育などできません。今回はダンスのみに焦点を絞っていると言っても、全く馴染みのない彼女には大変苦しい時間だったのでございましょう。

それでも、途中でミュー様は変わられました。陛下と揃いの衣装を誂えることになった翌日から、そのお心が変化したのは明白でした。何しろ彼女は、私にわざわざ言葉を口にされたのですから。

――ツェリさん、とりあえず、貴族たちの目を誤魔化せるぐらいにはなりたいので、ご指導お願いします。

――唐突にどうされました？

――……ワタシが不作法をしたら、アディに迷惑がかかるので。ワタシが侮られるのは別にかまわないのですが、それでアディまで貶められるのは、非常に、ひっじょーに嫌なのです、ワタシ。

きっぱりと言い切った彼女の表情に、私は大変嬉しく思いました。その熱意に応えるために、少々スパルタな手解きをしたことは自覚しております。ですが、彼女はそれに応えてくれましたので。新年会当日には、それは見事なダンスを披露してくださいました。……本来の実力以上に、陛下との相性がよろしかったのでしょう。互いを思い合う心を含めて。

そう、ミュー様が陛下を気遣って口にされた決意は、陛下のそれと同じでございました。陛下もまた、己が侮られることは良しとしても、ミュー様が不必要に侮られることは気に食わぬと仰せでしたから。そのための、私の存在でございます。普段は似たようなところは見当たらないというのに、本質とでも言うべき一部が本当に良く似ておられるお二人でございます。

どうぞそのままのお二人で、と私が思ったところで許されるのではないでしょうか。あれほど自然体で付き合える友人というのは、どのような階級の人間でも貴重なものでございます。……かくいう私も、ミュー様や陛下より長い時間を生きていると言うのに、全てを話し、全てを理解してくれる友人など、二人ほどしか思い浮かびません。そのような存在を陛下が得られたことを、私は何より喜んでいるのですから。

なお、新年会当日。互いの色である黒と赤の男性の第一礼装《モーニング》を揃いで誂えて、誰の日から見ても互いが唯一とわかるほどに仲睦まじい姿を披露されたお二人でございますが、弊害が一つ。陛下がミュー様の年齢を口にされた瞬間、大騒ぎになりました。……情けないことですが、私もまた、動揺してしばらくは手が止まってしまいました。

　それだけならば、まだよろしかったのですが。ミュー様が成人女性とわかった途端に、陛下の婚約者になりたがっているご令嬢方が、ミュー様を取り囲み、何やら威圧を与えたとのことでございます。機転を利かせたライナー殿がラウラ殿に頼んでミュー様を救出されたとか。……私がその場にいれば、そのような無礼な小娘など、木っ端微塵に粉砕して差し上げたのですが。生憎私は所用で広間を離れておりましたので、戻った頃にはその騒ぎは終わっておりました。

……が、どのご令嬢かはしかと調べあげておりますので、後日、しっかりとお話をさせていただきたいと思います。

　お二人の関係の真実も知らずに、勝手な憶測で判断する愚か者には辟易《へきえき》いたします。そのような性質が陛下に見向きもされぬ理由だと気づかぬ限り、彼女たちが陛下からお声を賜れる日は来ないと思います。ええ、思いますとも。……そのような礼儀知らずの小娘など、陛下の御前に出すわけには参りませぬからね。これは女官長として当然でございます。他意はございません。ええ、ございませんとも。

　新年会の後、ミュー様の口から「今年もよろしくお願いします」と伝えていただけただけで、私は十分幸せでございます。

番外編　徒然だったかつてと、今の現実

Hito wo Katte ni Sanbou ni Surunjyanai Kono Haou.

「うわー、やっぱり相変わらずえげつない強さだなぁ、アーダルベルト」

コントローラー両手にワタシ、榎島未結がプレイしているのは、大好きなＲＰＧゲーム『ブレイブ・ファンタジア』の四作目だ。個人的にこのシリーズは全部好きだけど、割と心の安寧を約束されてプレイできるのがⅣなので、ついついⅣをやってしまう。

主人公は、Ⅲから続投のアーダルベルト。獣人という獣耳や尻尾がついているタイプの種族で、赤毛の獅子のワイルドイケメン様だ。ガエリア帝国の皇帝陛下という立場であるが、種族が獅子であることからわかるように、鬼強い。もっと言うならば、前作Ⅲでは初陣の皇太子殿下だったというのに、初期から壁役である。察してほしい。

画面の中では、襲ってくる魔物を迎撃するパーティーメンバーの姿が映っている。主人公であるアーダルベルトは巨躯なので、ゲーム画面で頭一つ分ぐらいは他より背が高い。そして、武器は拳系だ。……ワタシは嫌いじゃないけど、皇太子殿下とか皇帝陛下とか呼ばれる立場の主人公の武器を拳に設定したスタッフ、何がしたかったんだろう。

いや、もちろんアーダルベルトの外見にはすごく合ってるんだけど。でも、それはそれとして、普通主人公は剣を使うタイプが多いんじゃないかなと色々なＲＰＧゲームを嗜むワタシは思うわ

けである。割と真面目に。

『皆、無事で何よりだ』

　ゲーム画面の中で、アーダルベルトが救助した人々に労りの言葉をかけている。流石ゲームの世界と言うべきか、皇帝陛下でありながらアーダルベルトは国内をあっちこっちに移動する。まぁ、移動させてるのはワタシだけど。

　何かこう、某時代劇のファンタジー版みたいな感じ。やんごとなき身分の方々が、市井《しせい》に蔓延《はびこ》る悪を退治してくれるあの感じだ。ゲームの世界なのでそこまでリアリティ追求しちゃダメだと思う。冷静に考えたら「何で皇帝陛下が政務ほっぽり出して魔物退治してるんだろう？」ってなるけど。考えちゃダメだ。

　っと、ここで魔物討伐して市民を助けたら、今度は城に戻って宰相に報告だったっけ。魔法コマンドからパーティーメンバーの魔導士を選んで転移魔法を発動して、お城にひとっ飛びだ。いやー、ゲームの世界は移動が楽で良いよねぇ。転移魔法万歳。

　城門前からダッシュで城の内部を突っ切って向かった先は、玉座の間。本来ならアーダルベルトが皇帝陛下として座っているだろう玉座は空っぽである。そりゃそうだ。だってアーダルベルトは今ワタシが操作してるんだから。

　そんなわけで玉座は空っぽだけれど、その隣に佇む人はいる。ダッシュのまま近付いて、そのまま会話コマンドを使用する。

『ユリウス宰相、今戻った』

『お帰りなさいませ、陛下。ご苦労様でございました』

ゲーム画面の左側にアーダルベルトの立ち絵が現れて吹き出しに台詞が流れる。続いて、右側にナイスミドルのイケオジエルフが現れる。こちら、途方もなく優秀なガエリア帝国の宰相閣下であるユリウスさんだ。相変わらずの素晴らしきご尊顔……！

だって、ユリウスさんって別に仲間入りもしないキャラだけど、Ⅲの頃から普通に立ち絵あったんだもん。おかしいな。このゲーム、別に全キャラに立ち絵があるわけじゃないから、省かれてるキャラもいるのに。滅多にお城に戻らなかったⅢの頃から普通に立ち絵があった宰相閣下凄い。スタッフの愛か？

『いや、こちらこそ留守を任せて悪かったな。何か変わりはあったか』

『いえ、恙なく。些末事は私が対処しておきましたので』

『流石は我が国の宰相。世話をかける』

『勿体ないお言葉です』

覇王様と宰相閣下の会話は、何かこう、ちょっと堅苦しい。でも両者ともに顔面偏差値がめっちゃ高いので問題はない。

というか、アレですよね。些末事ってのが意味深すぎて怖い。穏やかそうなイケオジナイスミドルエルフだけど、ユリウスさんって実はかなり戦闘能力も高いっていう設定だし。何があったのか知りたいけど知りたくない、みたいな感じ。

ぴこぴことコントローラーを触りながらゲームを進める。『ブレイブ・ファンタジア』シリーズは基本的に全部好きだけど、やっぱりワタシはアーダルベルトが好きなので彼が主人公をやっているソフトをやっちゃうんだよなー。その中でもⅣを選んで何度目になるかわからない周回プレイやっているのには、一応理由がある。

Ⅲは、本編中は割と問題はない。外の世界に出るのが初めてな皇太子様が、愉快な仲間たちと世界中を旅する感じの物語だ。ただし、ラストで父親が死んで皇帝の座を継ぐっていうイベントが入ってくるので、心がしんどい。ついでに、その皇位継承云々《うんぬん》のところで弟が反旗翻すので余計にしんどい。愚弟、マジ許さぬ。

Ⅴは、……うん、本当に、心が抉られるんだ……。皇帝としてカリスマが強化されてるようなアーダルベルトは本当に恰好良い。Ⅲが十五歳の少年だったとしたら、Ⅴでは三十路の大人の色気が加わってるし。……ただし、ディスクを切り替えるとき、すなわち一部と二部が切り替わる瞬間にどん底に落とされるので無理。まさかの主人公死亡というあの悲しみを味わうの辛すぎて先に進めない……。

それに比べて、Ⅳは本当に気楽なのだ。皇帝陛下としてのお仕事もあるので、定期的に城に戻って政務イベントもこなさないとダメっていうのはⅢより面倒くさい。でも、基本的にⅢからほぼ引き継ぎのパーティーメンバーと一緒にアレコレするのは楽しい。二十代の覇王様を堪能できるし、最初から最後までそこまで心を抉る展開は存在しない。……あー、趣味がクーデターみたいな弟がまた反旗翻したりするけど。

玉座の間を出て、政務イベントを進めるために執務室に移動する。扉の両脇には常に兵士さんが立っている。ただ、城門のところに立っている兵士さんとは服装が違う。あっちは衛兵で、この二人は近衛兵らしい。そういう細かいところにまで手が込んでるのも人気なのかもしれない。モブの衣装を変更してるとか、大変そうだけど。

政務イベントは、基本的に出てくる選択肢を選ぶだけで終わるから簡単で助かる。ちょいちょい、パーティーメンバーが乱入してきて他のイベントが始まったりするけど。それもまた楽しいし、良いや。

『……ふむ。民は恙なく暮らしているようだな』

大変な案件の書類が執務机になかったので、アーダルベルトは満足そうに笑っている。画面の中の覇王様は、基本的にはワイルド系の表情なんだけど、このときだけはちょっと表情が和《やわ》らぐのだ。民を思う皇帝陛下恰好良い。流石ワタシの推し。

「……こんなにイイ男なのに、何でスタッフはアーダルベルトを殺したんだ、バカ野郎！」

思わず感情が高ぶって叫んでしまったけど、まぁ、今日誰もいないし良いや。いやもう、本当に納得いかないいんだよなぁ。何でアーダルベルトが殺されないといけないいんだよ。しかも主人公なのに。無駄に荘厳なＢＧＭと美麗なムービーでお葬式やられても、感動するどころか怒りしか湧かなかったよ！

「くそぉ。追加コンテンツとかリメイクで死亡フラグへし折れるルートとかあったら、何が何でも買うのに……！」

紛れもないワタシの本音である。いや、ワタシだけじゃないと思う。割とユーザーはそう思ってることが多い。販売されたら間違いなく一定層は買うと思うんだけどなぁ。そういう話は聞かないんだよね、辛い……。

「まぁ、良いや。今はⅣやってるんだし。楽しもうっと」

思い出してちょっと沈みそうになった気分を振り払い、ワタシは再びゲームに戻るのだった。課題もバイトもない休日なんだから、推しを堪能するぞー！

◇◇◇

「確かに追加コンテンツとかリメイクで死亡フラグへし折りルート寄越せとは思ってたけど、まさか自分がそこに入り込んで物理的にどうにかするとは思ってなかったよね」

しみじみと呟いた独り言は、誰にも拾われることはない。日中だと護衛のライナーさんとか侍女や女官の皆さんが側にいたりするけれど、夜は違う。扉の外には護衛の衛兵さんがいるらしいけど、室内には入ってこないし。ワタシの平和なお一人タイムである。

ゲームと現実は違うし、何か色々違いすぎててあるぅー？　ってなる部分もあるけど、同じような感じの部分もあるんだよねぇ。不思議。

例えば、アーダルベルトとユリウスさんの会話。色々含みがありそうなユリウスさんの言い回しも、ゲームで見た感じの台詞そのままだったりする。あと、メインキャラのビジュアルはそのままなのと、モブの服装がちゃんとゲームと同じところは芸が細かいと思った。近衛兵と衛兵の服装の違いとかちゃんとしてるし。

ゲームではモブの皆さんは立ち絵とかなかったから、グラフィックだけなんで汎用タイプって感じの顔だったけど。ライナーさん、エーレンフリート、ツェツィーリアさんはゲームではモブだったもんなぁ。近衛兵ズは、多分アーダルベルトの執務室の入り口を護ってたのがそうじゃないかと思うけど。ツェツィーリアさんは女官長ってだけでちらっといたけどね。

まぁ、そういう意味では、一番存在を知らなかったのはシュテファンかな？　料理番のところにも行けるから色々と情報収集とかサブイベントとかはあったけど、エルフの少年とかいたかなぁ……？　熊の料理長はちゃんといたけど。ゲームじゃそこまで細かく設定してないこと多いしなー。そこまでやってたらスタッフさん死んじゃいそう。

「いやでも、一番コレジャナイってのはやっぱりアディだよなぁ……」

思わず遠い目になってしまうのは、記憶の中のアーダルベルトは完全無欠の覇王様だからだ。ゲームキャラだからこそ、個人的な部分が見えていなかったとも言うのかもしれないけれど、そりゃもう恰好良いとしか言えない男なのである。

それに対して、今ワタシの側にいるアーダルベルトはこう、悪友モード搭載中なのでコレジャナイという部分が多々ある。いや、嫌いじゃないよ？　むしろ、友人としてなら完全無欠の覇王様よりも、悪友モードのアーダルベルトの方が断然付き合いやすいし。ただ、それはそれとして、となるだけで。

何でワタシがそんなことを思うのかと言えば、他のメインキャラクターはゲームとそこまで違いが見当たらないからです。ユリウスさんも、テオドールのアホも、ラウラも、概ねゲームと変わらない。アーダルベルトだけがゲームと違うので、ちょっと混乱することがあったりするのだ。いや、最近はもう、ゲームの覇王様と今隣にいる覇王様は別の存在だと思う方が堅実かもしれないと考えてるけど。アーダルベルトはアーダルベルトだし。

　多分、覇王様だけがゲームと違うのは、人間関係の問題だと思う。ゲームのアーダルベルトには友人はいなかった。仲間も部下もいたけれど、彼の隣には友人と呼ぶべき存在はいなかったのだ。Ⅲ〜Ⅴまで、彼の半生を追いかけるようにゲームをプレイしたのに誰一人そういう存在が出てこなかったのは事実だ。

　だから、ゲームの中では描写されなかった、友人を相手にするアーダルベルトというものを、今ワタシは現実として見ているんだろう。多分。多分。

　ゲームと現実に優劣はない。どっちが凄いとかもないと思う。ゲームの情報が活用できるのは便利だけどね。今のワタシにとってここは現実だから、それに合わせて対処しなきゃなぁとは思う。

「あ、でもステータス画面とかは便利だったなぁ……」

　ファンタジー系の漫画や小説でもお約束の、ステータスオープン！　で自分や他人の情報が見れちゃうアレは、とても便利だと思う。まぁ、当然ながらこの世界にはそんなものありませんでしたが。そもそも、レベルの概念がないっぽいし。ＨＰやＭＰの概念はあったけど。そういうところもゲームと現実の違いだなぁと思うわけである。

　とはいえ、仮にステータス画面があったとしたら、ワタシは己の非力さに打ちのめされるだけ

っぽこなのが丸わかりである。それはちょっと悲しい。

まぁ、ないものねだりをしても仕方ないので、ワタシはワタシにできることを頑張ろう、そうしよう！　とりあえずは、アレだ。何か面倒事に発展しそうな情報はちゃんとアーダルベルトに伝えるようにしよう。うっかり忘れることもあるだろうから、めぼしいイベントはメモでも作っておくかなー。……でも、そのメモをどっかにやっちゃいそうなんだよなーと思う。

日記帳とか用意してもらって毎日確認すれば良いのかもしれないけど、それ絶対に三日坊主で終わるんだよなー。夏休みの宿題の絵日記は、数日分まとめて書くタイプでした！　だって何か、毎日毎日きっちりやるって苦手なんだもん！

「お前、まだ起きてるのか？」

「ん？」

コンコン、というノックの音と同時に声が聞こえた。ベッドから降りて扉の方に向かう。扉を開けたら、そこには呆れた顔の覇王様がいた。お前何してんの？

「それは俺の台詞だ。通りかかったら物音や独り言が聞こえたが、こんな時間まで何をしている」

「え？　もうそんな時間？」

「日付はとっくに変わっているぞ」

「わー……」

呆れたような顔のアーダルベルト。ごろんごろんしてたら、いつの間にかそんな時間になってたらしい。ちゃんと寝ないと朝起きられなくて大変なことになりそう。夜更かしの癖が抜けないんだよなぁ……。

いや、それより問題なのは、こんな時間にやっと自室に戻ってきた感じのアーダルベルトの方だと思う。今まで仕事してたの？　どんだけブラックなの、皇帝陛下って。

「今日はそれなりに早く終わった方だが」

「お前の底なしの体力本当に怖い」

これで、朝はワタシより随分と早く起きてお仕事してるんだから、尊敬する。でも、睡眠時間はちゃんと取った方が良いと思う。体力あり余ってようが、睡眠って大事だよ？

「それはこちらの台詞だ。お前は体力ないんだからさっさと寝ろ」

「はいはい、わかってますよー。おやすみ、アディ」

「あぁ、おやすみ」

ひらひらと手を振ったら、アーダルベルトも手を振ってくれた。そしてそのまま扉を閉めて去って行く。……扉が閉まる一瞬、こっちを見ていた衛兵さんの顔が、妙なものを見たと言いたげに微妙に引きつっていたことには気づかないふりをしてあげよう。多分、あんな覇王様見たことなかったんだろう。ご愁傷様です。割と通常運転です、アレ。

さて、釘も刺されたことだし、そろそろ寝るかー。明日は明日の風が吹くって言うし。ワタシは、ワタシにできることを頑張るとしますかね。おやすみなさい。

ヒトを勝《かつ》手《て》に参《さん》謀《ぼう》にするんじゃない、この覇《は》王《おう》。
~ゲーム世《せ》界《かい》に放《ほう》り込《こ》まれたオタクの苦《く》労《ろう》~

2019年11月17日　第1刷発行

著　者　港《みなと》瀬《せ》つかさ

カバーデザイン　AFTERGLOW

発行者　島野浩二

発行所　株式会社双葉社
〒162-8540　東京都新宿区東五軒町3番28号
[電話] 03-5261-4818 (営業)　03-5261-4851 (編集)
http://www.futabasha.co.jp/ (双葉社の書籍・コミック・ムックが買えます)

印刷・製本所　三晃印刷株式会社

[電話] 03-5261-4822 (製作部)
ISBN 978-4-575-24222-5 C0093